Elisa M. Baker · Der Stachelbeersommer
Karma zum Verlieben

Roman

Jessy hat die Nase voll von Männern.
Nach einer schmerzhaften Trennung will sie von Liebe nichts mehr wissen – doch dann ereilt ihre Familie ein Schicksalsschlag und plötzlich findet sie sich auf der Stachelbeerplantage ihres Onkels wieder, auf der sie drei Wochen aushelfen soll.
Ganz alleine, denkt sie.
Aber da hat sie die Rechnung ohne das Karma gemacht ...

*Eine Geschichte über unerwartete Wendungen, Schicksal und Stachelbeerlikör. Und natürlich die Suche nach Liebe, die bei sich selbst beginnt.*

Elisa M. Baker ist seit jeher vom Schreiben fasziniert und verfasste schon früh eigene Geschichten. Mit »Kirschsommerküsse« gab sie ihr Debüt. »Der Stachelbeersommer – Karma zum Verlieben« ist ihr zweiter Roman. Derzeit lebt und arbeitet sie in der Nähe von Bamberg.

# Elisa M. Baker
# Der Stachelbeersommer
## Karma zum Verlieben

Roman

© 2016
Herstellung und Verlag: BoD – Books on Demand, Norderstedt.
ISBN: 9783743142374

Copyright by ©2016 Elisa M. Baker
Coverdesign: by ©by Juliane Schneeweiss
www.juliane-schneeweiss.de
All rights reserved.

Elisa M. Baker
c/o Papyrus Autoren-Club
R.O.M. Logicware GmbH
Pettenkoferstr. 16-18
10247 Berlin
1. Auflage 2016

Alle Rechte, einschließlich das des vollständigen oder auszugsweisen Nachdrucks in jeglicher Form, sind vorbehalten. Dies gilt auch für die E-Book-Version.
Dieses Werk ist urheberrechtlich geschützt und darf ohne Zustimmung des Autors weder vervielfältigt, noch kopiert oder anderweitig verändert werden, weder im Ganzen noch als Auszug. Verstöße gegen das Urheberrecht werden strafrechtlich verfolgt.

Facebook: https://www.facebook.com/ElisaM.Baker.de

Elisa M. Baker

# Der Stachelbeersommer
## Karma zum Verlieben

Roman

Dieser Roman ist rein fiktiv. Ähnlichkeiten mit lebenden oder verstorbenen Personen sind rein zufällig und nicht beabsichtigt.

## *Vorwort*

Verehrter Leser,

ich möchte mich bei Ihnen bedanken.
Bedanken dafür, dass Sie mein Buch auf legalem Wege erworben haben und damit aktiv dazu beitragen, E-Book-Piraterie zu unterbinden, die Autoren und Leser nachhaltig schädigt.
Denn diese kriminellen und strafbaren Machenschaften schaden beiden Seiten; Autoren werden um ihren Verdienst gebracht, der in der mühevollen Arbeit aus monatelangem, manchmal jahrelangem Schreiben steckt, und die Leser haben anschließend mit den Folgen zu kämpfen.
Nämlich damit, dass manche Autoren aus genau diesem Grunde einfach aufhören. Weil sie es sich schlicht nicht mehr leisten können oder frustriert davon sind, ihre Werke gestohlen und zum Schleuderpreis verhökert zu sehen.

Darum Danke! Danke, dass Sie Autoren unterstützen und Ihre E-Books auf legalen Seiten erwerben.

Sie fördern literarische Vielfalt; Ganze Universen, neue Welten, Zauberschulen voller Magie, romantische Geschichten über die Liebe, unvergessliche Abenteuer und Charaktere, Geschichten voller Dramatik und Spannung.
Sie fördern Träume, die sich in den Buchstaben und Worten manifestieren, die wir für Sie schreiben.

Bitte kaufen Sie Ihre Bücher auch weiterhin auf legalem Wege.

Wir Autoren danken es Ihnen!

Herzlichst,

Elisa

Karma

Substantiv [das]

das dem Menschen zugeordnete Schicksal, das nach buddhistischer, dschainistischer und hinduistischer Lehre durch die guten und bösen Taten des jetzigen und der vorherigen Leben bestimmt ist.

Manchmal muss man die Liebe nicht suchen. Manchmal findet sie dich.

# 1

Es gibt Tage, an denen sollte man einfach im Bett bleiben. Heute ist so einer.
Ich starre missmutig auf den verschütteten Kaffee, der höhnisch von meinem Schreibtisch tropft und hinunter auf den alten cremefarbenen Teppich, der nun einige neue, dunklere Nuancen dazugewonnen hat.
Es reichte ja anscheinend nicht, dass ich mir die Finger am Toaster verbrannt hatte, oder dass meine widerspenstigen, roten Locken in der Nacht beschlossen hatten, sich zu unauflösbaren Knäulen zusammen zu friemeln, die ich nur noch mit einer Schere aus dem wilden Wust befreien konnte.
Zu allem Übel hatte ich mir auch noch - kurz nach dem Aufwachen - die Zehen an meiner Kommode gestoßen, als

ich noch im Halbschlaf umhertaumelte, um den verdammten Wecker zum Schweigen zu bringen.
Ich stelle ihn immer möglichst weit weg vom Bett, weil ich ansonsten nicht wach werde.
Das höhnische »Miep-Miep-Miep« des neumodischen, digitalen Folterinstruments mischte sich mit meinem schmerzerfüllten Jaulen. Wie ein verrücktes Rumpelstilzchen tanzte ich herum, nur um gleich darauf ins Bad zu humpeln, wo ich fast auf den nassen Handtüchern ausrutschte, die ich gestern vergessen hatte wegzuräumen.
Karma war eben doch eine Bitch. Und sie hatte heute Morgen ausnehmend schlechte Laune.
Ich betrachte das Rinnsal brauner Lebensenergie, das noch heiß vor sich hin dampft, während es aus dem umgekippten Becher strömt, und meinen sowieso schon drangsalierten Teppich durchweicht.
Ich seufze und mache mich auf den Weg in die Küche, um einige dieser wundervollen Erfindungen namens Küchentücher von der Rolle zu reißen, die »mit einem Wisch« alles wieder gut machen würden.
Ich muss jedoch mehrmals durch meine gemütliche kleine Wohnung rennen, um tatsächlich den ganzen Schlamassel mit den Tüchern zu beseitigen. Sonnenlicht versucht durch die halb blinden Fensterscheiben zu strömen, doch das Glas habe ich schon ewig nicht mehr geputzt, und so hat sich ein natürlicher Sonnenschutz gebildet, der die staubigen Jalousien davor fast unnötig macht. Nutzlos hängen sie herum, nicht richtig zu, nicht richtig geöffnet, und kurz denke ich, dass das auch auf meine noch verquollenen Augen zutrifft. Nie wieder, schwöre ich mir, lasse ich mich von Tina durch die Bars schleifen.
Ich weiß natürlich, dass ich keine Chance gegen meine beste Freundin habe. Sie verfügt über eine engelsgleiche Überredungskunst und schlagende Argumente, auch ohne ihre Ausstattung in Doppel D.
»Jess«, pflegt sie zu sagen, wobei ihre weiche Stimme ein bisschen tadelnd klingt, »du findest keinen neuen Mann,

wenn du nur Zuhause hockst.« Sie rümpft dann die Nase, während sie auf meiner abgewetzten, cremefarbenen Couch sitzt, die farblich zum Teppich passt. Oder zumindest passte.
»Oder wenn du schon immer zu hier hockst, mach wenigstens mal sauber, verdammt noch mal.«
Das »verdammt noch mal« kann ich leider nicht ernst nehmen. Tinas Stimme ist so weich wie ein Kaschmirpullover und so sanft wie ein halbes Kilo feinster Daunen. Sie wickelt die Männer scharenweise um den Finger damit. Und dabei ist sie auch noch Krankenschwester geworden. Ein perfekter Männertraum, sollte man meinen.
Ich habe mir vor zwei Jahren den Knöchel verstaucht, als ich im nahegelegenen Park fahrradgefahren bin und beinahe einen freilaufenden Pudel umgenietet hätte. Das Vieh sprang plötzlich kläffend aus einem Gebüsch neben mir und ich schrie vor Schreck auf, lenkte hektisch zur Seite und krachte eine Böschung hinunter, wobei ich mit dem Fuß an einer herausragenden Baumwurzel hängenblieb.
Im Krankenhaus musste ich dann lernen, dass Tina auch anders konnte.
Tatsächlich mutierte die sanfte, süße Tina von Mrs. Jackyll zu Mrs. Hyde, sobald sie ihre Krankenschwesteruniform anlegte.
Stimme und Mimik wurden plötzlich befehlsgewohnt und zackig und angsteinflößend.
»Jess«, meinte sie damals, wobei sie mich scharf ansah und ich automatisch rot wurde, »das nächste Mal passt du gefälligst besser auf.«
Ich wartete mit unruhigem Gefühl auf das »oder sonst ...«, doch es blieb aus. Und das machte alles sogar noch unangenehmer. Die unterschwellige Drohung klebte an mir wie billiges Parfüm und ich schlich mit verbundenem Knöchel – und humpelnd – nach Hause.

Ich verziehe das Gesicht bei der Erinnerung daran. Ich war normalerweise kein solcher Tollpatsch. Aber gerade heute

kamen ernste Zweifel in mir auf. Hatte ich einfach nur Pech oder war das wirklich das Karma, das mir die Rechnung für vergangene Sünden präsentierte?
Seufzend werfe ich die vollgesogenen Tücher in den Mülleimer und blinzele auf das Chaos um mich herum.
Das Geschirr stapelt sich in der Spüle, überall auf der Anrichte liegen Brotkrümel und der Basilikum, den ich mir vor drei Wochen gekauft hatte, nachdem ich plötzlich dachte, ich würde mich ab sofort gesünder ernähren, steht völlig vertrocknet und traurig auf dem Fensterbrett.
Die Spinnenweben, die in den Ecken der Küche für natürliche Halloween-Deko sorgen, erwähne ich gar nicht erst.
Außerdem haben wir Anfang Juli.
Tina bezeichnet meine Wohnung als »echte Junggesellenbude«, obwohl ich nachweislich eine Frau bin. Und sie hat leider recht.
Wären die ganzen Haarbürsten, Cremes, Shampoos, Spülungen, Duschgels und das Schminktäschchen im Bad nicht, würde ich ihr absolut zustimmen.
Ich setze neuen Kaffee auf, wobei ich geflissentlich ignoriere, dass Kaffeepulver um sie verstreut liegt, das ich irgendwann verschüttet und nicht weggemacht habe.
Wann ging es so bergab, frage ich mich stumm, während ich mir die Antwort selbst gebe.
Seit Alex weg ist.
Ich lasse meinen Blick durch die chaotische Wohnung schweifen, und während die Kaffeemaschine vor sich hin gluckert und röchelnd heißen Dampf speit, öffne ich den Schrank unter der Spüle, wo ein blitzblanker Eimer inklusive einer noch nie benutzten Flasche Allesreiniger mit Zitrusduft steht. Sogar neue Lappen und Schwämme sind dort.
Die muss mein altes Ich da deponiert haben, in weiser Voraussicht, dass dieser Tag kommen würde.
Na fein, denke ich.

Zeit, diese Bude wieder auf Vordermann zu bringen und ein bisschen von der Traurigkeit und dem Scham wegzuputzen.
Kurz gesagt:
Weg mit Alex.


Es ist schon Mittag, als ich endlich mit allem fertig bin. Völlig groggy sinke ich auf meine nun deutlich sauberere Couch.
Der arme Staubsauger ist beinahe kollabiert. So viel Arbeit war er gar nicht mehr gewohnt und ich musste den Filter mehrfach auswaschen, um wirklich jeden Teppich sauber zu bekommen. Manchmal wünschte ich, ich hätte Laminat in der Wohnung. Aber dann finde ich Teppich doch einfach gemütlicher.
Meiner ist wieder strahlend cremefarben, ohne den Grauschleier vom Staub. Es riecht in der ganzen Wohnung nach künstlicher Zitrone und den traurigen Basilikumtopf habe ich auch weggeworfen. Es war einfach Zeit, Adiéu zu sagen. Sorry Pflänzchen.
Ich schaue mich um. Der saubere, helle Teppich und die Möbel aus Nussholz blitzen und blinken, soweit man das von poliertem Holz behaupten kann. Die Bücherregale an der gegenüberliegenden Wand, die von Girlanden aus Plastikblumen geschmückt werden, erstrahlen in neuem Licht. Ich kann sogar wieder in Farbe fernsehen, weil ich endlich mal den Staub von dem Gerät gewischt habe. Alte, eingetrocknete Blumensträuße habe ich weggeworfen, ebenso wie den ganzen Müll und die steinharten, verheulten Taschentücher, die ich unter der Couch und unter dem Bett gefunden habe. Relikte aus der Zeit, direkt nach der Trennung, die ich noch nicht weggeworfen hatte.
Ich bin selbst überrascht, wie viele es sind. Sogar das Bad habe ich aufgeräumt und alle von Alex benutzten Sachen weggeschmissen. Ich hatte einfach bislang nicht die Kraft, seinen Rasierschaum und die ganzen kleinen Rasierer, Gesichtsgels und dergleichen wegzuwerfen. Sogar sein

Parfüm habe ich entsorgt. Sogar, ohne daran zu schnuppern. Ich finde, ich war sehr tapfer.

Ich nippe an meinem Kaffee und denke noch einmal über diese ganze Sache nach, während Sonnenlicht ungefiltert durch die blitzblank polierten und gereinigten Fensterscheiben fällt und ich nach draußen in meinen kleinen Garten sehen kann. Es ist streng genommen nur ein Balkon, aber ich hege und pflege die Pflanzen, die in allerlei Kübeln darauf gedeihen. Ich habe sogar einen kleinen Stachelbeerstrauch, der Früchte trägt und den ich besonders liebe.

Einige Blaumeisen sitzen im knorrigen alten Birkenbaum und spähen neugierig in das Fenster. Sie flattern piepsend davon.

Abwesend reibe ich die Stelle, an der mein Verlobungsring gesteckt hatte. Die Haut ist immer noch ein wenig bleicher als die restliche. Aber auch das wird vergehen.

Ich muss lächeln, als ich daran denke, wie wir uns kennengelernt hatten.

Es war auf der Geburtstagsfeier einer Bekannten. Eine insgesamt total lahme Party.

Es gab natürlich jede Menge Alkohol, aber die Stimmung war – auch dank scheußlicher Schlagermusik – ziemlich am Nullpunkt angekommen, als dieser gut aussehende Typ in den Raum trat.

Ich verschluckte mich bei seinem Anblick beinahe an meinem selbst gemischten Caipirinha, denn ich war auf der Party, die den Namen nicht verdient hatte, leider kein einfacher Gast, sondern so etwas wie der Barkeeper. Lea, das Geburtstagskind, hatte nämlich absolut keine Ahnung von Cocktails. Und da ich auf keinen Fall Whiskey und Wodka pur trinken kann, habe ich mich angeboten, diese Aufgabe zu übernehmen. Ich konnte ja auch nicht ahnen, dass plötzlich jeder »Sex on the Beach«, Caipis oder Margaritas haben wollte. Dabei ist das vermutlich auch irgendwie kein kompletter Zufall gewesen, denn eigentlich bin ich tatsächlich Barkeeper in einer schicken kleinen Bar

in der Innenstadt. Oder zumindest findet mein Chef sie schick.
Ich persönlich würde die ganzen bunten Plastikblumengirlanden und die dazu passenden LED-Lichterketten, die mich an Weihnachten erinnern, sofort wegwerfen. Damit ich auf der Arbeit nicht ständig Besuch von »Freunden« bekomme, die sich gratis Drinks ergaunern wollen, sage ich allen, ich wäre Nachtwächterin im örtlichen Museum. Das klingt so langweilig und bieder, dass nie jemand weiter nachfragt. Ich ernte dafür nur ein mitleidiges Nicken und manchmal ein Schnalzen mit der Zunge, als wollten sie sagen: »Ach, das arme Mädchen...«
Jedenfalls wollte ich gerade unauffällig mein Zeug packen und verduften, als dieser Kerl auftauchte.
Groß, blonder gestylter Wuschelkopf, grüne Augen und ein schlichtes, weißes T-Shirt, dazu Jeans. Er sah aus wie ein Model und kurzfristig fragte ich mich, was jemand, der so gut aussah, wohl auf dieser öden Veranstaltung verloren hatte.
Es stellte sich heraus: Er war eingeladen worden. Und eigentlich war das natürlich vollkommen logisch, denn so jemand spazierte kaum in freier Wildbahn herum, ziellos, wie eine streunende Katze oder so. Und natürlich war er vergeben.
An Lea.
Ich verschluckte mich bei dieser »freudigen« Mitteilung sofort tatsächlich an meinem Cocktail und nickte innerlich. War ja klar. Die Hübschen waren entweder vergeben oder schwul.
Meine Ohren schmerzten, als sie ihn mit unglaublich hoher Stimme begrüßte und ihr »Hi mein Schätzchen« verursachte mir Übelkeit.
Alex lächelte nur und gab ihr einen halbherzigen Kuss auf den Mund, der sogar aus der Distanz weniger als lauwarm aussah. Während Lea ihn von Gast zu Gast schleifte, damit sie sich an ihn pressen und »Das ist Alex, mein fester Freund!«, raunen konnte, warf ich mir meine schwarze Lederjacke über und steckte mir eine Zigarette zwischen

die Lippen. Ja, eine schlimme Angewohnheit. Zu meiner Verteidigung: Ich rauchte eigentlich nie. Es sei denn, ich musste den Barkeeper spielen und gleichzeitig miterleben, wie diese nervige Lea, die ich kaum kannte, ihren Modelfreund wie ein neues Hündchen vorstellte.
Und er schien das auch noch völlig ok zu finden. Ich meine, mal ehrlich: Welcher Mann tut so etwas?
Ich hörte noch, wie irgendjemand begann, schrecklich schief »Happy Birthday« zu trällern, als ich durch den Flur ging. Über Laminat, wie ich mich nun erinnere, und die Haustür nach draußen aufstieß. Ich zündete die Zigarette an und nahm einen Zug, während mir die kühle Abendluft durch das Haar strich. Sie waren von Natur aus rot und passten somit ganz gut zu den Milliarden von Sommersprossen, die sich auf meinem Gesicht ausbreiteten. In der Schule hatten sie immer Witze gemacht, von wegen: Oh, Jessy hat mal wieder vor einem Ventilator gestanden, als jemand Scheiße durchfliegen lassen hat!
H.a.h.a.
Zufällig war meine Urgroßmutter Irin und anscheinend haben die roten Haare und Sommersprossen einfach nur eine Generation übersprungen, denn meine Mama ist brünett. Ich habe also das große Los gezogen. Seufzend stand ich also auf diesen Treppenstufen, die den Weg runter führten und zu einem Gehsteig wurden, der mich, mit etwas Glück, zu irgendeiner Bushaltestelle führen würde, als ich plötzlich Tumult aus der Wohnung hinter mir hörte.
Und es klang nicht, als hätten sie gerade begonnen, Topfschlagen zu spielen. Oder blinde Kuh. Wobei Letzteres ja auch meist eher mein Spiel war. Im übertragenen Sinne, versteht sich.
»Du blödes Arschloch!«, hörte ich Lea brüllen. Irgendetwas wurde gegen die Wand geworfen und zerbrach. Ich hatte genug Filme gesehen, um das Geräusch einer zeschmetternden Blumenvase zu erkennen. Ich zog noch einmal an der Kippe und trat dann gemächlich den

Rückzug an. Nicht zu schnell, schließlich war ich ja neugierig, wollte allerdings auch nicht als Lauscher dastehen.

Aufgeregte Stimmen wogten auf und nieder und plötzlich mischte sich eine Männerstimme in den Streit ein, die ich nicht kannte. Ein anderer Mann antwortete, ehe es plötzlich ein allgemeines Aufkreischen gab. Eine Prügelei, wie ich schlussfolgerte. Der eine Mann schien zu Boden zu gehen und kurz herrschte ein pures Gewirr aus lauten und leisen Stimmen, den Nachfragen, ob alles ok sei, dass jemand das Blut aufwischen müsse und ob noch jemand Kuchen wolle.

Ich musste ein wenig lachen. Vermutlich war Tina diejenige, die es fertigbrachte, nach dem Kuchen zu fragen, wenn sich vor ihrer Nase zwei Idioten prügelten.

Ich hörte, wie die Haustür aufging und dann lautstark zuschlug, und die schweren Schritte hinter meinen. Ich tippte, anhand des Geräuschs, auf schwere Lederstiefel oder richtige, massive Boots. Jedenfalls hoben sie sich deutlich von meinen schwarzen Highheels ab, die mit Zierschnallen besetzt waren und die ich immer noch irgendwo herumliegen hatte.

»Hey du«, rief mir eine rauchige, leicht heiser klingende Männerstimme nach. »Hast du mal Feuer?«

Ich drehte mich um und ahnte schon, wem ich gegenüberstehen würde. Aber es war nicht der Verlierer des Kampfes, denn ich sah kein Blut. Es war Alex. Leas Freund. Oder vielleicht war der Status auch nicht mehr aktuell, denn er lächelte und ein Grübchen bildete sich in seiner Wange. Ich reichte ihm schweigend mein Feuerzeug aus der Jackentasche und er steckte sich die Kippe damit an, während er mich betrachtete.

»Hast du auch keine Lust mehr auf die Party?«, fragte er lächelnd. Er hatte einen schönen Dreitagebart, wie ich im fahlen Licht der Straßenlaterne sehen konnte. Er trug nur ein weißes T-Shirt, keine Jacke, was seine trainierten Oberarme zur Geltung brachte, dazu Jeans und hellbraune Boots, wie ich vermutet hatte. Er stand so lässig vor mir, als

wäre es das Normalste von der Welt und als hätte er nicht eben das sinkende Schiff seiner Beziehung verlassen.
Ich nickte und spähte kurz zum Haus, aus dem man jetzt lautes Heulen hören konnte. Aufgeregte Frauenstimmen versuchten, Lea zu trösten, die anscheinend völlig ausrastete, denn jemand schrie, als Geschirr gegen die Wand geworfen wurde.
»Ja. Ich glaube, die Party ist vorbei.« Ich lächelte und warf meine Kippe in einen nahen Gully. Alex sah mir einen Moment zu, ehe er fragte:»Hast du vielleicht Lust, noch einen Kaffee trinken zu gehen, oder was anderes?«
Tja, was soll ich sagen. Es gab keinen Kaffee. Aber es gab jede Menge von was Anderem.


Ich starre stirnrunzelnd vor mich hin und nippe wieder an meinem Kaffee, während mich der künstliche Zitrusduft einhüllt wie ein chemischer Nebel, vom dem mir ein wenig schummrig wird. Ich finde, Alex hatte mit diesem Zitrus-Reiniger viel gemeinsam. Schließlich hat er mich auch eingelullt und seine Aura hat dafür gesorgt, dass ich nicht mehr klar denken konnte.
Ich stand irgendwie neben mir, während der beinahe zweijährigen Beziehung, als wäre ich permanent unter Drogeneinfluss gewesen, der verhinderte, dass ich die Wahrheit sah.
Seufzend strecke ich mich aus und starre aus dem Fenster. Die Blaumeisen sind wieder da und hüpfen ausgelassen im Geäst des Baumes umher und ich betrachte sie eine Weile, während meine Gedanken angenehmerweise schweigen. Doch das bleibt nicht lange so. Ich weiß es, denn seit einiger Zeit, besser gesagt seit der Trennung, wiederholt sich das gleiche Thema in meinem Kopf wie ein nicht enden wollender Hollywoodstreifen. Und mit ihm, mit den Bildern und dem Echo der Gefühle und des Schmerzes, kommt die Frage wieder zu mir zurück.
Warum?

Eine berechtigte Frage, die ich auch Alex gestellt habe, als ich ihn im Bett mit irgendeiner anderen Frau erwischt habe. Meinem Bett, wohlgemerkt. Meine Gedanken schweifen zu diesem Abend und ich starre an die Decke.

»Dann bis morgen, Jess!« Anton, mein Chef, grinste mich breit an und nickte mir zu. Heute war absolut nichts los gewesen im Laden, und wir saßen seit einer Stunde nur herum und plapperten über alltäglichen Kram. Die Bar war wie leer gefegt und ich hatte bereits alles saubergemacht, die Flaschen sortiert, Gläser poliert, hinten im Laden gewischt und alles ordentlich aufgeräumt. Anton hatte irgendwann gemeint, dass wir einfach dichtmachen sollten. Heute würde keiner mehr kommen.
Was soll man da sagen? Ich war froh, früher nach Hause zu kommen, denn normalerweise dauerte meine Schicht noch einige Stunden. Aber ohne Gäste war das einfach nur Zeitverschwendung und so eilte ich über den feuchten, grauen Gehweg. Es nieselte schon den ganzen Tag und meine wilden Locken standen ab, als hätte ich in eine Steckdose gefasst, wie man so schön sagt. Ich konnte es gar nicht abwarten, zu Alex nach Hause zu kommen, der erst vor zwei Monaten bei mir eingezogen war. Der Verlobungsring an meinem Finger war ungefähr genau so alt.
Tina hatte zwar gemeint, wir würden alles überstürzen, und ich sollte vorsichtig sein, aber Alex gab mir das Gefühl, dass er mich aufrichtig liebte und ich war so verschossen in ihn, dass ich jegliche Warnungen von Freunden und Familie in den Wind schlug.
Als ich meiner Mutter von der Verlobung berichtete, konnte ich sehen, wie ein Ausdruck des Entsetzens über ihr Gesicht glitt, ehe sie eine freundliche Maske darüber stülpte wie einen ausgeleierten Handschuh über eine geballte Faust. Die mein Vater dem Glücklichen wohl am liebsten ins Gesicht geschlagen hätte, so wie er aussah.

Mein Vater sagte gar nichts zu dieser an sich doch frohen Botschaft und verzog nur grimmig die Mundwinkel nach unten. Ich kannte diesen Gesichtsausdruck. So schaute er, wenn ich etwas wirklich Blödes gemacht hatte.

So wie damals, als ich vier Jahre alt war und die grünen Filzstifte in den Mund gesteckt hatte, weil die Spitzen trocken waren und nicht mehr malten. Ich hatte überall im- und um den Mund herum grüne Farbe, die meine Mutter mit einer Bürste wegschrubben musste, was mir natürlich absolut nicht gepasst hatte.

Jetzt passte mir wieder etwas nicht. Und zwar, weil sich anscheinend niemand mit mir freuen wollte, wo ich doch endlich genau das tat, was immer alle von mir erwarteten: heiraten und Kinder kriegen. Denn nichts anderes hielt meine Mutter mir vor, seit ich fünfundzwanzig geworden war. Jede anständige Frau musste doch irgendwann vernünftig werden und einen richtigen Job ergreifen. Man konnte doch nicht immer nur Alkohol ausschenken, und das bis mitten in die Nacht. Das war doch keine richtige Arbeit für eine Frau.

Sie bekniete mich ständig, dass ich meinen Ausbildungsberuf wieder aufnehmen sollte. Aber die Arbeit als Bürokraft erfüllte mich einfach nicht, vom Verdienst ganz zu schweigen. Zwar bot mir die Bar auch nicht gerade ein prall gefülltes Bankkonto, doch ich genoss den Umgang mit den Kunden, die Witze, das Gelächter an vollen Abenden, die ausgelassene Stimmung und den Lärm. Es machte mir einfach unglaublich viel Spaß. Und mein Chef, Anton, bezahlte mich fair.

Auch, wenn ich manchmal den Verdacht hatte, dass er das nur tat, um irgendwann bei mir einen Stein im Brett zu haben. Er war nicht viel älter als ich, mit meinen achtundzwanzig Jahren, aber seine Schläfen wurden schon deutlich grau und sein dunkelblondes Haar wich zurück und wurde schütter, als hätte es schlimme Dinge gesehen, die es verarbeiten müsste.

Er war außerdem fast einen Kopf kleiner als ich. Nicht unbedingt ein Ausschlusskriterium, aber irgendwie törnte

es mich doch ein wenig ab. Wenn wir mal stritten, was selten vorkam, dann fühlte ich mich blöd, weil er es war, der zu mir hochschauen musste und ich unwillkürlich seine schütteren Haare fokussierte, statt ihm in die Augen zu sehen.
Und er war außerdem in Christina verschossen, eine Stammkundin bei uns. Eine zierliche Blondine mit süßem Lächeln und großen, rehbraunen Augen, die bei Anton immer einen Rabatt bekam. Ich musste ihm hoch anrechnen, dass sie den nicht für ihre komplette Mannschaft ausnutzte, wenn sie bei uns reinschneiten. Sie spielte nämlich in einer Frauenfußballmannschaft, was ich ihr gar nicht zugetraut hätte. Anton himmelte sie regelrecht an, wenn sie mit leiser, weicher Stimme Cocktails und Sekt bestellte, oder mal eine Flasche Roten, wenn sie nur mit ihren besten Freundinnen zu uns kam. Sie wirkte so lieb und schüchtern, dass ich manchmal kurz davor war ihr zu sagen, was Anton empfand, aber dann dachte ich wieder, das ginge mich nichts an.
Was ja auch stimmte. Der gute Mann war alt genug, um sich selbst eine Frau zu schnappen, die ihm gefiel. Er brauchte mich als weibliche Unterstützung sicher gar nicht.
Ich hingegen konnte gar nicht genug Unterstützung brauchen, wenn es darum ging, meine Verlobung vor aller Welt zu verteidigen.
Ich eilte grimmig weiter über den grauen, feuchten Gehweg nach Hause. Schon im Treppenhaus hatte ich so ein komisches Gefühl. Eine Vorahnung, wenn man so will. Ich weiß nicht, woran es lag, ob ich schon dieses aufdringliche Parfüm in der Nase hatte, oder ob meine unsichtbaren weiblichen Antennen etwas registrierten, doch ich schob den Haustürschlüssel leiser ins Schloss als sonst.
Ich schob die Haustür ein Stück auf.
Keine Frau will hören, was ich hörte, als ich mit geöffnetem Mund stehenblieb. Ich atmete, so leise ich konnte, obwohl mein Herz wie wild pochte.

Jemand, oder besser gesagt: Eine weibliche Person, die offensichtlich nicht ich war, stöhnte in meinem Schlafzimmer. In meinem Bett. Und noch ehe ich versuchte, diesen absurden Gedanken richtig zu verdauen, gesellte sich diese mir sehr wohl vertraute Stimme hinzu, die ebenfalls ganz und gar nicht klang, als würde sie gerade gefoltert werden.
Alex.
Eindeutig.
Ich wusste genau, wie er sich im Bett anhörte. Ich kannte die Geräusche, die er machte.
Ich blieb stehen, unschlüssig, was ich jetzt tun sollte. Meine Hände zitterten vor Aufregung und vor unterdrückter Wut. Schmerz schoss durch meine Brust und spaltete mein Herz. Ich konnte fühlen, wie es in tausend Einzelteile zerbrach.
Es war so absurd, so surreal. Ich glaubte, jemand hätte mich in eine dieser schlechten Hollywood-Schnulzen versetzt, in denen solche Szenen immer am Anfang einer neuen Liebe standen. Ich konnte es nicht fassen.
Der Ring an meinem Finger blitzte höhnisch im Halbdunkel des Flures.
Kurz überlegte ich, einfach zu gehen und irgendwo die Zeit totzuschlagen, doch dann brannte sich in mein Bewusstsein, dass dies immer noch meine Wohnung war. Und dieser Kerl betrog mich gerade in meinem eigenen Bett.
Ich ging, so wie ich war, ohne die Jacke auszuziehen, oder meine Handtasche wegzulegen, schnurstracks in mein Schlafzimmer. Ich brauchte nicht einmal die Tür öffnen, denn offensichtlich war Alex nicht sehr besorgt darüber, dass ich zurückkommen könnte, während er diese Fremde in meinem Bett vögelte.
Und so stand ich da, starrte einen Moment sprachlos darauf, wie sie es auch noch in unserer Lieblingsstellung machten, ehe ich loslachte.
Ich lachte wirklich und wahrhaftig. Und das auch noch laut..

Nicht, weil ich das alles so amüsant fand, sondern, weil es so absurd war. Ich bekam einen richtigen Lachanfall. Alex zuckte erschrocken zurück und bedeckte eilig sein Allerheiligstes mit den Händen, während die Fremde mich aus extrem dunkel geschminkten Augen anglotzte. Ihre dunkle Mähne fiel ihr fast bis auf den Hintern, der in die Luft ragte. Sie sah aus wie eine rollige Katze, während sie auf allen vieren auf dem Bett kniete.
Mein Verlobter klappte den Mund auf und zu wie ein Fisch, während er versuchte, sich seine Boxershorts anzuziehen. Ich bückte mich vor, wobei ich mir kurz den Gedanken erlaubte, wie lässig ich wirken musste, und schnappte ihm seine und ihre Sachen aus der Hand und sammelte sie vom Boden auf, ehe ich wortlos zur Haustür stürmte und alles hinunterwarf.
Ich wohne im dritten Stock.
Die Sachen segelten wie verwirrte Schmetterlinge umher. Nur die Highheels der Frau machten beinahe klagende Geräusche, als ihre Louis Vuittons jede Treppenstufe einzeln begrüßten. Ich schürzte zufrieden die Lippen und ignorierte die hektischen Schreie, die hinter mir erklangen.
»Was soll diese Scheiße?!«, fragte Alex, der wutentbrannt vor mir stand. Ich betrachtete ihn ausgiebig, ehe ich ihm ein kühles Lächeln schenkte.
»Was glaubst du wohl, du blöder Arsch?« Ich zog mir den Ring vom Finger und warf ihn achtlos hinter den Klamotten her.
Alex starrte mich an, wütend, verzweifelt und beschämt, wie ich fand.
»Und jetzt mach, dass du deine Freundin mitnimmst. Ihr erkältet euch noch.« Besagte Dame war hinter ihm aufgetaucht und funkelte mich an.
Ich lächelte. »Das hier ist übrigens Alex, mein Ex-Freund und mein Ex-Verlobter. Wie man sieht, ist er nicht treu, ich rate dir also ab, etwas mit ihm anzufangen.« Ich drehte mich dann zur Tür und noch einmal um, ehe ich sie zuschmetterte. »Ach ja, und, Schatz? Deine Klamotten

kannst du morgen abholen. Wenn ich sie nicht schon in den Flur »gestellt« habe.«
Das Letzte, was ich von ihm sah, war dieser verstörte Ausdruck in seinen Augen.
Die Tür fiel krachend ins Schloss und bildete eine angenehme Mauer zwischen uns.
Und dann brach ich zusammen.

# 2

Er kam seine Sachen nie abholen.
Er schickte auch niemanden danach. Es war mir egal. Ich war zu beschäftigt damit, meine Blödheit und meine Gutgläubigkeit mit Tränen zu beweinen.
Ich kam mir unglaublich dumm vor.
Alle hatten recht gehabt, ihm nicht zu trauen. Aber ich war natürlich dafür blind gewesen. Andererseits rechnet aber ja auch niemand damit, dass er in seinem eigenen Bett betrogen wird.
Ich verfluchte in gewisser Weise auch seine Dummheit. Wenn er mich schon hätte betrügen müssen, dann hätte er das doch wenigstens clever tun können. Oder natürlich am besten gar nicht. Das wäre viel angenehmer gewesen und hätte meinen Taschentuchverbrauch rapide gesenkt. Und es hätte mich auch davor gerettet, in den nächsten Supermarkt zu gehen und mir drei Flaschen Rotwein zu kaufen. Die Kassiererin hatte mir wohl angesehen, wofür ich sie brauchte, denn ihre Miene verriet eine gewisse Portion Mitleid und wohl auch etwas Abscheu.
Ich weiß nur nicht, ob vor mir oder dem Kerl, der mir das angetan hatte.

Zuhause gab ich mir jedenfalls die Kante, wie man so sagt. Ich hatte anschließend den schlimmsten Kater meines Lebens und meldete mich bei Anton drei Tage krank.
Er klang besorgt und verständnisvoll, was es irgendwie nur schlimmer machte.
Man sollte meinen, es wäre tröstend zu wissen, dass andere Verständnis dafür hatten, dass ich mit gebrochenem Herzen Zuhause saß und mir die Augen aus dem Kopf heulte, aber ich fand es schrecklich. Es war, als würden sie sagen: »Ja, es ist schon gut, du bist nun mal blöd, das macht nichts. Wir hatten es dir ja gesagt, aber du wolltest nicht hören. Und das hast du jetzt davon.«
Ja, das hatte ich jetzt davon.
Und ich hoffte inständig, beim nächsten Mal wäre ich klüger.
Ich blinzele, als meine Erinnerungen an Alex verfliegen und ich mich wieder mit Dingen befassen muss, die realer und wichtiger sind.
Mit meiner Arbeit zum Beispiel. Es ist Nachmittag und ich habe noch ein wenig Zeit, ehe ich mich fertig machen muss. Der Zitrusduft liegt über allem und ich fühle mich seltsam entspannt. Während ich meinen Kaffee austrinke, stehe ich auf und betrachte mein Zuhause, das ohne seine Sachen so erwartungsvoll aussieht. Als ob meine ganze Habe nur darauf harrt, dass etwas Spannendes passiert.
Sogar die Bücher scheinen mich anzustarren.
Ich werde aus dieser merkwürdigen Stimmung gerissen, als das Telefon klingelt. Ich zucke verwirrt zusammen. Das Geräusch ist ein so seltener Laut in meiner Wohnung, dass ich ihn fast nicht erkenne. Normalerweise kommen Freunde oder Familie einfach vorbei oder schicken Mails. Ich bin selbst kein allzu großer Freund von Telefonen, Handys oder Smartphones.
Ich stürze neben die Couch, als mir klar wird, dass ich rangehen muss. Vielleicht ist etwas passiert und es ist wichtig.
Atemlos hauche ich ein »Hallo?«, und haue mir währenddessen noch die flache Hand an die Stirn. Man

meldet sich doch nicht mit einem schlichten Hallo. Ich dumme Gans. Meinen Namen anständig zu sagen habe ich anscheinend durch den ganzen Zitronenreiniger auch vergessen, benebelt wie ich davon bin.
Es knistert kurz und ich höre Straßenlärm im Hintergrund, ehe ich am ganzen Körper eine Gänsehaut bekomme.
»Jess? Hier ist Alex. Ich wollte mal fragen, wie es dir geht?«, ertönt es etwas undeutlich und zögernd durch die Hintergrundgeräusche.
Sprachlos klappe ich den Mund auf und zu. Zu empört, um eine spitzfindige Bemerkung zu machen. Die Trennung ist jetzt schon fast acht Wochen her. Noch nicht lange genug, um ganz verheilt zu sein, aber noch frisch genug, um über diese blöde Frage sauer zu werden.
»Was glaubst du denn?«, frage ich schließlich etwas unterkühlt.
Ich stehe stocksteif da und habe die Arme verschränkt, so gut es geht. Eigentlich hatte der Tag ganz gut angefangen, abgesehen von meinen vielen kleinen beinahe Unfällen. Ich frage mich kurz, ob das wieder eine amüsante kleine Vorstellung des Karmas ist, das sich durch Alex Anruf zeigt, oder ob es bloßer Zufall ist.
Kurz wäge ich auch die Möglichkeit ab, dass ich es selbst angezogen habe, weil ich an ihn gedacht habe.
Verflixtes Universum. Du bist, was du denkst und dieser ganze Kram, den mir meine Mutter immer einredet. Sie ist esoterisch veranlagt, was sich in den dutzenden Traumfängern und dem ganzen anderen Hokuspokus niederschlägt, den sie angesammelt hat. Amulette, Glücksbringer, Wunschkerzen und wer weiß was noch alles. Sie hat sogar eine ganze Kiste voller Materialien zum Räuchern unter dem Bett. Und damit meine ich nicht das Zeug, das man benutzt, um Schinken haltbar zu machen, sondern »für eine spirituelle Reinigung der Wohnung« durch Weihrauch, weißen Salbei und andere Kräuter und Harze.
Ich konnte sie beim Einzug in meine neue Wohnung nicht davon abhalten, dass sie wie eine Verrückte herumrannte

und mit einer Feder den Rauch aus einer Räucherschale herumwedelte, in der eine Kräutermischung vor sich hin kokelte, während sie singenderweise die »bösen Geister und schlechten Energien« vertrieb.

Dieser Plan ist ja anscheinend nicht aufgegangen, denn keine Woche später hatte ich Alex kennengelernt. Und seitdem habe ich erstaunlich viel Pech, wenn ich es genau bedenke. Ich grübele und höre meinem Gesprächspartner nur halb zu.

Ich blinzele. »Was?«, frage ich, als mir aufgeht, dass ich eine Frage nicht mitbekommen habe.

Alex am anderen Ende schweigt kurz, irritiert, ehe er den Satz noch einmal wiederholt. »Ob du dich vielleicht auf einen Kaffee mit mir treffen würdest, um über alles zu reden?« Er hört sich nervös und zerknirscht an. »In Ruhe, meine ich«, fügt er hastig an.

Meine Bücher scheinen mich höhnisch zu betrachten. Blitzblank geputzt und entstaubt stehen sie auf dem Bücherregal, die bunten Kunstblumen, die sich als Girlande dekorativ um sie schlängeln, leuchten im Sonnenlicht.

Ich muss dringend meine Mutter fragen, was für einen Scheiß sie mit ihrer Räucherei angefangen hat, dass ich so viel Pech habe.

Grade war ich fast über Alex hinweg, und nun fragt er mich, ob wir uns wiedersehen.

»Ich weiß nicht«, antworte ich vage und zögere meine endgültige Antwort damit hinaus. Meine freie Hand reibt meine Stirn, hinter der sich ein latenter Kopfschmerz zu melden beginnt.

Verfluchter Zitrusnebel.

»Komm schon, Jessy. Nur reden. Ganz in Ruhe. Du fehlst mir so…«, erklingt es bittend am anderen Ende.

Ich schnaube. »Vielleicht hättest du mich nicht in meinem eigenen Bett betrügen sollen, und dir vorher überlegen, was du tust«, antworte ich giftig.

Alex gibt eine Antwort, die ich nicht verstehe, weil ein LKW vorbei rattert.

»Was?«, frage ich genervt. Wo zum Geier steht der Kerl denn, an der Autobahn?!
»Komm einfach um acht in das Café an der Ecke, wo wir immer hingegangen sind, ok? Ich warte da auf dich. Ich meine es ernst und will mich entschuldigen. Also kommst du?«, fragt er, als es wieder leise genug geworden ist, damit ich ihn verstehe.
»Um acht arbeite ich schon, wie du weißt«, meine ich augenrollend. Er kennt doch meine Arbeitszeiten, denke ich angefressen. Wieso schlägt er dann so eine blöde Zeit vor.
»Stimmt«, meint er lahm. »Dann um sechs?«
»Von mir aus.« Ich will ihn nicht sehen, aber ich will gerade nichts, als ihn loswerden.
»Ich freue mich! Bis dann!«
Ich lege auf, ohne etwas dazu zu sagen. Man darf ja gespannt sein, was für eine Art Entschuldigung er sich ausgedacht hat, um das wieder gut zu machen.
Weil es nämlich unmöglich ist, dass ich ihm das verzeihe.

◆◆◆

Pünktlich um sechs Uhr sitze ich aufgehübscht im Café an der Ecke. Der Laden heißt »Georgio`s« und ich bin normalerweise gern hier. Mit Alex hatte ich meine ersten richtigen Dates in diesem Laden, nachdem wir diesen Punkt eigentlich schon am ersten Tag übersprungen hatten. Aber er versicherte mir, er wollte es richtig machen und darum waren wir oft zum Eisessen hier. Die Wände sind in der Farbe von Milchcafé gestrichen, mit italienischen Weisheiten und Sprüchen verziert, die sich wie dunkle Schokolade davon abheben.
Die kleinen Tische und Sitzecken sind gemütlich und hübsch dekoriert. Frische Blumengestecke stehen auf dem Tresen und das warme Licht, das von den Wandlampen

erzeugt wird, hat etwas Heimeliges. Es ist meistens sehr voll, was daran liegt, dass das Café als bestes der Stadt gilt. Selbstgemachte, echte italienische Eiscréme ist eben die Beste. Und der Inhaber, ein waschechter Italiener, kannte mich schon mit Vornamen.
Ich sitze kaum auf meinem Stammplatz, als er mir schon einen Café bringt.
»Ciao Bella! Jess, du siehst hinreißend aus!«, begrüßt er mich übersprudelnd. Er ist schon älter, trägt eine Brille und einen dichten Schnauzbart, was ihn ein bisschen wie einen gutmütigen Seehund erscheinen lässt. Seine braunen Augen mustern mich anerkennend. Natürlich hat er von der Trennung gehört, aber er geht nicht weiter darauf ein. Er weiß, wann er sich zurückhalten muss. Geschichten von im Treppenhaus verstreuten Klamotten inklusive Verlobungsringen bleiben eben nicht lange unbemerkt.
Vor allem, wenn man so aufmerksame Nachbarn hat wie ich.
Bestimmt war es Frau Güldenblatt aus der Wohnung gegenüber. Die alte Schachtel ist ein richtiges Lästermaul und hängt immer mit einem Auge am Türspion, damit sie auf keinen Fall etwas verpasst. Im Haus witzeln wir schon, dass ihre alten Ohren nicht umsonst gigantisch sind.
Gerüchtehalber soll sie früher im Geheimdienst tätig gewesen sein. Ich halte das nicht für unwahrscheinlich. Und was Güldchen, wie ich sie nenne, weiß, weiß spätestens am nächsten Tag die ganze Stadt. Nur in einer massiv ausgeschmückteren Version. Da wird aus einer Mücke tatsächlich eine ganze Herde Elefanten.
Ich lächele Georgio aufrichtig zu und streiche mir den kurzen schwarzen Rock glatt. Ich trage meine Lieblingsstiefel aus dunkelbraunem Wildleder mit schicker Krempe, beinahe kniehoch, dazu ein tolles schulterfreies Top in knallbunten Farben, das locker fällt und meine mangelnde Oberweite kaschiert, sowie die Kette meiner Mutter aus schlichtem Gold mit einem Ring daran, den sie in ihrer Jugend immer getragen hatte.

Meine Ohrringe sind einfache Stecker mit hellblauen Steinen. Die Haare habe ich zu einem hohen Zopf gebunden und mein Lieblingsparfüm aufgetragen.
Ich will so umwerfend wie möglich aussehen, wenn ich Alex gegenüber sitze.
»Danke dir«, meine ich lächelnd. Georgio schmunzelt und streicht sich den Schnauzbart. »Na, hast du ein Date?«, fragt er erfreut und das Wohlwollen in seinen Augen ist so rührend, dass mir ganz warm ums Herz wird.
Ich werde etwas rot und nippe vom heißen Café. »Nein, eigentlich nicht.« Ich schürze die Lippen und spiele mit dem kleinen Keks herum, einem Amarettini, der immer zum Café gereicht wird.
Georgio wartet ab, während er mich eingehend mustert.
»Ich warte auf Alex. Er will reden«, meine ich endlich und vermeide den Blick in Georgios Gesicht, dessen Züge ihm entgleiten.
»Mia cara!«, ruft er entsetzt aus, während er die Hände zusammenschlägt und ich vor Schreck den Keks entzweibreche. Die Krümelchen fliegen herum wie aufgeschreckte Spatzen und Georgios große, behaarte Hand legt sich nachdrücklich auf meine eher schmale Schulter, die von Sommersprossen bedeckt ist, so wie übrigens der ganze Rest meines Körpers. Abgesehen von den Handflächen und den Fußsohlen.
»Das ist dein Ernst? Nach allem, was er dir angetan hat?«, fragt er mich etwas leiser, nachdem sich einige neugierige Augen auf uns gerichtet hatten.
Ich nicke knapp. »Er will reden. Ich werde ihm die Chance geben, sich zu erklären. Aber ich werde ihn nicht zurücknehmen, keine Sorge.«
Georgio sieht mich zweifelnd an, nickt aber. »Wenn du noch etwas brauchst, dann bin ich für dich da.« Er wirft mir noch einen langen Blick zu, ehe ich dankbar nicke.
»Ich weiß.«
Es tut gut, so liebe Freunde zu haben, aber das muss ich alleine auslöffeln, schließlich habe ich es mir selbst eingebrockt.

Ich spähe auf die Uhr an meinem Handgelenk und noch einmal auf die andere Uhr an der Wand schräg hinter mir, deren Zeiger aus kleinen Eiskugeln bestehen und die Ziffern aus Eiswaffeln. Es ist schon zehn Minuten nach sechs.
Er kommt zu spät.
Während ich meinen heißen Café trinke, beginne ich innerlich zu brodeln.
Ich hasse Unpünktlichkeit und das weiß Alex auch genau. Vielleicht hat er mich auch angelogen und es war nur ein Trick, um mir eins auszuwischen, grübele ich, während ich meinen zerbröselten Amarettini knabbere.
Um mich herum nehme ich die Geräusche des Cafés wahr. Das Klappern von Löffeln auf Untertassen oder in den großen, gläsernen Eisbechern. Das Gemurmel der vielen Stimmen, die sich unterhalten, miteinander lachen, sich den neuesten Klatsch zuraunen, das Zischen der Kaffeemaschine und das Klimpern, wenn Geld in die Kasse eingezahlt wird.
Ich kann es kaum erwarten, endlich wieder durch den Eingang der Bar zu kommen, wo ich endlich auch wieder all diese vertrauten Geräusche hören kann. Ich liebe meinen Job und werde auf keinen Fall wieder als Bürokraft arbeiten, denke ich trotzig.
Ich spüre, wie mein Handy vibriert. Entgegen der Generation Smartphone, wie ich sie nenne, besitze ich noch ein altes Motorola. Ich muss nicht mehr damit machen können, als Anrufe zu tätigen. Mir genüg es vollauf und es ist klein genug, dass ich es in meine Hosentasche stecken kann.
Jedenfalls könnte ich das, wenn ich gerade eine Hose tragen würde. Stattdessen muss ich in meiner Handtasche danach suchen. Sie ist dunkelbraun und ich habe sie mit bunten Aufnähern und Ansteckern verziert, damit sie nicht so langweilig aussieht.
Obwohl sie nicht groß ist, kann ich Stunden damit verbringen, darin etwas wiederzufinden. Zwischen

Lippenbalsamen und einem zerlesenen Roman entdecke ich es endlich.
Das Display blinkt hektisch und ich klappe es auf.
Natürlich wird in dem Moment aufgelegt, als ich rangehe.
Typisch.
Stattdessen hat der Anrufer mir eine Nachricht hinterlassen.

»Schaffe es doch nicht. Sry. A.«

A.
A wie Arschloch, denke ich sauer. Ich lösche die Nachricht sofort und klappe das Gerät wieder zu, ehe ich es wieder zwischen Lippenbalsam und dem Roman platziere.
Ich hänge mir die Tasche auf die Schulter, während ich den Café austrinke und einen Blick zur Uhr werfe. Es ist schon fast halb sieben.
Ich dränge mich durch das voll besetzte Café und der wunderbare Georgio hat mir bereits die Rechnung ausgestellt, die ich mit einem gequälten Lächeln begleiche.
Das liegt jedoch nicht am Preis, sondern an dem gerade Erlebten.
»Komm bald wieder, meine Liebe, hörst du?«, meint er lächelnd. Ich sehe ihm an, dass er weiß, was ich fühle. Er schiebt mir einen extra Amarettini zu, den ich schmunzelnd einstecke.
»Na klar«, meine ich. »Kein Mann kann mich davon abhalten, meinen Lieblings-Italiener zu besuchen!«
Er grinst breit und streckt sich stolz, was mich zum Lachen bringt, obwohl ich am liebsten heulen würde.
Draußen scheint die Sonne und es ist warm. Als die Ladentür klingelnd hinter mir zufällt, hüllt mich der bekannte Straßenlärm ein. Das Zwitschern von Vögeln mischt sich darunter und ich schlendere gemächlich zu meinem Arbeitsplatz.

Die Bar heißt Unsink-Bar. Einfallsreich, ich weiß. Das Ladenschild zeigt die Front eines alten Schiffes, das in blinkenden Neonlichtern stolz den treffenden Namen verkündet, während links und rechts dekorative Flaschen und Gläser angebracht sind. Die Holzformen sind bemalt, jedoch blättert die Farbe schon ein wenig ab. Das tut jedoch dem Charme keinen Abbruch, wie ich finde.
Neben dem Eingang stehen niedrige, dichte Bäumchen in großen, wuchtigen Pflanztöpfen, die wie alte Schiffsfässer aussehen. Es könnte sich um Wacholder handeln, aber ich bin mir nicht sicher.
Drinnen ist schon die Beleuchtung an und ich kann Anton durch die Glastür sehen, der hinter der Theke steht und alles für den Abend vorbereitet.
Leise Musik dringt an mein Ohr, als ich die Tür lächelnd aufdrücke und mich der gewohnte Duft von Reinigungsmitteln und altem Holz empfängt.
Die Stühle und Tische sind allesamt aus Eiche und handgefertigt. Das verleiht dem ganzen Raum etwas Uriges. Bunte Windlichter auf den Tischen lockern das Bild auf, während verschiedenste Bilder unterschiedlicher Stilrichtungen an den Wänden hängen. Außerdem gibt es natürlich die obligatorischen Banner heimischer Fußballmannschaften und anderer Sportvereine, die dekorativ platziert sind, sowie einige Pin-up-Motive aus den Fünfzigern und Sechzigern, die im Comicstil von den Wänden lächeln. Und natürlich die bunten Lichterketten, die um all das drapiert sind. In der Ecke stehen Jukeboxen und es gibt eine besondere Glasvitrine, deren Unterteil die Front eines alten Ford Mustangs darstellt. Das Gestell ist auf Hochglanz poliert und eines der Highlights der Bar. In der darüber aufgebauten Glasvitrine, die sich nahtlos an die Karosserie fügt, werden die Pokale der heimischen Sportvereine ausgestellt, die regelmäßig hier zu Gast sind.
Es sieht aus, als wären sämtliche Männerträume gleichzeitig wahrgeworden.
Anton schaut von dem großen Bierkrug auf, den er gerade poliert und grinst, als er mich sieht.

»Jess, wie schön, dich wiederzusehen. Der Laden hat dich vermisst, allen voran die Gäste. Die Stammkundschaft hat sich schon Sorgen gemacht! Wie geht es dir?«
Antons Fröhlichkeit nimmt mir sofort ein wenig von der Trübseligkeit, die sich auf meine Schultern gelegt hatte. Weil mir die Trennung auch so lange danach noch so zugesetzt hatte, musste ich mir die letzte Woche noch einmal freinehmen, und das war auch genau richtig so.
»Mir geht`s gut soweit. Und du? Schon deine Herzdame angesprochen?«, necke ich ihn freundlich.
Er lacht verlegen. »Ne«, meint er, während er das polierte Glas wegstellt und sich ein neues nimmt. »Ich traue mich einfach nicht. Sie hat bestimmt schon jemanden.«
Ich muss lachen. »Das wirst du nicht herausfinden, wenn du es nicht endlich mal fragst!«, meine ich grinsend.
Er nickt ernsthaft. »Stimmt. Und, bei dir alles ok?«, hakt er nach, als ich meine Tasche unter dem Tresen verstaut habe.
Ich nicke langsam. »Ja. Das Thema ist durch.«
Das ist nur die halbe Wahrheit, aber ich will einfach nicht mehr darüber reden.
Als die ersten Gäste eintrudeln und mich der Alltag wieder hat, habe ich Alex fast schon vergessen.

♦♦♦

Jedenfalls bis zu dem Moment, an dem ich die Stufen zu meiner Wohnung hochlaufe und ihn auf der letzten davon sitzen sehe.
Einen großen Strauß roter Rosen in der Hand und eine Schachtel Pralinen in der anderen. Und mit diesem zerknirschten Lächeln auf den Lippen, bei dem mir sonst immer das Herz geschmolzen ist.
»Hallo«, meint er leise, als er mich sieht. Es ist mitten in der Nacht. Ich hatte mich auf meinen Feierabend gefreut.
Ich verharre auf dem Treppenabsatz und umklammere das Geländer mit einer Hand, während ich ihn ansehe. Er trägt

wieder diese Boots und die abgewetzte Jeans, die ich so mag. Das T-Shirt ist weiß wie eh und je und kurz flattert etwas in meinem Magen bei seinem Anblick.
Wir starren uns einen Moment an, ehe ich blinzele, um den Bann zu brechen und nur kurz nicke. »Hi.«
Er schwenkt den Rosenstrauß wie eine Friedensflagge. »Ich wollte unbedingt kommen, aber es kam mir etwas dazwischen. Ich wollte nicht, dass du denkst, dass ich es nicht ernst gemeint hab. Ich meine es ernst, Jessy.«
Ich lausche seinen Worten skeptisch, während ich langsam die Stufen erklimme. Ich fühle mich unendlich müde in diesem Moment.
»Ok«, meine ich knapp. »Und was meinst du, wie es jetzt weitergehen soll?«, frage ich mit hochgezogener Braue.
Er hat extra die teuren Pralinen gekauft, wie ich sehe.
Die mit Champagnercréme, die ich so mag.
Verflucht.
Er erhebt sich hastig und die durchsichtige Folie, in die die Rosen eingeschlagen sind, knistert in der Stille des Treppenhauses laut.
»Na ja, ich dachte, wir könnten vielleicht jetzt noch reden. Oder morgen, ganz wie du willst.« Er betrachtet mich abwartend und ich seufze leise.
»Hör mal«, beginne ich, »ich glaube nicht, dass es da noch viel zu sagen gibt. Und ich bezweifle stark, dass das je wieder in Ordnung kommt. Ich kann das einfach nicht, Alex.« Die Worte kommen schleppend über meine Lippen, und ich umklammere das Treppengeländer mit einer Hand, während ich auf sein Kinn starre, auf dem der Dreitagebart prangt. »Ich dachte, wir hätten etwas Besonderes gehabt, weißt du?« Ich kann mir den Satz nicht verbeißen und den Vorwurf darin.
Ich sehe, wie er die Rosen sinken lässt und kurz die Augen schließt. »Ja, ich weiß. Es tut mir so leid, Jess.«
Ich nicke stumm und eine Träne kullert über meine Wange und nimmt ein wenig von dem dunklen Kajal dabei mit, den ich auf das untere Lid aufgetragen habe.

»Jessy…«, meint er leise, flehend. Ich sehe, wie seine Hand zuckt und er sie nach meiner Wange ausstrecken will, aber ich schüttele den Kopf und hebe eine Hand.
»Nein, nicht.«
Er nickt langsam. »Es tut mir wirklich leid«, sagt er leise, während ich vermeide, in sein gequältes Gesicht zu sehen.
Ja, mir auch, denke ich, während er mir die Rosen und die Pralinen in den Arm drückt und dann davon schleicht wie ein geprügelter Hund.
Mir auch.

# 3

Ich starre wie betäubt auf die Rosen auf meinem Wohnzimmertisch. Mein Blick wandert zu den Pralinen, die direkt daneben liegen und ich verstehe nicht wirklich, was er damit hatte bezwecken wollen.
Was bezweckte überhaupt je ein Mann damit?
Als ob man ein gebrochenes Herz mit Pralinen kitten könnte, oder eine betrogene Frau mit Rosen wieder gnädig stimmen?
Ich schüttele den Kopf.
Männer.
Die Kaffeemaschine röchelt im Hintergrund und ich strecke mich seufzend auf der Couch aus. Es ist halb vier am Morgen. Ich habe endlich Feierabend, nachdem heute in der Bar die Hölle los war. Ich hatte ganz vergessen, dass heute Abend Fußball im Fernsehen lief und entsprechend voll war es bei uns. Anton hatte für solche Gelegenheiten extra einen großen Bildschirm besorgt und sogar spezielle Boxen besorgt, damit der Ton gut übertragen wurde.

Ich verstand Fußball genau so wenig, wie ich Männer verstand, aber wenn es den Gästen gefiel, war das umso besser.

Gewann ihre Lieblingsmannschaft, bedeutete das nämlich mehr Trinkgeld für mich, da die Meisten dann spendabler waren als gewöhnlich.

Ich wackele mit den Zehen, die noch immer in den Stiefeln stecken und streife diese dann mühevoll ab. Nach Tagen wie diesem will ich nichts als duschen und dann ab ins Bett.

Ich zucke zusammen, als es an der Haustür schellt.

Mir entfährt ein genervtes Stöhnen und ich schleudere den zweiten Stiefel, den ich noch in der Hand halte, wütend davon. Er prallt von der Wand ab und hinterlässt einen fiesen Schmutzfleck.

Mit zusammengebissenen Zähnen raffe ich mich auf und stampfe zur Tür. Das kann ja nur Alex sein, denke ich angefressen.

Aber es ist nicht Alex.

Es ist meine Mutter und sie ist in Tränen aufgelöst.

»Onkel Wilhelm hatte einen Unfall«, höre ich sie sagen, während ich das Gefühl habe, dass mein Herz stehen bleibt, »wir müssen sofort zu ihm ins Krankenhaus!«

◆◆◆

Der Morgen ist grau und trüb, als wir nach fast vierstündiger Fahrt endlich am Krankenhaus ankommen.

Mein Onkel Wilhelm wohnt auf dem Lande, wie man so schön sagt.

Ich habe ihn seit Jahren nicht mehr gesehen. Wie lange ist es schon her, grübele ich, während ich aus dem Auto steige.

Meine Mutter, mein Vater und ich sind sofort losgefahren. Mein Vater, grimmig wie eh und je, hatte im Auto unten

auf uns gewartet. Ich trage noch immer die gleichen Sachen wie gestern. Stiefel, in die ich hastig wieder geschlüpft bin, schulterfreies Oberteil und eine inzwischen wirre Frisur.
Meine Mutter ist ganz blass und ihre Augen sind dunkel vor Sorge, geht es doch um ihren Bruder. Ihren einzigen, wohlgemerkt. Ich nehme ihre kühle, klamme Hand in meine und streichele sie liebevoll, während wir nebeneinander her gehen, auf dem Weg zum Empfang.
Mein Vater geht schweigend hinter uns.
Ich weiß nicht, wie ernst es ist. Keiner weiß es so genau, seit Tante Emilia mitten in der Nacht bei meiner Mutter angerufen hat. Sie hätte ihn ohnmächtig auf dem Boden gefunden, heißt es.
Ob er wieder zu lange gearbeitet hat? Vielleicht war es ein Schwächeanfall oder ein Schlaganfall. Es ist alles möglich, wie mir klar wird. Er ist schon ziemlich alt, fast siebzig, glaube ich.
Ich muss schlucken, als wir in den fahl gelben Eingangsbereich treten. Die Luft draußen war kühl und roch nach Regen und frisch gemähtem Gras, sicher noch von gestern.
Hier drinnen ist es stickig und es riecht nach Angst, Desinfektionsmitteln und Ungewissheit.
Ich lecke mir nervös über die trockenen Lippen, während meine Mutter mit der Schwester spricht, die am Empfang steht.
Eine Zimmernummer wird uns genannt, und ich trotte wie belämmert hinter meinen Eltern her.
Anton war bestürzt, vom Unfall meines Onkels zu hören. Die beiden haben sich kennengelernt, als mein Onkel Wilhelm uns vor ein paar Jahren besuchen gekommen ist. Damals habe ich in der Bar nur nebenher gejobbt.
Ich erinnere mich, wie sie zusammen Onkel Wilhelms selbst gemachten Stachelbeerlikör getrunken haben und beide am nächsten Tag völlig verkatert waren. Ich muss unwillkürlich lächeln, ehe es mir vor Angst die Brust zuschnürt.

Meine Mutter, gut einen Kopf kleiner als ich, spielt nervös mit ihrer Perlenkette, während einige wirre Haarsträhnen aus ihrem brünetten Dutt aufgelöst auf ihren schlanken Nacken fallen.

Die Tür geht auf und ich sehe zuerst Tante Emilia, die viel grauer und älter aussieht, als ich sie in Erinnerung habe, was mir einen Stich versetzt. Ihre Hüften sind noch runder geworden und der burgunderrote Pullover scheint ausgeleiert zu sein. Das bunte Halstuch sitzt schief und ihre Wangen sind rotfleckig und zittern. Das dunkelblond gefärbte Haar trägt sie zu kurzen Locken und ich kann die Angst in ihren blassblauen Augen sehen. Sie wringt ein zerknülltes Taschentuch und bricht umgehend in Tränen aus, als sie uns erblickt.

Meine Mama und sie gehen leise hinaus, damit sie Onkel Wilhelm nicht weckt, der im Bett unter einer Decke liegt und augenscheinlich schläft. Mein Vater und ich stehen ratlos und schweigend daneben, während die medizinischen Geräte leise arbeiten.

Ich kann sehen, wie sich Wilhelms Brust unter der Decke hebt und senkt.

Langsam trete ich näher, unschlüssig, was ich tun soll.

Ein Verband ist um seinen Kopf gewickelt und die buschigen, weißen Augenbrauen sind im Schlaf leicht zusammengezogen, als hätte er Schmerzen.

Einen Moment lang verschwimmt das Krankenhausbild vor meinen Augen und mit ihm die Gestalt von Onkel Wilhelm. Eine Erinnerung taucht auf, die lebendiger und bunter ist, als die brutale Realität.

Onkel Wilhelm auf seiner geliebten Stachelbeerplantage, die er schon in der vierten Generation betreibt, wie er nie müde zu erzählen wird.

Ich sehe ihn deutlich vor mir. Bekleidet mit einem großen Sonnenhut, in den er immer einige Blumen gesteckt hat, was manchmal Bienen oder Schmetterlinge anlockt. Dazu ein weißes Unterhemd und diese ausgeleierte, fleckige Jeans, die er kurz vor dem Knie abgeschnitten hat. Ich weiß noch, wie Tante Emilia sich deswegen aufgeregt hat.

Er steht in meiner Erinnerung immer bei den Reihen von Sträuchern, an denen die Beeren reifen. Er jätet Unkraut oder bewässert die Pflanzen, kümmert sich um die Apfelbäume, die in der Nähe stehen oder wuselt im Garten herum, der hinter dem alten Bauernhaus angelegt ist. Es gibt viele verschiedene Gemüsesorten und Tante Emilia sorgt für die Blumen, die das ganze Jahr über im Garten blühen.
Im Sommer war ich immer bei ihnen, wenn Ferien waren. Es gab selbst gebackene Kuchen und frisch gepresste Obstsäfte.
Und Onkel Wilhelm zeigte mir, wie man diesen wunderbaren Stachelbeerlikör herstellte, den er mich verbotenerweise probieren ließ. Nie mehr als ein winziger Schluck.
Ich muss die Tränen unterdrücken, als diese Bilder meiner fröhlichen Kindheit verschwimmen und mich das Räuspern meines Vaters in die Realität zurückholt. Er bedeutet mir, mitzukommen, nach draußen, und ich nicke, während ich meine feuchten Wangen abwische und so leise folge, wie ich kann.
Die Armbanduhr an meiner Hand zeigt acht Uhr dreiunddreißig.
Tante Emilias Augen sind rot und verquollen, und ich nehme sie automatisch in den Arm und drücke sie ganz fest. Papa steht hinter mir und schweigt, so wie sonst. Er war noch nie ein Fan großer Worte und sparte sie sich auf, wie ein Geizkragen Münzen hortet. Manchmal wollte ich ihn am liebsten schütteln, um zu sehen, ob dann nicht doch ein paar Worte aus seinem Mund purzeln würden wie Münzen aus einem Sparschwein. Wortkarg nannte meine Mutter das. Ich fand es eher verstockt. Aber was soll man machen. Man kann andere Menschen nicht ändern, nur sich selbst.
Eine der unzähligen Weisheiten, die meine Mutter mir einflößte wie heißen Tee, wenn ich erkältet war. Literweise, Schluck um Schluck. Sie kannte zu jedem Thema einen

passenden Spruch und hielt auch nie damit hinter dem Berg.
Aber jetzt war sie stumm und weinte leise. Ihr zierlicher Körper hockt gekrümmt auf dem Krankenhausstuhl, den eine Schwester gebracht hatte, damit wir uns setzen konnten.
»Was hat er denn nun eigentlich?«, frage ich meine Tante, während ich ihr etwas unbeholfen den Rücken streichele.
»Er wird doch wieder gesund, oder?«, hake ich nach, als sie sich schluchzend von mir löst.
Sie betrachtet mich eine Weile, tupfte sich dann die Nase ab und fummelte ein Dokument aus ihrer winzigen Handtasche. Sie reicht es mir, ehe sie antwortete: »Das weiß nur der liebe Gott.«
Ich kneife die Lippen zusammen. Das ist keine Antwort, die ich hören will. Stirnrunzelnd entfalte ich das Papier. Es ist handgeschrieben und fleckig. Ich erkenne einen dunkelbraunen Ring, wo jemand achtlos eine Kaffeetasse abgestellt zu haben scheint.
Ich lese:

Meine liebe Jessica,

wenn du diese Zeilen liest, ist etwas geschehen, das deine Hilfe erforderlich machen wird. Du weißt, dass Tante Emilia und ich nie das Glück hatten, eigene Kinder zu bekommen.
Darum bist du unser größter Segen, denn für uns bist du wie eine eigene Tochter.
Bitte hilf deiner Tante auf dem Hof und der Plantage aus. Sollte ich von euch gegangen sein, so sollst du sie erben, und alles, was dazu gehört. Ein ordentliches Testament hütet deine Tante natürlich. Dieser Schrieb ist nur für deine Augen bestimmt.
Die Plantage mit den Stachelbeeren und dem anderen Obst ist mein Herz und meine Seele, ebenso wie das Haus, in dem deine Tante und ich schon so viele Jahrzehnte

wohnen. Ich sehe dich noch immer als Dreikäsehoch durch den Garten flitzen und die reifen Beeren klauen.
Kümmere dich gut darum, das ist mein größter Wunsch.

-Wilhelm

Ich stehe einige Sekunden da, sprachlos, während ich diesen fleckigen Brief erneut lese. Und dann noch einmal. Und noch einmal. Aus Sekunden werden Minuten und ich höre, wie still es plötzlich ist, als alle mich erwartungsvoll anstarren.
Mich um die Stachelbeerplantage von Onkel Wilhelm kümmern?
Auf dem Land?
Alleine?
Ich klappe den Mund auf und zu wie ein Fisch. Ich lasse das Papier sinken und starre in die erwartungsvolle Miene von Tante Emilia, die natürlich weiß, was drinsteht.
Ich weiß ebenso genau, dass sie ohne Onkel Wilhelm total aufgeschmissen ist. Sie ist fast so alt wie er und nicht mehr so fit wie damals. Ein Seufzer dringt aus meiner Kehle.
Habe ich eine Wahl? Kann ich das ablehnen? Ich lenke den Blick zu der geschlossenen Krankenhaustür, hinter der mein Onkel liegt.
Natürlich kann ich es nicht.
Hinter uns poltert es, als Ärzte und Schwestern damit beginnen, das Frühstück zu verteilen und die Visiten zu machen.
Ich beiße mir auf die Lippen und starre auf die Spitzen meiner Wildlederstiefel. Erfolglos versuche ich mir vorzustellen, wie ich damit über die Plantage laufe und Pflanzen gieße.
Anton wird gar nicht begeistert sein.
»Familie Grever?« Die Stimme einer Krankenschwester erklingt in meinem Rücken und ich drehe mich um.
»Ich möchte mit ihnen kurz über Herrn Grever sprechen«, fährt sie fort.
In meinem Hals bildet sich ein Kloß.

◆◆◆

Mama stochert lustlos in ihrem Salat herum, während ich sie verstohlen mustere.

In dem Restaurant ist es laut und voll und ich reibe gedankenverloren mit dem Daumen über das abgewetzte Holz des Tisches.

Neben mir sitzt mein Vater und schaut uns beide abwechselnd an, während er eine Portion Pommes mit Salat und gegrillten Rippchen verputzt.

Der graue Morgen ist einem überraschend strahlenden Tag gewichen, an dem ich mich nur leider nicht erfreuen kann.

Ich schiebe meinen Teller weg und ernte dafür einen missmutigen Blick von meiner Mutter.

»Du musst etwas essen, Kind«, mahnt sie tadelnd.

Ich starre darauf. Chickennuggets und Salat liegen neben ein paar Kroketten, die einen Klecks hausgemachter Sauce ziert.

Eigentlich etwas, das ich gern essen würde. Dank meiner guten Gene, wie meine Eltern nicht müde werden mir zu versichern, setze ich nämlich keinen Speck an. Niemals. Das klingt traumhaft, ist es aber nicht.

Ich bin so schlank, dass ich kaum Klamotten in passender Größe finde. Und das bezieht sich auch auf meine kaum vorhandene Oberweite, weswegen ich gern im Schlabberlook rumlaufe, wie meine Eltern meine modische Erscheinung nennen. Ich beneide insgeheim Frauen, die richtige Kurven haben, die in Bikinis nicht wie halb verhungert aussehen und die stolz schöne Oberteile mit Ausschnitt tragen können.

Wenn ich das tue, schlagen sich die Leute die Hand vor den Mund und fragen mich, ob ein Leben mit Anorexia schlimm ist. Na gut, nicht ganz so extrem vielleicht, aber ich fühle mich so, wenn diese mitleidigen Blicke mich treffen, die zu fragen scheinen, ob man mir ein Sandwich machen soll.

Tina, meine beste Freundin, fragt mich manchmal scherzhaft, ob ich ihr nicht ein bisschen von meinem Glück

abgeben kann. Sie ist selbst zwar schlank, behauptet jedoch felsenfest, dass sie auch nur vom Geruch einer Torte oder eines Stücks Schokolade zunehmen würde.
Dabei fühle ich mich absolut nicht vom Glück geküsst. Vor allem jetzt nicht.
Genervt trinke ich einen Schluck von meinem stillen Wasser, in dem eine sehr traurig aussehende Zitronenscheibe umher taumelt. Sie ist klein und schrumpelig, als wäre sie das hässliche Entlein unter den Zitronenschalen. Ich finde sie sofort sympathisch. Sie sieht so kümmerlich aus, wie ich mich fühle.
»Isst du das noch?«
Mein Vater äugt begierig auf meinen Teller so wie ein Ziegenbock auf ein saftiges Grasbüschel.
»Bitte, nur zu.« Ich schiebe ihm den Teller rüber und er verputzt meine Portion wortlos. Man hört lediglich das energische Kauen. Ich mustere seine schon grau gewordenen Haare, die er seit jeher kurz trägt. Er ist immer noch kräftig, wenn auch sein Bauch nun eher rund ist als gut durchtrainiert. Er war früher Kampfschwimmer und man sieht ihm die militärische Ausbildung immer noch an. Vor allem an der Art, wie er geht und daran, dass er meist schweigt. Seine Blicke können tödlich sein und ich bewundere ihn für seine Gelassenheit.
»Also wird Willi nicht sterben, nehme ich an«, meint er plötzlich.
Meine Mutter lässt von der Perlenkette ab, mit der sie unablässig gespielt hatte. Die Gabel, die im Salat stochert, hält inne. Ihr Mund klappt auf und zu, jedoch ohne etwas zu sagen, während man zusehen kann, wie ihr die Empörung ins Gesicht schießt.
»Gottseidank nicht, Papa.« Ich sage das eher, um meine Mutter zu beruhigen und lege dabei einen tadelnden Ton an den Tag.
Das Gesicht meiner Mum verzieht sich missbilligend, als sie ihren Ehemann mit einem scharfen Blick bedenkt. »Ja, Gottseidank, Liebling.«, zischt sie giftig, » Oder hast du

etwa ein anderes Ergebnis erhofft?«, fragt sie leise, beinahe drohend.
Oh, bitte nicht, denke ich, während ich mich zurücklehne. Ich wünsche mir gerade nichts mehr, als mit der Zitronenschale zu tauschen.
Mein Dad zuckt die Achseln. »Man lebt nicht ewig. Das weißt du auch, Anna. Ich wünsche dem alten Knacker natürlich nichts Schlechtes, was denkst du bloß. Es war nur eine Feststellung. Ich frage mich, wie unsere Kleine seinen Wunsch erfüllen soll.« Er mustert meine Mutter beiläufig, während er sich einen weiteren Chickennugget in den Mund schiebt. »Du nicht auch?«
Ich beuge mich gespannt vor. Diese Frage stelle ich mir, seit ich den Brief meines Onkels gelesen habe. Mein Blick ruht ganz auf meiner Mutter, auf deren Gesicht sich ein Lächeln ausbreitet.
Innerlich seufze ich, denn ich weiß genau, was für ein Gesichtsausdruck das ist.
Sie hat eine ihrer absurden Ideen.
»Na, was soll schon sein? Sie übernimmt die Stachelbeerplantage und den Hof und fertig. Dann braucht sie auch nicht mehr in dieser grauenhaften Spelunke ackern«, fügt sie noch großmütig hinzu. Sie schaut mich dabei an, als wäre das ein Geschenk des Himmels und die beste Idee aller Zeiten.
Ihr Gesicht erhellt sich noch mehr und sie beugt sich vor, um meine Hand zu tätscheln. »Und einziehen kann sie da auch gleich! Genug Platz haben Emilia und Wilhelm ja. Und dann muss sie nicht mehr in dieser engen kleinen Wohnung hausen.«
Oh, das wird immer besser. Ich verkneife mir eine spitzfindige Bemerkung dazu und trinke stattdessen Zitronenwasser.
Mein Vater neben mir schnaubt. »Hm! Vielleicht findet unsere Kleine dann auch mal einen gescheiten Kerl.«
Jetzt platzt mir allerdings doch der Kragen. »Hey!«, schnaube ich sauer, »die Sache mit Alex war blöd, ich weiß, kein Grund noch tausend Jahre darauf rumzuhacken!« Ich

schürze die Lippen und meine Eltern schweigen kurz. Ich sehe, wie sie vielsagende Blicke tauschen.

»Es ist nur so, Schätzchen, dass du auch nicht jünger wirst«, wirft meine Mutter ein. Sie hat ihre wundervollen Augen weit aufgerissen und wiegt den Kopf, als könnte sie mir damit begreiflich machen, wie alt ich schon wäre. Eigentlich bin ich überrascht, dass sie mich noch nicht längst zwangsverheiratet haben.

Nach Indien oder so.

Mein Vater nickt. »Ich will schließlich auch mal Enkel haben, weißt du? Und am besten, bevor ich ins Gras beiße.«

»Herbert!« Meine Mutter starrt ihn anklagend an. »Sprich nicht so! Du wirst bei meiner guten Pflege noch mindestens hundertzwölf! Untersteh dich, mich vorher alleine zu lassen!«

Ich muss lachen. »Wie haltet ihr beide das nur die ganze Zeit aus?«, frage ich, während ich mich vorbeuge und das Kinn in eine Hand stütze. Ich bin immer wieder davon fasziniert, dass zwei Menschen so lange miteinander auskommen können.

Meine Mutter lächelt und mein Vater grinst, als er das letzte Stück Tomate verputzt.

»Wir sind seit zweiunddreißig Jahren verheiratet und kennen und schon fünfunddreißig. Man lernt einfach, dass ohne Spaß im Leben auch die beste Beziehung nicht hält. Darum neckt dein Vater mich ja auch ständig.« Sie betrachtet ihn dabei mit einer Mischung aus Liebe und mildem Vorwurf.

»Pah!« Er winkt ab. »Sie ist diejenige, die mich schon vor dem Frühstück quält. Nicht einmal fünf Minuten länger darf ich im Bett liegenbleiben. Das macht sie verrückt.« Er zieht eine Braue hoch und betrachtet seine Herzdame.

Meine Mutter schnalzt mit der Zunge. »Ich habe eben einen festen Zeitplan, und du bringst ihn durcheinander, wenn du zu lange schläfst!«

»Du jagst mich ja bloß aus dem Bett, damit ich die Laken nicht so abnutze!«

»Ja, das auch. Aber vor allem tue ich das, um dich fit zu halten, mein Liebling«, gibt sie schlagfertig zurück.

Mein Vater schnaubt, was mich zum Lachen bringt. »Fit«, meint er gedehnt. »So wie du mich durch Haus treibst nennt man das eher Folter. Putz dies, hol das vom Dachboden, mach schneller, reparier die Spüle, der Wasserhahn leckt, schneide die Blumen ...«, er seufzt. Dann schaut er mich an und raunt: »Deine Mama war im letzten Leben Sklaventreiberin. Ich habe keine fünf Minuten Ruhe am Tag. Darum schlafe ich auch wie ein Stein. Vor Erschöpfung.« Er zwinkert und sie schnappt empört nach Luft.

»Ach, so ein Blödsinn! Du schläfst so gut, weil du deinen Gutenachttrunk bekommst und sonst nichts!«, meint sie schnippisch.

Er lacht. »Ja, weil du mir Beruhigungspillen in den Likör wirfst, darauf wette ich.«

Ich horche auf. »Likör?«, frage ich neugierig. Ich muss gleich wieder an meinen Onkel und seine Stachelbeeren denken und an die Aufgabe, die er mir gestellt hat. Ich weiß immer noch nicht, wie ich das hinkriegen soll.

Ich auf dem Land? Als Kind war es toll, aber jetzt ...

Mein Vater nickt. »Ja, der Stachelbeerlikör, den dein Onkel uns jedes Jahr schickt. Ich trinke jeden Abend ein Schnapsglas voll.«

»Papperlapapp!«, mischt sich meine Mutter wieder ein. Sie lacht und verdreht die Augen. »Schnapsglas? Wohl eher Wasserglas. Und er schickt ja nicht nur eine Flasche, sondern etwa ein Dutzend davon.«

Mein Vater brummt. »Ist eben gutes Zeug. Und schadet ja nicht, oder?«, meint er ein wenig eingeschnappt.

Ich frage mich, ob ich je eine Beziehung haben werde, die so wunderbar ist, wie die meiner Eltern. Obwohl sie sich nahezu permanent necken, kann ich spüren, wie verbunden sie miteinander sind.

Vielleicht ist es doch keine so üble Idee, mal eine Weile aufs Land zu ziehen und den Kopf freizubekommen.

Ich werde Anton bitten, mir meinen Jahresurlaub dafür zu geben. Drei Wochen sollten doch genug Zeit sein, um Tante Emilia auf der Plantage zu helfen und auch, damit sich Onkel Wilhelm wieder erholen kann.

»Ich hoffe jedenfalls, dass er sich schnell wieder von dem Sturz erholt.« Mein Vater wirft mir einen langen Blick zu, den ich schwer deuten kann, als er meine eigenen Gedanken ausspricht. »Es soll allerdings mindestens drei Wochen dauern.«

Ich nicke nur, denn der Kloß, der sich in meinem Hals bildet, lässt mich befürchten, dass ich keinen Ton rauskriegen würde.

Das hoffe ich auch.

# 4

Es ist schon Abend, als meine Eltern mich wieder vor meiner Wohnung absetzen.
Wir haben den ganzen Tag im Krankenhaus zugebracht, mit den Ärzten und Schwestern gesprochen, und Tante Emilia Mut gemacht, die noch immer völlig aufgelöst war.
Onkel Wilhelm war die meiste Zeit nicht ansprechbar. Die Erschöpfung hatte tiefe Spuren in seinem Gesicht hinterlassen und ich hatte keine Gelegenheit mit ihm zu reden, aber er war dankbar, dass wir da waren, wie mir meine Mutter versicherte.
Die Ärzte sagen, er ist auf dem Weg der Besserung, braucht aber noch viel Ruhe.
Ich bin unendlich erleichtert, das zu hören, weiß gleichzeitig aber auch, was das für mich bedeutet.
Die Plantage meines Onkels läuft nicht von alleine und ich werde wohl oder übel tun müssen, was alle von mir erwarten.

Ich seufze und schleppe mich die Treppenstufen hoch. Plötzlich kommt es mir so vor, als wäre das mit Alex schon ewig her und dieses ganze Drama weit weg.
Umso besser. Ich schließe die Tür auf und der leichte Duft von Zitrone begrüßt mich.
Ich habe die ganze Wohnung blitzblank geputzt und irgendwie kommt es mir so vor, als hätte sie geahnt, dass ich nun eine Weile weg sein würde.
Morgen früh werde ich zum Haus meines Onkels fahren und mich um die Plantage kümmern, bis es ihm besser geht.
Anton war nicht gerade begeistert, als ich ihn noch aus dem Krankenhaus angerufen habe, aber er hat eingesehen, dass ich keine Wahl habe. Und außerdem nehme ich mir ja extra den Urlaub dafür, und der steht mir nun mal zu. Obwohl mein schlechtes Gewissen an mir nagt, denn eigentlich habe ich mir schon wegen Alex zu viel Urlaub genommen. Also habe ich Anton angeboten, dass ich dafür weniger Lohn bekomme, was er murrend akzeptiert hat.
»Aber du kommst doch zurück, nicht?«, hat mein Chef mich besorgt gefragt.
Ich hatte gelacht, etwas unsicher, weil er so verzweifelt dabei klang. »Natürlich«, hatte ich ihm hastig versichert. »Du weißt doch, dass ich die Bar liebe. Ich muss das ja nur drei Wochen lang tun, bis es meinem Onkel wieder besser geht oder sie eine Aushilfe gefunden haben. Ich regele das schon.«
Anton am anderen Ende hatte geschwiegen und ich konnte quasi sehen, wie er sich über das schütter werdende Haar strich. »Na schön. Aber halt mich auf dem Laufenden, ja?«
Ich nickte und meinte: »Na klar. Mache ich doch immer. Und du sprich endlich deine Christina an und mach ein Date mit ihr aus!«, neckte ich ihn, was ihn zum Lachen brachte.
»Vielleicht«, antwortete er vage.
Vielleicht war wenigstens kein Nein.
Wir verabschiedeten uns und ich legte mit einem komischen Gefühl im Bauch auf.

Ich hatte keine Ahnung, was mich erwarten würde.

Genau genommen, denke ich, während ich den großen Reisekoffer unter meinem Bett hervorziehe, habe ich immer noch keine Ahnung. Ich weiß nicht einmal wirklich, was Obst so braucht, um gut zu wachsen. Von Wasser und Sonnenlicht abgesehen.

Aber die Pflanzen sind ja nicht die Einzigen auf dem Hof, die Erwartungen an mich haben.

Da gibt es ja noch ein gutes Dutzend Hühner, ein paar Katzen, einen Hofhund und zwei oder drei Pferde.

Vom ganzen Ungeziefer gar nicht zu reden.

Ratlos stehe ich vor meinem Kleiderschrank.

Was soll ich bloß anziehen? Für die Arbeit in der Bar habe ich normalerweise verschiedene Stiefel und Highheels, Röcke verschiedener Länge, elegante Hosen und kurze Tops.

Ich runzele die Stirn und streiche mir eine verirrte Haarlocke aus dem Gesicht. Ich habe keine passenden Sachen, wie ich mir eingestehen muss.

Es dauert eine gute Stunde, in der ich mich durch den ganzen Inhalt meines Schranks wühle, als ich endlich ein Paar sehr alter und sehr staubiger Sportschuhe zutage fördere. Sie sehen noch wie neu aus und passen sogar. Ich habe sie anscheinend so gut wie gar nicht angehabt und bin froh, zumindest Schuhwerk ohne Absatz gefunden zu haben.

Auf der Suche nach einem passenden Oberteil und einer Hose stutze ich plötzlich, als ich zwischen Trägertops und Sommerkleidern ein T-Shirt erspähe. Ich ziehe es aus dem Haufen an Kleidung und schürze die Lippen, als ich es als eines von Alex identifiziere.

Nun, Alex ist nicht mehr da. Und er wird kaum kommen, um dieses Teil abzuholen, also nehme ich es mit. Es geht mir fast bis zu den Oberschenkeln und ist somit perfekt geeignet, um meine nicht vorhandenen Kurven zu verstecken. Ich finde jedoch auch nach einer weiteren Stunde des Suchens keine passende Hose, also beschließe ich entnervt, dass ich eben die kurze Jeans mitnehmen

muss, die eigentlich eher eine Hotpants ist. Sobald ich im Dorf angekommen bin, in dem ich dann drei Wochen schuften werde, besorge ich mir eben dort neue Klamotten. Es wird schon irgendeinen Laden geben, der etwas Passendes im Angebot hat.
Völlig geschafft von den ganzen Turbulenzen des Tages und meiner letzten Schicht in der Bar, seit der ich nicht mehr richtig geschlafen hatte, falle ich ins Bett. Aufräumen werde ich morgen früh, ehe ich mich auf den Weg mache.
In meinen unruhigen Schlummer mischen sich Träume von meinen Eltern, die irre kichernd und mit goldenen Handschellen hinter mir herrennen und mich unbedingt an die Stachelbeersträucher ketten wollen, damit ich nicht zurück in die Bar kann. Irgendwo sitzt mein Onkel auf einem Hochsitz und lacht darüber, während er eine Peitsche schwingt. Meine Tante Emilia ruft die ganze Zeit etwas davon, dass ich den Kuchen aus dem Ofen holen soll, und ja nicht zu spät zur Hochzeit kommen darf.
Was für eine Hochzeit, frage ich mich im Halbschlaf immer wieder, während ich mich hin und her wälze. Noch mehr absurder Träume quälen mich, die voller Sorgen und Ängste sind, ehe ich desorientiert und mit verquollenen Augen ins Grau des neuen Morgens blinzele. Mein Wecker fiept unerbittlich und ich stemme mich hoch. Taumelnd eiere ich über den Haufen Klamotten, die ich gestern hatte wegräumen wollen, hake mit den Zehen hinter irgendein Oberteil und strauchele.
»Verflixte Scheiße«, entfährt es mir. Karma, mal wieder. Hätte ich den Kleiderhümpel beseitigt, könnte ich jetzt nicht drüber fallen. Aber für diese reuevollen Gedanken ist es etwas zu spät.
Ich fege im Sturz mit den Armen noch den Wecker von der Kommode, während ich erschreckt aufschreie und wie ein gefällter Baum auf den Boden donnere. Ich stöhne schmerzerfüllt auf, als ich einen Moment auf dem Teppich liegen bleibe und das dumpfe, mahnende Pochen weg atme, das sich in meinen Rippen ausbreitet. Ich bin auch noch auf einen meiner Schuhe gefallen und wälze mich ein

wenig selbstmitleidig hin und her. Das gibt einen schönen blauen Fleck. Mindestens faustgroß.

Der Tag hat schon grauenhaft begonnen, und die Ahnung, dass es immer noch schlimmer werden kann, breitet sich in meinem nervösen Magen aus.

Ich rappele mich wieder hoch und schlage wütend nach dem noch immer lärmenden Wecker. Er verstummt mit einem entrüsteten Quietschen und ich setze meine Schritte sorgfältiger als sonst, als ich mich ins Badezimmer begebe. Mit schmerzender Seite und so erschöpft wie sonst nie mache ich mich für die fast fünfstündige Fahrt fertig, die mich erwartet. Ich habe mir die Route schon angesehen und darf mich auf überquellende Züge freuen.

Da, wo ich hingehe, kann ich froh sein, wenn einmal am Tag ein Bus auch nur in die Nähe von dem Ort kommt, an dem ich die nächsten drei Wochen verbringen werde.

Es sind doch nur drei Wochen. Nicht wahr?

Ich seufze und schiebe mir frustriert die Zahnbürste in den Mund.

Meine Eltern haben natürlich versprochen, mich auch mal besuchen zu kommen.

Na danke.

Ich spucke die Überbleibsel der Zahnpaste in das Waschbecken und spüle mir den Mund. Meine langen, roten Haare sehen aus wie die Frisur der Geistermädchen aus sämtlichen asiatischen Horrorfilmen, die man je gesehen hat. Wie ein verknoteter Vorhang. Ein undurchdringlicher Wust.

Ich greife nach der Haarbürste und rede mir selbst gut zu, während ich mein fast hüftlanges Haar behutsam auskämme, als wäre es scheu und ich dürfte es nicht verschrecken, weil es sonst noch widerspenstiger würde.

Die Taktik geht erstaunlicherweise auf. Bevor meine Haare es sich anders überlegen können, flechte ich sie eilig zu einem Zopf, der mir über eine Schulter fällt.

Ich schlüpfe in die Sachen, die ich mir gestern rausgelegt habe, stopfe den restlichen Hümpel zurück in den Schrank und hoffe, dass die Flügeltüren der Masse auch

standhalten, während ich den Koffer, der geöffnet auf dem Boden auf seinen Einsatz wartet, mit allem fülle, was mir wichtig und unverzichtbar erscheint.
Unterwäsche und Kleidung für drei Wochen, ein paar meiner Lieblingsromane, Kosmetikartikel, Haarbänder, Zahnseide, ein paar Highheels (nur für alle Fälle), Haarbürsten, Schlaftabletten, mein Handy, Schuhe, noch ein anderes Paar Schuhe, Hausschuhe, Handschuhe, und mein Lieblingsparfüm, von dem ich mir schnell noch ein Paar Spritzer auf den Nacken und auf das spärliche Decolleté sprühe.
Ich glaube, alles zu haben und muss feststellen, dass ich das Fassungsvermögen des Koffers doch etwas überschätzt habe, denn ich bekomme das verflixte Ding kaum zu.
Ich muss mich darauf werfen und alles zusammendrücken, während ich mit hochrotem Kopf angestrengt versuche, den Reißverschluss zuzuziehen.
»Na komm schon«, keuche ich. Meine Finger zittern schon vor Anstrengung und mein Rücken wird feucht, als der Verschluss bei der Hälfte einfach streikt.
Ich wende all meine spärliche Kraft auf. Schließlich gibt es einen Ruck und der Koffer ist zu. Erschöpft aber erleichtert falle ich neben dem Ungetüm auf die Knie und mustere das schwarze Ding, das mich vorwurfsvoll anzustarren scheint.
Er hat wenigstens Rollen.
Ich spähe auf meine Armbanduhr und beschließe, dass ich noch etwas essen sollte, ehe ich aufbreche. Außerdem muss ich noch meine Pflanzen gießen, denn ich kenne meine Mutter. Sie sagte zwar, sie kommt ab und an vorbei, und sieht nach dem rechten, aber sie wird sicher vergessen, dabei auf den Balkon zu gehen und meine Blumen zu gießen. Ich will nicht zurückkommen und meinen kleinen Stachelbeerstrauch völlig vertrocknet vorfinden.
Drei Wochen ohne meine Wohnung.
Ich halte kurz inne und schaue mich um. Es ist sehr still an diesem Morgen.
Mein Blick fällt auf jedes Detail. Angefangen vom cremefarbenen Teppich über die hellen Möbel zu den

bunten Plastikblumen, die meine Bücher umranken. Der selten genutzte Computer auf dem Schreibtisch in der Ecke des Wohnzimmers, meine Couch und den nahezu nie benutzten Sessel, der Fernseher und schließlich der Übergang zu meiner kleinen Küche. Ich schlendere in selbige und koche mir einen Kaffee. Stark und voller Aroma, so wie ich ihn mag. Die Fliesen sind weiß und ich habe damals selbstklebende Bilder von Kräutertopfen und Lavendel darauf angebracht, damit meine kleine Küche immer gemütlich aussieht. Natürlich sind das nur Bilder und keine echten Pflanzen, aber ein guter Ersatz ist es schon.

Ich war ewig nicht mehr bei meinem Onkel und meiner Tante.

So viele Jahre sind vergangen und in mir keimt die bange Angst, dass ich vielleicht gar nichts wiedererkennen werde, wenn ich dort bin.

Das Paradies meiner Kindheit könnte verlottert sein, oder unkenntlich gemacht. Oder einfach nicht mehr so, wie ich es kenne. Als Kind liebte ich dieses bunte Wassereis in Form einer Hand mit ausgestrecktem Finger, um das ich meine Mutter immer anbettelte. Ich habe es vor nicht allzu langer Zeit wieder entdeckt und es war mir viel zu süß. Dabei mochte ich es früher unglaublich gern.

Was, wenn es mir mit dem Hof und der Plantage ähnlich geht? Was, wenn nichts mehr so ist, wie es war, oder ich mich einfach nicht mehr wohlfühle? Was, wenn all diese kostbaren Erinnerungen an meine Kindheit von den neuen Eindrücken ausgelöscht oder verfälscht werden?

Ich schiebe diese unangenehmen Gedanken weg, als ich zwei Scheiben Toast in den Toaster stecke und im Kühlschrank die Lebensmittel aussortiere, die bis in drei Wochen schlecht sein werden.

Viel habe ich ohnehin nicht drin, und es lenkt mich ab, dass ich etwas Sinnvolles zu tun habe.

Die Kaffeemaschine röchelt und ich schalte das Radio ein. Mein Lieblingssender spielt einige flotte Songs und ich fühle mich sofort besser.

Ich erinnere mich daran, wie gern ich als Kind immer gesungen habe und muss lachen. Es gibt so viele Dinge, die ich früher gern getan habe, die ich jetzt aber nicht mehr tue. Wieso eigentlich nicht?
Auf dem Hof wird mich keiner hören, abgesehen von den Hühnern und den anderen Tieren. Vielleicht singe ich da ja wieder ein bisschen.
Von diesem Gedanken beschwingt frühstücke ich und schaue der Sonne zu, die langsam über die Hausdächer kriecht, als würde sie ihre Strahlen wie Finger ausstrecken, um zu schauen, ob es ungefährlich ist jetzt herauszukommen.
Ich atme tief durch, wasche das Geschirr ab, stelle den vollen Müllbeutel an die Tür und werfe mir die Jacke über.
Es soll ein heißer Tag werden, und meine sehr kurzen Jeans werden hoffentlich die richtige Wahl sein. Die Turnschuhe an meinen Füßen fühlen sich ungewohnt an, aber daran gewöhne ich mich schon.
Ich ziehe den Koffer hinter mir her zur Tür, kontrolliere noch einmal alles, ehe ich dann hinausgehe und hinter mir abschließe.
Drei Wochen sind ja gar nicht so lange, denke ich, als ich den Koffer, der trotz Rollen schwer ist, hinter mir herziehe.
Ich muss ihn die Stufen hinabheben, aber das geht schon.
Ich tue das schließlich alles für meinen Onkel Wilhelm und für Tante Emilia.
So schlimm kann's gar nicht werden.

◆◆◆

Es dämmert bereits, als ich mich mit schmerzenden Füßen voran quäle.
Ich spüre den blauen Fleck auf meinen Rippen deutlich, doch der Schmerz ist nur ein dumpfes Pochen, im

Gegensatz zu dem Höllenfeuerbrand, der meine Füße malträtiert.
Ich habe anstelle von Zehen nur noch wund gelaufene, pulsierende Blasen, die Samba tanzen und dabei versuchen, mich umzubringen.
Zumindest glaube ich das.
Mein fröhliches Lächeln ist einer verbissenen Grimasse gewichen, die, wenn ich die Blicke der mir Entgegenkommenden richtig deute, stark an eine Halloweenmaske erinnern dürfte. Nur, dass es eben keine ist.
Mein Keuchen klingt laut durch das sanfte Zirpen der Grillen und das Säuseln des Windes, der über die Landstraße streicht, auf der ich seit fast einer Stunde unterwegs bin.
Ich hatte völlig unterschätzt, wie weit der Weg zu Fuß war, wenn man den Bus verpasst hatte, der zuletzt vor vier Stunden hier entlang gerauscht war.
Ohne mich.
Und wieso?
Wegen der wundervollen Bahn, die ja unbedingt heute eine Verspätung von einer halben Stunde haben musste. Und das Tolle daran kommt erst noch: Es war ja nur die erste Bahn von insgesamt fünf, die ich hatte nehmen müssen.
Und da ich die erste verpasst hatte, erwischte ich natürlich auch die zweite nicht mehr. Weil ich zu beschäftigt damit war, die Treppe im Bahnhof mit diesem Monstrum von Koffer herunter zu straucheln, mir dabei fast den Arm auszukugeln und beinahe das Handgelenk zu brechen, als mir der Koffer entglitt und ich panisch danach griff, um ihn festzuhalten, das Gewicht des Ungetüms aber unterschätzt hatte.
Und so hing ich da, eine Hand am Koffer, die andere am Treppengeländer, während ich versuchte, die Kontrolle zu behalten.
Andere Reisende warfen mir schräge Blicke zu, während sie an mir vorbeieilten. Vermutlich wollten sie der Verrückten, die anscheinend unter Tourette litt, nicht zu

nahe kommen. Ich kann es ihnen nicht verübeln. Ich fluche nicht viel. Aber heute hörte ich gar nicht mehr damit auf. Alles nervte mich.

Meine Fahrt, die eigentlich hätte fünf Stunden dauern sollen, hatte sich inzwischen auf einen Zeitraum verlängert, den ich mir lieber nicht so genau ausmalte.

Ich hätte mittags jedenfalls bei meiner Tante ankommen müssen. Es war inzwischen Abend.

Der Sonnenbrand, den ich mir beim Warten auf den letzten Bummelzug eingefangen habe, wird wenigstens von der milden Luft gekühlt, die mich umweht. Sie duftet nach Flieder und reifendem Weizen, der auf den Feldern steht, an denen ich vorbeikomme. Autos habe ich schon lange nicht mehr gesehen. Ich bin mir nicht einmal sicher, ob ich wirklich auf dem richtigen Weg bin. Streng genommen bin ich mir nicht einmal sicher, ob ich nicht schon über irgendeine Grenze gewandert bin, auf dem Weg nach Australien. Es könnte genauso gut auch der Mars sein.

Aber umdrehen kann ich nicht mehr und mein Handy ist praktischerweise nicht funktionstüchtig. An alles hatte ich gedacht – nur ans Aufladen natürlich nicht. Dafür schleppe ich zu viele Paar Schuhe mit mir herum und anderen Kram, den ich gar nicht brauche. Ich fluche laut vor mich her, weil mich sowieso niemand hören kann.

Schmetterlinge taumeln in der Abenddämmerung noch ein wenig müde von Blüte zu Blüte des roten Mohns und den blauen Kornblumen, die am Wegesrand stehen. Auch erkenne ich weiße Blumen, die ich für Kamille halte.

Ich laufe weiter, vorbei an den Feldern, deren reifendes Korn sich sacht im milden Wind wiegt, über die noch immer warme Straße, auf die den ganzen Tag die Sonne gebrannt hat.

Ab und an huscht eine Eidechse über den erhitzten Asphalt, auf dem sie sich aufgewärmt hatte.

Ich lausche den Grillen und meinem eigenen Keuchen, während die Rollen des Koffers nervtötende, quietschende und ratternde Laute erzeugen. Ich ignoriere sie, weil alles andere keinen Sinn hat.

Ich bin vollkommen durchgeschwitzt und zittere vor Erschöpfung. Die Aussicht auf etwas zu Essen, ein wohltuendes Bad und mindestens zwölf Stunden Schlaf erscheint mir himmlisch und gleichzeitig fast unerreichbar. Ich kann nur dankbar dafür sein, dass diese ollen Sportschuhe in meinem Schrank auf mich gewartet hatten, als ob sie wussten, dass dieser Tag kommen würde. In Highheels wäre ich schon lange vor Schmerz am Straßenrand krepiert. Ich will mir nicht einmal ausmalen, wie grauenhaft das geworden wäre. Und im Grunde meines Wesens bin ich nicht sonderlich masochistisch und auch gar nicht darauf aus, mich selbst zu foltern.
Muss ich ja auch nicht: Das übernimmt freundlicherweise ja das Leben für mich.
Immer wieder eine Freude.
Ich zerre den Koffer weiter, während ich leise vor mich hin fluche und meine tauben Handflächen am Stoff meiner Hose reibe. Sie sind schon krebsrot und empfindlich, weil das ewige Ziehen des Monstrums hinter mir sie überbeansprucht.
Und dann entdecke ich es endlich. Ein Aufstöhnen der Erleichterung entkommt meinen Lippen und ich würde am liebsten in Tränen ausbrechen, als das Schild in Sicht kommt, das verkündet, ich hätte nur noch schlappe drei Kilometer zu laufen.
Ein Klacks. Ich habe ja schon gefühlte dreitausend Kilometer zu Fuß zurückgelegt. Dann schaffe ich diese läppischen drei Kilometer auch noch.
Dachte ich jedenfalls, bis ich gesehen habe, dass der Weg zum Hof meiner Tante nur eine Schotterpiste ist.
Durch das kleine Dorf war ich noch recht beschwingt gelaufen. Ich sehe rote Backsteinhäuser überall, die mit Reet gedeckt sind, was ich immer wieder wundervoll finde. Liebevoll renovierte alte Bauernkaten, mit heimeligen kleinen Gärten, in denen allerlei Blumen blühen, mit sorgfältig gemähten Rasen oder auch ganz verwildert, mit hüfthohem Gras und unendlich vielen Wildblumen, die in den leuchtendsten Farben blühen und ein Paradies für

Schmetterlinge und Bienen sind, gestrichene Zäune, an denen sich Kletterrosen hochranken und kleinen Skulpturen in den Gärten. Schilder verkünden, dass man frischen Honig kaufen kann. Gleich hinter dem Bäcker links.

Ich komme am besagten Bäcker vorbei. Eine wundervolle kleine Backstube, die natürlich schon geschlossen hat. Brote und bunte Trockenblumen liegen dekorativ im Schaufenster, die Preisschilder sind handbemalt und einige Getreideähren schmücken sie.

Einen anderen winzigen Laden habe ich schon hinter mir gelassen. »Gemischtwaren« stand dran. Und irgendwo in meiner verschwommenen Erinnerung habe ich auch eine Art Supermarkt gesehen, hieß nur nicht so. Hätte mir sowieso nichts genützt, denn an einem Ort wie diesem klappen die Menschen schon am späten Nachmittag die Bürgersteige hoch, wie man so sagt. Soll heißen: Es ist absolut nichts mehr los. Tote Hose.

Ansonsten sehe ich nur die niedlichen kleinen Häuschen mit den schönen Gärten. Irgendwo arbeitet ein Rasensprenger und ich höre das regelmäßige Tuk-Tuk-Tuk mit dem er Wasser ausspeit und es auf die Pflanzen regnen lässt.

Die ersten Glühwürmchen schweben funkelnd umher, während sich der Himmel über mir dunkel färbt. Ich kann in der Richtung, in die ich muss, noch das Rosarot sehen, in dem die Sonne versunken ist. Lämmerwolken bedecken das Firmament und im Prinzip ist der Anblick wunderschön und ich würde innehalten, um ihn zu würdigen, wenn ich nicht zu Tode erschöpft wäre.

Plötzlich höre ich Stimmen und das Geräusch erklingt ungewohnt in meinen Ohren, die seit Stunden keine menschlichen Laute mehr gehört haben.

Am Rande des Dorfes sehe ich einen beleuchteten Ort. Lichterketten hängen in den Bäumen, die zu einer Allee gepflanzt wurden und die wie eine beleuchtete Zielgerade wirkt. So ähnlich wie ein Regenbogen, an dessen Ende man einen Goldschatz finden kann.

Musik dringt an mein Ohr, fröhlich und laut, während sich Lachen und Klatschen hinein mischt.

Die örtliche Dorfkneipe? Ich bleibe stehen und schaue herüber. Dunkel erinnere ich mich, dass ich mit meinen Eltern ab und an dort essen war, wenn wir auf dem Weg zu Onkel Wilhelm und Tante Emilia waren. Es gab immer Kartoffelpuffer und selbst gemachtes Apfelmus.

Ich merke erst jetzt, wie hungrig ich bin. Aber Tante Emilia wartet sicher schon und ich will nicht, dass sie sich auch noch um mich Sorgen muss, wo es doch meinem Onkel schon schlecht genug geht.

Der Hof liegt noch ein Stück weiter hinter dem Dorf und ich schleppe mich voran, nur begleitet vom Quietschen meines Koffers.

Und dann stehe ich da, während ich fassungslos auf diese Schotterpiste schaue.

Ich kann auf dem Untergrund, der nur aus grobem Kies besteht, den Regen und Sonne über die Jahre zu einer halbwegs festen Straße umgewandelt haben, den Koffer nicht ziehen, wie mir schnell klar wird, als ich die fragwürdige Strecke mustere. Schlaglöcher bedecken das, was sich Weg schimpft, und überall liegen Steine verschiedenster Größe. Manche so klein wie feiner Sand, andere faustgroß. Im Staub erkenne ich Hufabdrücke und in weiterer Ferne sehe ich einige Pferdeäpfel liegen.

Ich schürze die Lippen, als ich zum Haus hinüberspähe. Ich kann es schon von hier aus sehen, aber der Weg ist sicher noch um die zweihundert Meter weit. Links und rechts in der Ferne erstrecken sich die Reihen mit den Beerensträuchern, abgegrenzt von Maschendrahtzäunen. Ich kann auch die Apfelbäume sehen und einige Kirschbäume, die zwischen die Reihen gesetzt sind. Davor sind zu beiden Seiten goldene Weizenfelder, deren Ähren sich im sanften Abendwind wiegen. Wenn der Sommer einen Duft hätte, dann nach genau dieser Mischung: Getreide und Beeren, sonnengeküsst, kombiniert mit dem Geruch von Hitze und Staub.

Die Plantage sieht schon von hier größer aus, als ich dachte und ich habe das Gefühl, dass ich mich auf eine viel zu große Sache eingelassen habe.
Aber jetzt bin ich so gut wie da.
Und alle verlassen sich auf mich.
Also muss ich das irgendwie hinbekommen.
Entschlossen packe ich den Koffer, den ich kaum einen halben Meter weit heben kann, ohne, dass mein Rücken in Flammen aufzugehen scheint.
Meine Arme zittern so schon vor Anstrengung, aber das Heben des Koffers lässt meine Muskeln protestierend kreischen, wenn sie das könnten. Stattdessen schmerzen sie nur, als würden sie aus flüssigem Feuer bestehen.
Diese zweihundert Meter erscheinen mir unendlich, aber ich habe keine Wahl. Es wird bald vollkommen dunkel sein und wie ich mit Unbehagen feststelle, ist das Haus komplett dunkel.
Das versetzt mir neue Kraft, denn ich kann mir kaum etwas Beängstigenderes vorstellen, als in halbwegs unbekanntem Gebiet im Stockdunklen mit einem monströsen Koffer umher zu eiern. Nicht, wenn es überall Schlaglöcher gibt, in denen ich mir die Knöchel verstauchen könnte.
Und ohne ein funktionierendes Handy.
Als ich endlich an der Türschwelle angekommen bin, lasse ich den Koffer stehen und setze mich ansatzlos auf die einzige Treppenstufe, die zur Haustür führt.
Neben mir blüht Lavendel links und rechts in hohen Töpfen. Im Baum gegenüber, einer alten Linde, hängt ein Windspiel, das sich im sachten Abendwind klingelnd bewegt und eine eigentümliche Musik damit erzeugt.
Ein alter Gartentisch aus Holz, das schon ziemlich verwittert aussieht, befindet sich schräg davon, zusammen mit Stühlen und einer Bank, die aus einem halbierten Baumstamm besteht. Ich erinnere mich daran, dass es rechts zu den Pferdeställen geht und zu den Koppeln. Und dort ist auch irgendwo der Hühnerstall.

Ich sehe erst, als ich mich umdrehe, dass ein weißer Briefumschlag an den Türknauf gebunden ist. Er leuchtet in der beginnenden Dunkelheit und ich ahne nichts Gutes.
Der Rest des alten Backsteinhauses ist nicht erleuchtet und still. Ich raffe mich auf und nehme den Umschlag, reiße ihn auf und muss mich schon ziemlich anstrengen, um die Schrift zu lesen.

Liebe Jessy,
ich bleibe bei deinem Onkel im Krankenhaus. Ich komme, sobald es ihm bessergeht. Der Schlüssel liegt unter der Matte. Im Haus findest du alles, was du brauchen wirst.

- Küsse, deine Tante Emilia

PS.: Jolly tut nichts.

Ich bleibe einige Minuten wie betäubt sitzen.
Das eben Gelesene scheint unendlich Echos in mir zu produzieren, denn die Worte prallen in meinem Kopf hin und her wie Pingpongbälle.
Ich bin also mutterseelenalleine. Und ich habe keine Ahnung, was ich tun soll.
Super.
Gottverdammtekackscheißenochmal.
Und wer ist diese Jolly? Oder ist das ein Männername? Ich bin mir nicht sicher.
Da es mittlerweile schon wirklich dunkel wird und es hier keine Straßenlaternen oder andere Lichtquellen gibt, fische ich den Schlüssel unter der Fußmatte hervor und fummele ein wenig an dem Türknauf herum, um das Schloss zu finden.
Schließlich schaffe ich es und schiebe die Haustür auf, die ziemlich schwer ist.
Der Duft von selbstgebackenem Kuchen liegt in der Luft und ich taste automatisch nach dem Lichtschalter, der sich irgendwo links befinden muss. Ich schubse aus Versehen einen dort lehnenden Regenschirm um, der geräuschvoll

auf den Fliesenboden poltert. Als ich den Schalter endlich gefunden habe, muss ich blinzeln, denn die plötzliche Helligkeit blendet mich.

Ich starre direkt in die Augen eines riesigen Hundes, der wie ein gigantischer, lebendiger Teppich direkt vor mir liegt und mich aufmerksam ansieht.

Ich muss schlucken.

Das wird wohl Jolly sein.

Das Biest hat bernsteinfarbene Augen und ein tiefschwarzes Fell. Die Schlappohren zucken, ehe er schnüffelnd den Kopf hebt. Nach dem ersten Schock finde ich ihn gar nicht so beängstigend, zumal er nicht knurrt oder bellt. Ich strecke die Hand aus, um ihn meinen Geruch wahrnehmen zu lassen. Er erhebt sich und mir bleibt das Herz stehen.

Er ist groß wie ein Kalb und seine Schulter geht mir bis zur Hüfte. Was bedeutet, dass er mir fast im Stehen durchs Gesicht lecken könnte.

Ich erinnere mich dunkel, dass dies wohl ein irischer Wolfshund sein muss. Und er ist auf alle Fälle keiner der Hofhunde, an die ich mich aus meiner Kindheit erinnere. Mein Onkel ist eigentlich ein Dackel-Fan.

Meine Hand wird von einer riesigen, roten, sehr nassen Zunge abgeschleckt und eine dünne Rute beginnt leicht zu wedeln.

Ich seufze erleichtert und tätschele noch etwas zurückhaltend den Kopf des Hundes, der sich jedoch vertrauensvoll an mich drängt und dabei beinahe umwirft.

Ich muss ein wenig hilflos lachen, als er so schmusig wird und kraule ihn kräftig an Hals und Nacken, was ihn zu begeistern scheint.

Er öffnet sein Maul und die große Zunge hängt wie ein überdimensionierter Waschlappen schräg heraus.

»Na du, das gefällt dir, was?«, frage ich den Hund. Er hechelt nur und schnüffelt neugierig an meinen Turnschuhen, während er mit seiner wedelnden Rute beinahe die Dekoration von der niedrigen Kommode fegt, auf der ein Arrangement aus Potpourri in einer Schale

steht. Die duftenden Blütenblätter sind getrocknet und ich erkenne ebenso haltbar gemachte Orangenschalen und einige Zimtstangen. Der Duft hängt im ganzen Hausflur und sofort fühle ich mich in meine Kindheit versetzt.
Tante Emilia und ich haben das in den Ferien immer selbst hergestellt, wenn ich zu Besuch war.
Ich muss lächeln und schleppe meinen schmerzenden Körper nach draußen, um den Koffer hereinzuholen.
Jolly hat mich dabei fest im Blick. Seine riesigen Pfoten mit den langen Krallen klicken auf den Fliesen, wenn er sich bewegt.
Er scheint erfreut, dass ich ihm Gesellschaft leiste, denn er verfolgt mich bis in die Küche, in die ich meinen geschundenen Körper schleppe, als ich den Koffer endlich in den Hausflur gehoben habe, wo er von mir aus stehen bleiben kann, bis ich wieder abreise. Oder bis zum Sankt Nimmerleinstag.
Die Wände des Flurs sind weiß getüncht und mit bunten Bildern von Blumen und Fotografien geschmückt. Das setzt sich auch in der Küche fort, die links davon abgeht und viel kleiner ist, als ich sie in Erinnerung hatte.
In der Ecke befindet sich eine gemütliche Sitzecke an einem massiven Eichentisch, auf dem ein Kuchen bereitsteht. Ich wusste, ich hatte etwas Köstliches gerochen.
Frische Blumen stehen in einer Vase auf dem Tisch und ich entdecke kleine Töpfe voller frischer Kräuter auf der Fensterbank. Die Küchenschränke sind aus hellbraunem Holz und haben dunkle Glasscheiben in den Türen, in denen sich das handbemalte Geschirr verbirgt, was Tante Emilia so liebt, wie ich nach einem Blick hinein feststelle.
Im Kühlschrank findet sich tatsächlich alles, was ein Herz begehren kann.
In einem großen Topf steht selbstgekochter Linseneintopf, Wurst und Käse ist im Überfluss vorhanden, und ich finde sogar ein Glas mit dem Honig, der vom örtlichen Imker stammt.
Tante Emilia hat sogar verschiedene Marmeladen vorrätig, wie ich den handgeschriebenen Etiketten auf den Gläsern

entnehme. Himbeere, Kirsche, Pflaume, Johannisbeere rot und schwarz und natürlich auch Stachelbeere.
Ich seufze und finde dankbar eine Schale mit frischer Butter und ein herrliches, dunkles Brot im Brotkasten.
Mein Blick fällt auf die leeren Hundenäpfe und Jolly wedelt vielsagend mit der Rute, als ich ihn ansehe.
»Na, das sieht ja ziemlich karg aus, was?«, frage ich das Tier lächelnd. Er leckt sich zustimmend die Schnauze und ich suche einen Moment, ehe ich in einem der unteren Schränke einen großen Sack mit Trockenfutter finde. Nassfutter ist auch vorhanden, und ich nehme eine der großen Dosen heraus. »Das schmeckt doch bestimmt besser als das Trockenzeugs, oder?«, frage ich den Hund unsicher. Er legt den Kopf schief und wedelt noch etwas freudiger mit der Rute. Ich werte das als eine Zustimmung und suche einen Dosenöffner aus der Schublade heraus, ehe ich ihm die ganze Dose in den Napf löffele.
»Herz und Lunge«, lese ich vor, während mir der ziemlich kräftige Duft davon in die Nase steigt. Mir wird ein wenig übel, aber ich verkneife es mir. »Dann hau mal rein, Süßer«, würge ich hervor.
Ich mache mir selbst etwas zu essen, während sich der Hund mit Begeisterung das Futter einverleibt.
Ich streiche mir frische Butter auf das dunkle Brot und die wunderbare Stachelbeermarmelade darüber.
Ich seufze dankbar, als ich mich auf dem Küchenstuhl ausstrecke und meine geschundenen Füße endlich von den Turnschuhen befreien kann. Ich streife sie einfach ab und die Socken gleich hinterher, während ich mir das leckerste Brot aller Zeiten schmecken lasse und dabei die vielen Blasen und geröteten Stellen begutachte, die meine Zehen und Knöchel schmücken.
Man vergisst, wie gut die einfachsten Dinge sind. Das wird einem erst wieder klar, wenn man sie nach langer Zeit wieder entdeckt. So erging es mir jetzt gerade.
Das kräftige Brot und die frische Butter an sich waren schon himmlisch, doch die süße, leicht säuerliche Stachelbeermarmelade darauf war die Krönung. Von dem

duftenden Kuchen schlang ich ebenfalls noch zwei Stücke herunter. Zitronenkuchen. Leicht und fluffig, wie eine kleine Wolke aus Teig und so aromatisch und köstlich, dass ich mich hineinlegen könnte. Tante Emilia hat sich wirklich gemerkt, was mein Lieblingskuchen ist und ihn extra für mich gebacken. Sie ist ein echter Goldschatz.

Jolly hatte seinen Napf in Rekordzeit geleert und seufzt zufrieden, während er sich auf dem Fliesenboden ausstreckt, direkt unter dem Tisch, an dem ich sitze.

Die Müdigkeit trifft mich wie ein Vorschlaghammer und ich quäle mich nach meiner Mahlzeit nur ungern hoch. Am liebsten hätte ich dort einfach weitergesessen, während der Hund sich wärmend an meine Beine schmiegte.

Aber ich brauche dringend eine Dusche und ein Bett.

Mücken tanzen um die Hängelampe, die warmes, gemütliches Licht in der Küche verbreitet. Der Lampenschirm ist aus Glas und mit bunten Blumenmotiven bemalt. Schon als Kind fand ich diese Lampe toll und wurde gar nicht müde die verschiedenen Blüten anzusehen.

Ich erhebe mich, stelle das Geschirr in die blitzblanke Spüle und mache mich auf die Suche nach einem Gästezimmer.

Zuerst inspiziere ich das gemütliche Wohnzimmer. Tante Emilia näht gern und ich erinnere mich, dass sie die weichen Vorhänge in der Farbe von Flieder selbst gemacht hat. Ebenso die vielen bunten Kissen auf der weißen Couch und dem kleinen Sessel. Es gibt einen Kamin, doch jetzt gerade ist er kalt und die Asche ist sorgfältig ausgeräumt worden. Stattdessen liegt frisches Holz auf einem akkuraten Stapel daneben.

Die Wände im Wohnzimmer sind in einem hellen Braun gestrichen, was die weißen Bilderrahmen gut erkennbar macht. Fotos sind darin eingefasst, die mich als kleines Kind zeigen, wie ich im Sandkasten spiele, oder auf einem Pony reite. Onkel und Tante sind auch dabei. Ich lächele, als ich die Hochzeitsfotos der beiden erspähe. Wie jung sie waren, und wie glücklich sie ausgesehen haben. Das Brautkleid von Tante Emilia hat einen altmodischen Schnitt und einen spitzenbesetzten Kragen. Ich finde, es ist trotzdem wunderschön.

Der weiche Teppich fühlt sich traumhaft an meinen nackten Zehen an und ich schlendere langsam durch den Raum und zu den Regalen mit allerlei Nippes. Figuren aus Porzellan stehen darauf. Verschiedene Tiere und andere Dinge. Eine tanzende Ballerina neben einem Küken, das zu lächeln scheint. Es gibt auch eine Schneekugel, die ich einfach nur schütteln muss, damit der kleine Weihnachtsmann darin auf seinem Schlitten durch das Schneegestöber toben kann. Die habe ich schon geliebt, als ich noch klein war. Ich erinnere mich daran, wie fasziniert ich von der Schneekugel immer war und wie gern ich damit gespielt habe.

Eine Keksdose steht auf dem Tisch, deren Inhalt natürlich selbstgebacken ist, obwohl die Dose eindeutig von echten dänischen Butterkeksen berichtet. Ich stibitze mir einen und knabbere daran, während ich das Licht wieder ausschalte und den nächsten Raum erkunde.

Das Badezimmer ist hell und freundlich eingerichtet. Die Handtücher sind dunkelblau und weich und duften nach Lavendel. Tante Emilia hat an die Wandfliesen verschiedene Muscheln aufgeklebt, auch ein paar kleine Seesterne. Die hat sie alle selbst gesammelt, in einigen der wenigen Urlaube, die die beiden zusammen gemacht haben. Wilhelm und Emilia hatten immer eine Weltreise machen wollen, doch der Hof und die Plantage ließen das zeitlich einfach nie zu.

Eigentlich schade, wenn ich so darüber nachdenke. Schließlich hätten sie es absolut verdient, und Emilia ist ein großer Afrika-Fan. Sie wäre bestimmt begeistert, um die Welt zu reisen. Onkel Wilhelm wollte immer mal nach Australien und nach Japan. Stattdessen haben sie es meist nur an Nord-oder Ostsee geschafft. Auch schön – aber eben nicht ganz die große weite Welt.

Duftendes Potpourri aus Lavendel und Zitronenscheiben sowie einigen getrockneten Rosmarinzweigen steht auf dem Fensterbrett. Die Jalousie ist zu, so dass niemand

hineinspähen kann. Die große Badewanne sieht himmlisch aus, aber ich bin zu müde und fürchte, ich würde nur einnicken.
Ich lasse das Licht an und gehe weiter. Direkt neben dem Bad ist das Schlafzimmer von Onkel und Tante. Ich schaue nur kurz hinein. Das Bett steht mittig, rechts und links davon jeweils ein Nachtschränkchen. Wecker auf beiden Seiten, was nur dafür spricht, dass der Onkel nicht ausschlafen darf.
Ich lächele etwas wehmütig, als ich sehe, wie ordentlich Tante Emilia Wilhelms Bett gemacht hat.
Leise schließe ich die Tür wieder.
Fehlt noch das Obergeschoss, zu dem eine dunkel gestrichene Treppe hinaufführt.
Ich finde das Gästezimmer gleich geradezu und beachte die beiden anderen Räume deswegen nicht weiter.
Die frisch bezogene Bettwäsche ist weich und duftet himmlisch. Durch das große Fenster kann ich nach draußen auf die Plantage sehen. Als ich es öffne und den Kopf herausstrecke, strömt die wohlriechende Abendluft herein. Ich verrenke mir ein wenig den Hals. Links kann ich die Pferdekoppeln im schwachen Licht sehen.
Ich lasse das Fenster geöffnet und laufe nur noch einmal herunter, um meine Turnschuhe und die Socken sowie den Koffer hoch zu schleppen. Ich will meine Sachen doch lieber griffbereit bei mir haben. Schließlich wuchte ich das Ungetüm ins Zimmer und zerre einige frische Kleidungsstücke heraus. Ein dünnes Top sowie frische Unterwäsche. Mit den Sachen in der Hand laufe ich wieder die Treppe herunter und dusche ausgiebig.
Das warme Wasser prasselt auf mich ein und wäscht zumindest ein paar der Strapazen herunter, die der Tag hinterlassen hat.
Die Seife, die in der Dusche bereitliegt, duftet nach Blumen und Sommerwiesen. Ich reibe mich großzügig mit ihr ab und verteile den feinen Schaum überall. Ich zucke nur kurz zusammen, als sie auf die aufgeplatzten Blasen und die wund gescheuerte Haut trifft. Glücklicherweise lässt das

Brennen jedoch kurz darauf nach und weicht einem erträglichen Pochen.

Schon merke ich, wie sich die verspannten Knoten in meinem Nacken und meinen Schultern zu lösen beginnen.

Nachdem ich mich abgetrocknet habe und meine nassen Haare auf meinen nackten Schultern liegen, schlüpfe ich in die frischen Sachen und betrachte mich im Spiegel.

Ich sehe müde aus aber trotzdem fühle ich mich ziemlich gut. Der Sonnenbrand auf meinen Schultern ist zwar heiß, aber es pellt sich wenigstens nichts.

Ich strecke meinem sommersprossigen Ebenbild die Zunge heraus, ehe ich das Licht ausschalte und die Treppe hochgehe.

Jolly legt sich mit einem Seufzen direkt vor die Treppe, nachdem er mir nachgesehen hat.

Ich winke dem Hund zu, ehe ich ins Gästezimmer gehe und unter die Decke schlüpfe, während die sommerliche Nachtluft durch das Fenster strömt und nach Blumen und reifendem Getreide duftet.

Ich schlafe wie ein Stein, noch ehe ich mich komplett zugedeckt habe.

Absurd, dass ich Schlaftabletten im Koffer mitgeschleppt habe.

# 5

Es gibt Träume, in denen weiß man genau, dass man träumt. Und dann wiederum gibt es welche, die einem so echt vorkommen, dass man sie sogar nach dem Aufwachen noch für echt hält, als ob man im Schlaf in ein Paralleluniversum befördert wurde.
Und dann gibt es meine Träume.
Die sind so absurd, unlogisch und bekloppt, dass man nach dem Aufwachen da liegt und sich fragt, ob man einen Psychiater kontaktieren sollte.
Ich habe geträumt, ich sollte Alex heiraten.
Jolly, der Hund, war der Trauzeuge, der jedoch den Ring verschluckt hat. Mittendrin, als mir Alex gerade einen improvisierten Ring aus einem Doughnut an den Finger stecken wollte, von dem ich schon die Hälfte abgebissen hatte, kam mein Onkel Wilhelm in den Raum gestürzt und schrie, dass ich Alex nicht heiraten dürfte, schließlich hätte ich noch Geschirr abzuwaschen. Und ohne ein

funktionierendes Handy würde das alles hier schon mal sowieso ungültig sein.
Er trug, nebenbei erwähnt, ein Hawaiihemd und zog meinen Koffer hinter sich her. Tante Emilia saß obendrauf. Fragt mich nicht, wieso.
Ich blinzele verstört in das fahle Morgenlicht, das durch das offene Fenster strömt. Ich registriere erst jetzt, dass die Wände lavendelfarben gestrichen sind und eine Schale mit Potpourri auf dem Kleiderschrank steht, der sich gegenüber meinem Bett befindet. Der Wecker auf dem Nachtschränkchen zeigt, dass es kurz nach sechs am Morgen ist. Es ist ein großer, altmodischer Wecker mit Ziffern, die im Dunkeln leuchten. Kein digitaler Nervenfresser, sondern so einer, der noch aufgezogen werden muss.
Die Bettwäsche ist weiß, hat jedoch ein buntes Blumenmuster, dessen verschlungene Ranken ich gedankenverloren mit dem Finger nachziehe.
Ich frage mich, wieso ich diesen bescheuerten Traum hatte.
Obwohl ich zugeben muss, dass Jolly als Trauzeuge echt niedlich war.
Ich schwinge die Beine über den Bettrand und streiche mir die roten Locken zurück. Aus dem Fenster gelehnt schaue ich zu, wie die Dämmerung hinter der Obstplantage aufzieht. Der Himmel färbt sich rosa und vertreibt das Grau, das für mich schon immer wie ein Umhang war, den die Nacht hinter sich herzieht, wenn sie am Morgen verschwindet und dem Tag weicht.
Das Wiehern von Pferden lässt mich aufhorchen und ich nicke stumm. Natürlich müssen die Tiere gefüttert werden. Sicher sind Tante Emilia und Onkel Wilhelm zu dieser Zeit schon lange wach. Ich kann nur hoffen, dass sie mir irgendwelche Anweisungen dagelassen hat.
Ich öffne den Koffer und krame eine Weile darin herum, ehe ich geeignete Sachen finde, die ich tragen will. Ein kurzes, dunkelrotes Top und eine abgeschnittene Jeans, die ich noch zuhause selbst zurechtgestutzt habe. Eine lange Hose erscheint mir zu warm.

Ich nehme die Sachen und meine Turnschuhe mit nach unten, wo ich erst einmal duschen will, um frisch in den Tag zu starten.
Der Geruch von frisch gekochtem Kaffee dringt in meine Nase und ich muss lächeln.
Tante Emilia ist anscheinend doch zurück, sicher geht es Onkel Wilhelm schon wieder besser!
Ich fühle mich auf einen Schlag vollkommen erleichtert und haste lautstark die Treppe nach unten, die Kleidung und die Schuhe in einer Hand, während ich die Küchentür aufschiebe.
Ein Paar unglaublich blauer Augen starrt mich verdutzt an.
Ich starre mindestens ebenso verdutzt zurück.
Jolly auf dem Boden zuckt erfreut mit den Ohren, als er mich sieht. Seine Rute beginnt zu wedeln.
Der Fremde hingegen sieht einfach nur baff aus. Die Kaffeetasse, aus der er eben hatte trinken wollen, schwebt noch vor seinen vollen Lippen, die leicht geöffnet sind. Die dunkelbraunen Haare sind unordentlich und stehen ab, als wäre er gerade erst aus dem Bett gefallen. Er hat ausdrucksstarke Brauen, die sich soeben misstrauisch zusammen ziehen und ich kann den Dreitagebart sehen, der seine Wangen und sein Kinn bedeckt. Obwohl: Eigentlich ist es schon etwas mehr als ein Dreitagebart. Es sieht eher nach ein oder zwei Wochen ohne Rasierer aus und verleiht seinem Gesicht etwas Schurkisches.
Er trägt nur eine schwarze Jeans und sonst gar nichts.
Ich schlucke und bin so perplex, dass ich nur dastehe und auf seinen Bauchnabel starre, unter dem sich eine feine Spur aus dunklen Haaren ausbreitet, die im Hosenbund verschwindet. Er hat ansehnliche Muskeln, wirkt aber nicht übertrieben trainiert. Und ich bemerke, dass sein linker Arm von der Schulter bis zum Handgelenk tätowiert ist. Aber ich komme nicht mehr dazu, mir das allzu genau anzusehen, denn mir wird plötzlich klar, dass ich gar nichts anhabe, außer einem Slip und einem Top, das obendrein ziemlich dünn ist und mir kaum bis zu den Hüften geht.

»Guten Morgen«, nuschele ich mit roten Wangen. Ich muss scheußlich aussehen. Meine Haare sehen vermutlich aus, wie explodierte Wolle und ich versuche meine Nacktheit hinter den frischen Sachen zu verbergen, die ich wie einen sehr kleinen Schild vor mich halte.
Er grinst und trinkt von seinem Kaffee. Lachfältchen bilden sich in seinen Augenwinkeln. Er nimmt sich sehr viel Zeit, ehe er antwortet, und ich sehe, wie seine Blicke über mich gleiten.
»Das ist er allerdings«, erwidert er schließlich.
Ich bekomme Gänsehaut. Seine Stimme ist tief und samtig und noch leicht verschlafen, was sie ein wenig rau macht.
Ich bekomme einen ganz trockenen Mund.
»Ich wollte eben duschen«, presse ich hervor und räuspere mich, weil meine Stimme total heiser klingt.
Er leckt sich die Lippen und nickt. »Hmhm.«
Ich verschwinde eiligst im Bad und schließe die Tür mit klopfendem Herzen.
Wer zum Geier ist das denn?!
Und wieso zum Teufel sieht er morgens um sechs so verdammt heiß aus?
Ich starre verwirrt mein Ebenbild im Badezimmerspiegel an, der mit winzigen Muscheln am Rand besetzt ist.
Meine Wangen sind leuchtend rot und ich sehe aus wie ein erschrecktes Reh.
Meine Tante hat mit keinem Wort irgendwas von einem jungen, heißen Kerl erwähnt, der halb nackt in der Küche auf mich warten könnte.
Oder ist er ein Einbrecher? Ich starre auf die Badezimmertür. Ich habe die Tür gestern Abend nicht abgeschlossen. Oder doch? Aber würde sich ein Einbrecher Kaffee kochen? Und das nur in Jeans? Und wäre er so gelassen? Und der Hund hatte auch nicht angeschlagen. Oder ist der Hund am Ende stumm und kann nicht bellen?
Ich schüttele den Kopf. Gibt es überhaupt stumme Hunde?
Ich schließe sorgfältig die Badezimmertür ab und lecke mir nervös die Lippen. Mein Magen flattert unruhig.

»Na schön«, murmele ich, so leise ich kann, zu mir selbst, »erst einmal duschen und anziehen und das alles, und dann sehen wir weiter ...« Ich starre auf das Schlüsselloch und werfe eines der dunkelblauen Handtücher darüber.
Nur für den Fall, dass er durchlinsen will.
Hier gibt`s nix zu sehen.
Ich schlüpfe eilig aus den spärlichen Kleidungsstücken und hinein in die Dusche. Obwohl ich in einem abgeschlossenen Raum in einer Kabine stehe und warmes, wohltuendes Wasser auf mich prasselt, fühle ich mich alles andere als entspannt und sicher.
Ich schaue ständig zur Badezimmertür, als ob der Fremde jederzeit die Tür eintreten und reinkommen könnte.
Meine Lippen pressen sich verärgert zusammen. Eindeutig zu viele Horrorfilme, befinde ich. Die haben mich paranoid werden lassen.
Ich runzele die Stirn, während ich mich mit der duftenden Seife abreibe, die wahre Schaumberge erzeugt. Seit der Trennung von Alex – oder besser gesagt, seit seinem Rausschmiss – habe ich andere Männer nicht einmal angesehen. Ich hatte mehr als genug Schmerz und Erniedrigung, vielen Dank. Das brauche ich nicht schon wieder.
Ich besitze nämlich anscheinend das fragwürdige Talent, mich immer in die falschen Kerle zu verknallen.
Nicht, dass ich Gefahr laufen würde, mich in diesen unbekannten Typen zu verknallen.
Ich schüttele energisch den Kopf. Sein Gesicht taucht vor meinem geistigen Auge auf, als ich mir mechanisch die Haare wasche und gar nicht richtig realisiere, dass ich sie ja bereits am Vorabend schon gewaschen hatte.
Die wahnsinnig blauen Augen, die so strahlend sind wie ein Sommerhimmel, sehe ich noch deutlich vor mir. Und wie sie mich ansehen. Als hätte er alle Zeit der Welt gehabt. Ich kann sie beinahe wieder spüren, wie ihre Blicke über meinen Körper wandern, und mein Magen beginnt zu kribbeln. Der Dreitagebart auf Wangen und Kinn war eigentlich schon etwas mehr als das, was ich sonst so mag.

Ich stehe gar nicht auf zu viel Bart. Obwohl ... bei ihm sieht es wirklich gut aus. Wie es sich wohl anfühlt, wenn man von so jemandem geküsst wird? Ich muss schlucken und tauche energisch meinen eingeschäumten Kopf unter den Wasserstrahl.
Quatsch mit Soße. Bestimmt pickst er wie ein Kaktus. Außerdem ist gutes Aussehen ja nicht alles.
Und wenn schon. Dann sieht er eben gut aus. Und dann hat er eben ein schickes Tattoo. Und Bauchmuskeln. Und trainierte Oberarme. Breite Schultern. Und schöne Lippen. Das lässt mich total kalt.
Bestimmt ist er sowieso schon wieder weg, wenn ich aus dem Bad komme.
Ich schürze die Lippen und drücke mir das Wasser aus den Haaren, ehe ich aus der Dusche steige und mich sorgfältig abtrockne.
Solche Kerle haben sowieso immer eine Freundin. Oder sie sind schwul. Oder sie sind geistig total unreif und benehmen sich wie zwölf. Oder sie sind untreu.
Ich rubble mir die Haare so trocken wie möglich und lasse sie offen, fahre lediglich mit den Fingern durch, um die gröbsten Knoten zu entwirren.
Etwas energischer als nötig wäre putze ich mir die Zähne und versuche dabei ruhig zu atmen. Und nicht mehr so grimmig mein Ebenbild im Spiegel anzustarren.
Meine langen roten Haare liegen nass und wild gelockt auf meinen Schultern und fallen bis auf den Rücken. Ich mustere die Sommersprossen, die sich von meinem Gesicht über Hals und Decolleté ausbreiten und sich überall auf meinem Körper finden lassen. Sogar auf den Füßen. Meine Augen sind mindestens genau so ungewöhnlich wie der ganze Rest von mir. Grün und Braun mischen sich wie eine eigenartige Marmorierung und sogar ein paar goldgelbe Sprenkel lasen sich in ihnen finden.
Als wären die Sommersprossen nicht schon schlimm genug. Ich muss wieder an die Hänseleien aus der Schule denken. Es ist beinahe wie ein Reflex, aber ich zucke die Achseln. Man kann die Meinung der Leute über einen nicht

ändern, wenn sie sich schon festgelegt haben. Egal wie sehr man sich anstrengt.
Ich frage mich, ob er sich auch schon eine Meinung über mich gebildet hat. Und dann, wieso mich das überhaupt interessiert.
Ich sprühe mich mit meinem Lieblingsparfüm ein und reibe mir Deo unter die Achseln, ehe ich in das rote, ziemlich knappe Top schlüpfe, wie ich leicht beunruhigt feststelle. Dann streife ich die Hose über und bin überrascht, wie viel ich tatsächlich davon abgeschnitten habe. Sie geht mir kaum bis zur Mitte der Oberschenkel, dabei hatte ich eigentlich gedacht, sie würde mindestens bis zu den Knien gehen.
Dann stöhne ich auf. Ich habe die Falsche erwischt. Verflixt.
Ich ziehe Socken und Turnschuhe an und atme tief durch.
Völlig egal.
Ich bin ja schließlich für Tante Emilia und Onkel Wilhelm hergekommen. Und ich werde einfach diese drei Wochen rumkriegen. Und was ich anhabe oder nicht anhabe, interessiert keinen. Ihn schon gar nicht. Ich schaffe das hier. Auch alleine, wenn es sein muss.
Koste es, was es wolle.
Er interessiert mich ja sowieso nicht. Und er ist bestimmt sowieso schwul.
Entschlossen öffne ich die Badezimmertür und gehe wieder in die Küche, wo ich mich wieder Mr. Unbekannt gegenüber sehe.
Er sitzt in aller Seelenruhe am Küchentisch, liest in einer entfalteten Zeitung und trinkt seinen Kaffee. Er hat mir am Küchentisch ihm gegenüber einen Teller, ein Messer und eine Tasse hingestellt.
Wie aufmerksam, denke ich leicht irritiert. In der Mitte des Tisches steht die Kaffeekanne, so wie ein Korb mit frischen Brötchen. Marmelade, Wurst und Käse sowie die Butterschale stehen ebenfalls bereit.
Ich schaue mir das alles einen Moment an, während ich zögernd näher trete. Ich betrachte das, was ich von ihm sehe und nicht von der Zeitung verdeckt wird. Nicht

gerade viel, außer einer braun gebrannten Hand mit langen, kräftigen Fingern.
Er schaut nicht einmal hoch, während er meint: »Setz dich doch. Ich fühle mich unwohl, wenn du mich so anstarrst.«
Ach, er fühlt sich also unwohl? Und wie kommt er darauf, dass ich ihn anstarren würde?
Ich verkneife mir eine bissige Bemerkung.
Zumindest scheint er kein Einbrecher zu sein.
Ich rücke mir umständlich den Stuhl zurück und setze mich, während ich mich mehr als nackt fühle. Aber glücklicherweise verdeckt die Zeitung das Meiste von ihm. Nur sein Haarschopf ist von meinem Platz aus zu entdecken. Und eben die Hand.
»Und mit wem habe ich das Vergnügen?«, frage ich, ehe ich mir ein Brötchen nehme. Jolly schlabbert freudig mit seiner nassen, riesigen Zunge über meine Zehen und ich zucke erschreckt mit dem Knie hoch, während ich mir ein plötzliches Auflachen nicht verkneifen kann. Ich bin leider unheimlich kitzelig und der riesige Hund, der unter dem Tisch liegt, scheint das genau zu wissen. Mein Knie wird von Schmerz durchzuckt, als es gegen das massive Holz prallt und ich beuge mich zähneknirschend vor, während der Tisch von der Wucht erzittert und das Geschirr zum Klappern bringt. Etwas Kaffee schwappt aus der Tasse meines Gegenübers und er senkt langsam die Zeitung. Seine blauen Augen mustern mich mit undeutbarem Blick, während ich mit hochroten Wangen eine Entschuldigung murmele und verstohlen mein Knie reibe.
Er legt die Zeitung weg und legt den Kopf schief, während seine Unterarme entspannt auf der Tischplatte ruhen. Ich sehe, dass er keinen Teller vor sich hat.
Entweder hat er schon gegessen, oder er hat nur für mich aufgedeckt, geht es mir durch den Kopf.
Ein träges Lächeln breitet sich auf seinen Lippen aus. »Du musst Jessy sein.« Er lächelt noch etwas breiter und ich spüre, wie meine Wangen noch ein wenig wärmer werden. Mit zitternder Hand schenke ich mir etwas Kaffee ein und nicke zustimmend.

»Ich bin Nikolai, aber alle nennen mich nur Niko.« Er scheint kein Freund vieler Worte zu sein, denn er wendet den Blick von meinem Gesicht und beugt sich seitlich herab, um Jolly zu kraulen, der unter dem Tisch hervor kommt und sich neben ihn setzt. Ich beobachte, wie seine kräftigen Finger liebevoll am Hundeohr ziehen.
»Und was machst du hier?«, frage ich, während ich einen Schluck Kaffee nehme, um meine trockene Kehle zu beruhigen.
Er lächelt schief. »Ich arbeite hier. Hat dir keiner Bescheid gesagt?« Er sieht mich an, direkt in meine Augen, und ich bin einen Moment wie erstarrt. Ich kann nicht wegsehen. Sein Blick ist intensiv und beinahe bohrend. Seine Augen sind zwar blau wie ein Sommerhimmel, doch ich kann sehen, dass sie nahe der Pupille dunkler werden. Wie das Auge eines aufziehenden Sturms. Ich sitze so nahe, dass ich sogar sehen kann, wie sich die Pupillen erst zusammenziehen und dann erweitern.
Dann wird mir klar, wie ich ihn anstarre und ich senke den Blick hastig auf mein unangetastetes Brötchen.
»Nein«, meine ich lahm.
Er schweigt und trinkt seinen Kaffee aus, ehe er aufsteht, geschmeidig wie eine Raubkatze auf der Pirsch. Sein Rücken ist unheimlich breit und kräftiger, als ich gedacht hatte. Ich kann nicht wegsehen, als er sich bückt, um die benutzte Tasse in den Geschirrspüler zu stellen.
Sein Hintern sieht ziemlich wohlgeformt in der Jeans aus und ich tadele mich selbst in Gedanken. Schnell schaue ich auf mein Frühstück und schneide sorgfältig das Brötchen auf. Hochkonzentriert, als wäre das ein chirurgischer Eingriff.
Niko dreht sich wieder um. »Tja. Dann willkommen. Ich fange mal an.« Er macht eine Geste und Jolly folgt ihm gehorsam nach draußen, während ich etwas perplex zurückbleibe.
Er geht doch nicht wirklich halbnackt raus, um zu arbeiten? Du lieber Himmel.
Drei Wochen?

Das halte ich keine drei Tage durch. Nicht, wenn Tante Emilia nicht bald zurückkommt. Vorzugsweise mit Onkel Wilhelm.
Ich versuche, das Kribbeln in meinem Magen zu ignorieren, und streiche mir großzügig Stachelbeermarmelade auf mein Brötchen.

◆◆◆

Nachdem ich mir das Frühstück reingezwängt habe, flitze ich nach oben, wo ich mir erst eine andere Hose anziehen will. Ich halte jedoch inne, als ich vor meinem geöffneten Koffer stehe.
Er wird denken, ich hätte mich extra für ihn umgezogen und vielleicht spinnt er sich dann am Ende noch zusammen, dass ich auf ihn stehe.
Bloß nicht.
Ich bleibe, wie ich bin, beschließe ich. Ich flechte mir die noch feuchten Haare zu einem seitlichen Zopf, der mir über die Schulter fällt, damit meine Mähne mich nicht beim Arbeiten stört.
Ich habe zwar keinen Schimmer, was ich genau alles tun soll, aber wenigstens ist jetzt jemand da, der es mir erklären kann.
Vielleicht habe ich ja sogar Glück, und Nikolai – Niko, verbessere ich mich in Gedanken – kann das alles auch prima alleine regeln.
Dann kann ich nämlich wieder abhauen. Ich verstehe sowieso nicht, wieso ich hier sein muss, wenn er doch schon da ist, um alles zu tun, was nötig ist.
Ich atme tief durch, ehe ich wieder die Treppe hinunterlaufe und nach draußen gehe.
Es verspricht ein warmer Tag zu werden und ich lausche kurz dem klingelnden Windspiel in der Linde, ehe ich eine sanfte Stimme vernehme.

Sie kommt von rechts und muss sich in den Pferdeställen befinden.
Ich durfte als Kind immer auf den Pferden reiten und beim Füttern helfen. Die Erinnerung und der Duft nach Pferd und frischem Heu lenkt meine Schritte wie von selbst zu dem Ort, an dem ich so lange nicht mehr war.
Der alte Haflinger, den ich als kleines Mädchen so vergöttert habe, ist leider nicht mehr. Ich habe dieses Pferd geliebt wie verrückt und ihm sogar Zöpfe in seine Mähne geflochten. Unendliche Stunden habe ich damit verbracht, ihm beim Grasen auf der Koppel zuzuschauen, seine graue, weiche Nase zu streicheln oder in seiner Box auf einem Heuballen zu schlafen, wenn die Nächte im Sommer warm genug waren.
An seiner Stelle befindet sich jetzt eine alte Stute mit durchhängendem Rücken.
Meine Tante und mein Onkel betreuen seit Jahren, wenn nicht gar seit Jahrzehnten Pferde, die sonst niemand mehr will. Mein Onkel sagt immer: »Diese Tiere haben uns Menschen ihr ganzes Leben auf ihrem Rücken getragen und uns Freude bereitet. Es ist Zeit, dass man ihnen etwas zurückgibt, wenn sie alt sind und nicht mehr geritten werden können. Sie schuften ihr ganzes Leben für uns, dann sollen sie es die letzten Jahre gut haben. Einen sauberen Stall, genug Wasser und frisches Heu, ab und an ein Leckerchen und viel Liebe. Das wünschen sich doch alle Kreaturen im Alter.«
Mein Herz zieht sich zusammen, als ich an diese Worte denken muss. Er hat absolut recht, wie ich finde. Nur leider beherzigen das zu wenig Menschen.
Ich beobachte, wie Niko von Box zu Box geht und die Pferde füttert. Er nimmt sich Zeit und ich kann spüren, dass er genau so denkt wie mein Onkel. Jedes der insgesamt vier Pferde bekommt eine Streicheleinheit und ein paar liebevolle Worte. Er steht mit dem Rücken zu mir, weswegen er mich gar nicht zu bemerken scheint.
Ich warte schweigend, bis sie alle versorgt sind und zufrieden ihr Frühstück kauen. Neugierige Ohren drehen

sich in meine Richtung und als Niko das bemerkt, dreht auch er sich um.

Inzwischen hat er sich ein dunkles T-Shirt angezogen, dazu staubige, völlig zerbeulte Jeans, die an den Knien durchgescheuert sind. Die Stiefel, die er anhat, sind schmutzig und schlammverkrustet.

Er grinst schief. »Langeweile?«, fragt er mich, als ich näher komme.

Ich zucke die Achseln und trete neben ihn an die Box, in der die alte Stute steht. Sie reckt neugierig den Kopf vor und ich strecke meine Hand aus, damit sie an mir schnuppern kann.

»Ich habe leider nicht viel gesagt bekommen. Ich dachte, ich müsste alleine hier schuften.« Das Pferd stupst meine Hand mit der Nase an und ich reibe das graue Maul liebevoll. Die alte Dame hört auf zu kauen und lässt die Unterlippe hängen, ein deutliches Zeichen, dass sie sich entspannt.

»Du kannst die Hühner füttern, während ich mir die Plantage ansehe.« Er betrachtet mich aufmerksam, was ich aus dem Augenwinkel mitbekomme. Wir stehen ziemlich nah beieinander, wie mir klar wird, aber ich streichle die Pferdenase noch einen Moment, ehe ich die Hand wegziehe und ihn ansehe. »Gern. Und dann?«, frage ich. Er ist ein gutes Stück größer als ich, und ich muss zu ihm hochschauen.

Er grinst noch etwas breiter. »Und dann schauen wir mal, was noch so anfällt.«

Ich nicke. Er riecht nach Pferd, frischem Heu und nach anderen Dingen, für die ich keinen Namen habe. Wenn ich den Mund aufmache, so fürchte ich, kriege ich keinen vernünftigen Satz raus.

Schweigen ist Gold.

Drei Wochen sind gar kein Problem.

Das schaffe ich schon.

Er geht rüber zu einer Ecke und holt einen gefüllten Eimer, den er mir in die Hand drückt, ehe er zum Hühnergehege

rüber zeigt. »Nicht alles auf einmal, ok?« Er zwinkert mir zu und dann schlendert er davon.
Wie betäubt schaue ich auf den Eimer, in dem sich eine Körnermischung befindet.
Na klar. Ich bin ja nicht komplett blöd.
Obwohl sein Vertrauen in meine Fähigkeiten wohl nicht sonderlich hoch zu sein scheint.
Mir geht auf, dass er mich wohl für eine Stadt-Tussi hält, die sich nicht einmal selbst die Schuhe binden kann.
Plötzlich bin ich stocksauer und stapfe zum Hühnerstall wie eine sehr kleine und wenig grüne Version von Hulk.
Na warte, denke ich verbissen, als ich das Gatter öffne und energisch eintrete, du wirst schon sehen.
Die bunte Hühnerschar sammelt sich gackernd und flatternd um mich und ich beachte den Hühnermist gar nicht, der überall rumliegt.
Die Hennen haben verschiedenste Farben und gehören sogar unterschiedlicher Rassen an. Eine wirklich bunte Schar. Mein Onkel liebt seine Hühner über alles und ich erinnere mich, dass er jedem der gefiederten Tierchen einen Namen gegeben hatte.
Die Vögel sind offensichtlich hungrig, denn sie picken gierig nach den Schnürsenkeln meiner Turnschuhe und ich werfe eilig eine Handvoll Körner auf den Boden, um sie davon abzulenken, mein Schuhwerk auseinander zu nehmen.
Der Gockel, der besonders groß ist und prächtige, glänzende Schwanzfedern hat, beäugt mich misstrauisch. Er stolziert nahe zu mir und mustert mich eindringlich aus seinen winzigen, fiesen Äuglein.
Ich tue ganz cool und werfe weiterhin in ruhigen, fließenden Bewegungen die Körner aus.
Allerdings scheint den Gockel meine Coolness gar nicht zu beeindrucken, denn plötzlich breitet er die Flügel aus und prescht vor.
Ich kreische erschrocken, als er nach meinen nackten Waden hacken will und lasse dabei fast den Eimer fallen.

Die anderen Hühner flitzen irritiert und laut gackernd um meine Füße herum, als ihr Chef auf mich losgeht.
Der Gockel pickt wütend nach mir, während ich den Eimer schützend herumschwenke, damit er mich nicht trifft. Mit der anderen Hand fummele ich am Gattertor herum, um aus dieser Arena herauszukommen.
»Hey, beruhige dich mal!«, rufe ich verschreckt, als er zu einem lautstarken Krähen ansetzt, dass mir durch Mark und Bein geht.
Ich falle mehr aus dem Hühnerstall, als ich hinausgehe, und in nicht allzu großer Entfernung vernehme ich amüsiertes Lachen.
Im Fallen lasse ich den Eimer los, während ich gerade noch mein Bein rechtzeitig zurückziehe, um dem scharfen Schnabel des Hahns zu entgehen.
Ich knalle das Gatter zu und mein Blick fliegt zu Niko, der kaum zehn Meter von mir weg steht, einen Eimer mit Werkzeug in der Hand.
Er lacht immer noch und beugt sich vor. Seine weißen Zähne blitzen im Sonnenschein und ich presse wütend die Lippen zusammen.
»Ich hab geahnt, dass das passiert«, prustet er ausgelassen. Er wischt sich verstohlen über die Augen. »Sorry, Jessy. Der alte Gockel ist eine echte Ratte. Der mag niemanden. Das ist bestimmt nichts Persönliches. Nur bei Wilhelm ist er zahm wie ein Kätzchen.«
Oh, na wie beruhigend. Ich rappele mich hoch und schaufele mit den Händen die Körner in den Eimer zurück, die sich wie eine kleine Flut aus ihm ergossen haben, als ich ihn fallengelassen hatte.
»Wie schön, dass ich dir den Tag versüßen konnte«, zische ich angefressen.
Er grinst nur. »Der Tag ist noch nicht rum«, antwortet er nur vielsagend, ehe er pfeifend davon geht und ich mir wie der größte Idiot aller Zeiten vorkomme.
Der Gockel starrt mich durch das Gatter boshaft an und ich strecke ihm die Zunge raus.
Männer, denke ich nur, ehe ich mich umsehe.

Ich werde auch alleine rauskriegen, was ich tun muss.
Dafür brauche ich Niko nicht.
Er wird schon sehen.

# 6

Nach der ganzen Gockel-Situation beschließe ich, dass ich erst einmal genug von dem Federvieh habe.
Da die Pferde schon gefüttert sind, will ich die Ställe ausmisten, denn die angrenzende Koppel ist für die Tiere sicher angenehmer als ein überdachter Stall.
Die Sonne kommt langsam höher und ich schwitze auch jetzt schon, noch ehe ich die Schaufel geschwungen habe.
Eine Box nach der anderen öffne ich geduldig, lasse die Pferde an mir schnuppern und führe sie dann ruhig und gelassen auf die Koppel, wo sie grasen können.
Die insgesamt vier Pferde sind alle zutraulich und freundlich, doch man sieht ihnen deutlich an, dass sie jahrelang schwer geschuftet haben.
Als die beiden Stuten und die beiden Wallache zufrieden am Gras knabbern, gehe ich wieder hinein. In der Ecke steht eine Schubkarre und ich finde die besagte Schippe, mit der ich die Ställe ausmisten kann.
Strohballen liegen in einem überdachten Schuppen, der direkt an die Ställe angrenzt und ich habe somit alles, was ich brauche.

In der Ferne höre ich eine Art Traktor, der ratternd und lärmend umhertuckert. Sicher dieser eingebildete Arsch, denke ich, während ich die Handschuhe überstreife und mir die Schaufel schnappe.
Es dauert keine fünf Minuten und meine Arme, die die Anstrengung nicht gewohnt sind, fangen an zu zittern. Mein Rücken brennt und ich schnaufe schwer, während mir der Schweiß über das Gesicht läuft.
Die Sonne meint es heute besonders gut und ich spüre meinen Sonnenbrand von gestern umso deutlicher, der mir zusätzliche Hitze beschert.
Dabei ist es im Stall schon warm genug, finde ich.
Fliegen surren nervig um mich herum und ich habe bereits jetzt die Schnauze voll.
Drei Wochen soll ich das hier täglich durchhalten?
Wer fand nochmal, dass es eine gute Idee wäre, mal aufs Land zu ziehen, um den Kopf freizubekommen? Ist das auf meinem Mist gewachsen oder hatten meine Eltern das vorgeschlagen?
Ich schnaufe missmutig. Bisher bin ich wenig davon angetan.
Ich beiße die Zähne zusammen und werfe eine neue Schaufel Mist in die Schubkarre. Stöhnend stütze ich mich auf den Stiel und verschnaufe kurz. Durch eines der geöffneten Stalltore kann ich nach draußen sehen, wo die Pferde friedlich auf der Koppel grasen und absolut entspannt und zufrieden aussehen.
»Na fein. Ihr habt gewonnen. Aber ich mache das nur für euch und Onkel Wilhelm«, murre ich leise.
Ich arbeite weiter und es dauert eine gefühlte Ewigkeit, ehe ich mit jeder Box fertig bin.
Meine Arme und Beine brennen wie die Hölle, denn der Mist musste natürlich auch weggefahren werden. Schubkarre für Schubkarre.
Die Boxen liegen jetzt wieder mit frischem Stroh aus und ich lehne erschöpft am hölzernen Koppelzaun. Ich habe die Arme auf einem der runden Balken abgestützt und schaue zu den Pferden herüber.

Der Himmel ist strahlend blau und keine einzige Wolke ist an diesem Vormittag zu sehen. Der leichte Wind, der über die Gegend streicht, trägt den Duft vom reifenden Weizen, Kornblumen und Mohn mit sich. Außerdem duftet es nach frischem Stroh und Pferd.
Ich atme tief ein und nehme plötzlich noch einen anderen Duft wahr.
Eher herb, aber nicht zu sehr. Ein leichter Hauch von einem Männerparfüm oder so etwas vielleicht.
»Schon müde?«, fragt Nikos Stimme dicht hinter mir.
Ich mache mir gar nicht die Mühe, mich umzudrehen. Obwohl ich eine leichte Gänsehaut bekomme. Seine Stimme klingt nicht unfreundlich und trotzdem dunkel und rau. Ich spüre seine Blicke in meinem Rücken, der, wie ich weiß, nur mit diesem lachhaft dünnen Top bedeckt ist. Und ich trage nur eine sehr knappe Jeansshorts und Turnschuhe.
»Eigentlich nicht. Ich genieße nur kurz den Ausblick.« Ich versuche möglichst gelassen und unbeteiligt zu klingen, obwohl mir das Herz bis zum Hals schlägt.
Hinter mir vernehme ich ein angenehmes Brummen und dann erklingt ein: »Der Ausblick ist heute allerdings besonders schön.«
Ich bin mir irgendwie sicher, dass er nicht die Pferde meint. Weil ich nicht anders kann, drehe ich mich um und blinzele vom Sonnenschein geblendet zu ihm hoch.
Sein dunkles Haar schimmert im Licht und hängt ihm schweißnass in die Stirn. Er grinst mich an, einen undeutbaren Ausdruck im Gesicht, während er absolut lässig dasteht, eine Schaufel über der Schulter tragend. Ich mustere ihn schweigend, während seine blauen Augen hier draußen noch mehr zu strahlen scheinen.
Er steht so dicht vor mir, dass ich nur die Hand ausstrecken müsste, um ihn zu berühren. Eine kleine Narbe ziert sein Kinn, etwas blasser als der Rest seiner leicht gebräunten Haut, die ich sogar durch den Dreitagebart sehen kann. Eine andere geht ihm quer über die Nase, die ein wenig schief aussieht, als hätte er sie sich mehr als nur einmal

gebrochen. Ich frage mich, was für eine Geschichte dahinter steckt.
Seine hohen Wangenknochen verleihen dem Gesicht etwas rebellisches, ebenso wie die ausdrucksstarken Brauen, die sich bei meiner Betrachtung zusammenziehen.
Sein Lächeln wird ein wenig kühler, wie mir scheint.
»Starrst du Leute immer so an?«, fragt er ruhig.
Ich werde prompt rot. Mein Gesicht, das Oberteil und der Sonnenbrand gehen damit sicher eine schöne farbliche Symbiose ein. Oder eine passende Tarnfarbe, falls ich vorhabe, mich in einer Auslage reifer Tomaten zu verstecken.
»Eigentlich nicht. Sorry.« Ich senke den Blick hastig auf meine Schuhe und fühle mich wie ein Trampel.
Aus Nikos Stimme kann ich ein Lächeln heraushören.
»Schade. Ich mag deine Augenfarbe nämlich. Die kann ich nur nicht sehen, wenn du irgendwas da unten am Boden suchst.«
Ich hebe den Blick wieder und bin perplex, als ich das Lächeln sehe, das er auf den Lippen trägt. Es ist warm und sanft und mir wird heiß, was nicht nur an der Sonne liegen kann.
Normalerweise bin ich schlagfertig, aber jetzt grade fehlen mir die Worte.
Er hebt eine Hand, die, mit den Tattoos, und zupft mir einen Strohhalm aus dem Haar. Zu überrascht, um zu reagieren, lasse ich es einfach zu und sein Finger streift zart meine Wange, als er die Hand zurückzieht.
Ich blinzele nur und ich kann sehen, wie sein Adamsapfel sich bewegt, als er schluckt.
Er sieht aus, als wollte er etwas sagen, ehe er nur schief grinst und den Kopf schüttelt.
»Pass auf, dass dein Sonnenbrand nicht schlimmer wird, sonst muss ich dich noch im Bett pflegen.«
Ich klappe den Mund auf und nun sind es meine Brauen, die sich zusammenziehen.
Niko schlendert wieder davon, während er eine kleine Melodie summt.

Mich im Bett pflegen? Na, hör mal!
»Hey, wie soll ich das denn verstehen?«, rufe ich ihm nach, während ich sehr sicher bin, dass meine Ohren nur so glühen.
Er lacht. »Man bekommt Fieber, wenn man zu lange in der Sonne ist. Was denkst du denn?«
Ach ja. Ja, was eigentlich?
Ich sehe ihm nach, während ich die Hände an meine Wangen lege.
Der Versuch, Brandlöcher in seine breiten Schultern zu starren, schlägt kläglich fehl und er verschwindet um die Hausecke.
Jolly kommt angetrabt und bleibt mit heraushängender Zunge neben mir sitzen. Ich zupfe an seinem Ohr und er schleckt mir begeistert über die Hand.
»Du findest ihn natürlich toll, was?«, frage ich das pechschwarze Ungetüm. Er blinzelt nur und seine bernsteinfarbenen Augen beobachten träge einen vorbeigaukelnden Schmetterling, der sich auf einem Löwenzahn niederlässt.
Ich seufze tief.
»Na komm, Süßer. Wir haben noch viel Arbeit vor uns.«

◆◆◆

Ich liege unter der Linde, während das Windspiel in einer milden Brise über mir klingelt.
Müde betrachte ich die schlanken Metallstäbe, die melodiös gegeneinander schwingen, während die Blätter des Baumes dazu säuseln.
Ich spüre deutlich, dass ich kurz davor bin, einzunicken, aber gerade ist mir das vollkommen schnurzegal.
Die Blumenbeete sind von Unkraut befreit, ebenso wie die Gemüsebeete, in denen Gurken wachsen, die übrigens leicht stachelig sind, was mich überrascht hat. Sie sind ganz anders als die langen Gemüsegurken, die man aus dem

Supermarkt kennt. Diese hier sind kurz, etwa handlang, dick und mit winzigen, hauchdünnen Stachelchen besetzt, so ähnlich wie eine Distel, nur viel dünner. Sogar das Blattwerk und die Ranken, an denen sie auf dem Boden wachsen, sind damit bedeckt. Ich reibe mir gedankenverloren über die Hände, während ich mich frage, was ich mit dem Eimer voll Gurken machen soll, den ich gepflückt habe.
Oder mit den ganzen Tomaten. Oder dem Kopfsalat.
Ich wackele mit den nackten Zehen. Socken und Turnschuhe habe ich ausgezogen. Nur ein paar Minuten will ich ausruhen, ehe ich schaue, was ich als Nächstes machen sollte.
Mir knurrt schon der Magen und ich überlege, ob ich etwas kochen soll. Dann fällt mir ein, dass ja noch dieser Eintopf im Kühlschrank steht.
Eine Biene summt vorbei und ich schaue ihr nach, ehe ich den Arm über die Augen lege.
Das Gras ist weich und ich schließe kurz meine Augen.
»Geht es dir gut?«
Nikos Stimme taucht zwischen meinen Gedanken auf und ich nehme den Arm weg, um ihn anzusehen. Er steht über mir gebeugt da.
Und er hat sein T-Shirt ausgezogen, wie ich feststelle. Seine Haut glänzt im Sonnenlicht feucht.
Seine blauen Augen schauen besorgt auf mich herunter, ehe ich missmutig das Kinn vorstrecke und er schmunzelt.
»Mir geht es ausgezeichnet, danke«, erwidere ich ein wenig zickig. Er scheint immer dann aufzutauchen, wenn ich gerade entweder nichts- oder etwas Blödes tue.
Er brummt leise, ein Geräusch, dass tief aus seiner Kehle zu kommen scheint, ehe er sich wieder aufrichtet. Die Schaufel ist verschwunden, dafür trägt er einen Eimer voll frischer Stachelbeeren, die er gepflückt hat.
»Hast du keinen Hunger? Es ist schon Mittag.« Er sieht mich prüfend an, während er eine der Beeren nimmt und sie sich zwischen die Lippen schiebt. Langsam. Langsamer als nötig wäre.

Ich lecke mir automatisch über die Lippen und mein Magen zieht sich zusammen. Oder ist es gar nicht der Magen? Meine Augen hängen an seinem Mund und ich blinzele, als er langsam zu kauen beginnt. Seine Lippen sehen weich aus und sind schön geformt.
Verflixt.
Ich richte mich hastig auf.
 »Äh, ja, doch. Soll ich etwas kochen?«, frage ich, während ich mir einige lose Grashalme von der Jeans klopfe. Ich ziehe mir die Socken und die Schuhe wieder an, während ich mir seiner Anwesenheit mehr als bewusst bin.
Eine Hand taucht vor meiner Nase auf, als ich damit fertig bin. Einige frische Stachelbeeren liegen darauf, von denen er sogar schon die Stiele entfernt hat und die getrockneten Überreste der Blüte, die oft wie kleine Rüsselchen aussehen.
Er zieht eine Braue hoch, als ich ihn fragend ansehe, ehe ich mir eine davon nehme.
Was er kann, kann ich auch, denke ich, als ich die Beere langsam zum Mund führe und sie mir ohne Hast zwischen die Lippen schiebe. Wenn er dieses Spiel spielen will: Ich bin mit Sicherheit besser darin.
Viel besser.
Seine Pupillen ziehen sich zusammen, ehe sie sich erweitern und seine Augen dunkler erscheinen lassen. Mein Herz pocht schneller, als ich die Frucht ganz in meinem Mund verschwinden lasse, während ich ihn direkt ansehe und langsam zu kauen beginne.
Sie ist absolut köstlich. Genau, wie ich sie in Erinnerung habe, sogar noch besser. Süß, leicht säuerlich und wunderbar aromatisch.
Wir schauen uns einen Moment nur schweigend an. Ich wüsste ehrlich gesagt auch nicht, was ich sagen sollte. Mein Blick ist wie festgenagelt in seinem verschlungen, und es ist wie ein Bann, den ich nicht brechen kann.
»Kannst du überhaupt kochen?«, fragt er nach einer kleinen Unendlichkeit. Seine Stimme klingt noch eine Spur

tiefer als sonst und sein Gesicht wirkt beinahe angespannt. Ich glaube aber eher nicht, dass es an der Frage liegt.
Ich überlege kurz.
Ich koche im Prinzip nicht wirklich oft.
Die Frage ist also durchaus berechtigt.
Kann ich das?
Ich lecke mir nachdenklich über die Lippen und lege den Kopf schief. »Ich glaube schon«, bringe ich hervor.
Niko lächelt. »Werden wir wohl sehen, mh?«, meint er, ehe er den Eimer zum Haus trägt.
Ich folge ihm automatisch, wobei ich jedoch einen gewissen Sicherheitsabstand einhalte.
Jolly döst unter dem Gartentisch und zuckt nicht einmal mit den Ohren, als wir hineingehen.
Während ich hinter Niko hergehe, kann ich einen besseren Blick auf sein Tattoo erhaschen. Ich kenne mich nicht sonderlich gut damit aus, aber ich erkenne, dass es eine sehr gut gestochene Arbeit ist. Die Farben sind klar, genauso wie die Linien, die sich zu verschlungenen Mustern vereinen. Ich erkenne Kirschblüten, stilisiertes Wasser und einen kunstvollen Drachen, der sich seinen Arm hochwindet.
Ich bin so fasziniert von diesem Kunstwerk, dass ich beinahe in Niko reinlaufe, als er in der Küche vor der Anrichte stehenbleibt.
Er wirft mir einen Blick über die Schulter zu und ich trete einen Schritt zurück.
»Sorry.«
Er grinst nur und stellt den Eimer mit den Beeren auf die Arbeitsplatte. »Na dann schau mal, was du so zaubern kannst. Der Eintopf im Kühlschrank ist nicht mehr gut, also wirst du etwas Frisches kochen müssen. Wenn du Hilfe brauchst, schrei.«
Er mustert mich einen Moment und ich wende verlegen den Blick ab. »Na klar«, meine ich betont entspannt.
»Ich bin hinten und pflanze die neuen Sträucher ein.« Er deutet mit dem Finger in eine Richtung, die wohl nahe des Wohnzimmers sein wird, und ich nicke automatisch. »Ok.«

Er zieht eine Braue hoch, während er an mir vorbeigeht und ich öffne alibimäßig den Kühlschrank, um ihn nicht ansehen zu müssen und tue dabei so, als würde ich fachmännisch die Vorräte scannen.
Dabei habe ich keinen Schimmer, was ich kochen soll.
Bislang habe ich mich meist von Fertiggerichten ernährt und das einzige Gericht, was ich wirklich kann, sind Rührei mit Schinken.
Ich bin mir allerdings nicht sicher, ob er auf sowas steht.
Ich schürze die Lippen. Bislang war ich relativ unbeeindruckend und das will ich ändern. Er soll nicht denken, dass ich nutzlos bin und gar nichts kann.
Obwohl ich vermutlich keinen Preis als Köchin gewinnen würde.
Ratlos mustere ich den Inhalt des Kühlschrankes. Es gibt Eier und Schinken und noch vieles mehr, unter anderem frisches Hackfleisch in einer verschlossenen Tüte. Ich finde außerdem in einer Holzkiste selbst geerntete Kartoffeln und natürlich sind da noch die frischen Zutaten, die im Garten wachsen.
Mir fallen die Tomaten und die Gurken wieder ein.
Daraus kann man doch bestimmt irgendetwas machen.
»Na schön. Dann zaubern wir mal«, murmele ich zu mir selbst.
Ich laufe nach draußen und hole den Eimer mit den Tomaten und den Gurken herein. Ich brauche zwar nicht alles, aber so kann ich wenigstens einiges verarbeiten.
Tante Emilia hatte immer wieder betont, dass man nutzen soll, was ein Garten hergibt, und nichts verkommen lassen darf.
Der Meinung bin ich auch. Die Tomaten sind dunkelrot und duften herrlich aromatisch.
Solche wunderschönen Früchte bekommt man im Supermarkt nicht, denke ich andächtig, als ich in eine der Tomaten beiße. Sie schmeckt herrlich nach Sommer, Sonne und all den Aromen, die man bei solchen aus dem Supermarkt nicht einmal mit viel Fantasie erschmecken kann.

Noch während ich kaue, suche ich nach einem großen Topf. Ich weiß zwar nicht ganz genau, wie man eine Tomatensoße mit Hackfleisch macht, aber man muss auf alle Fälle Tomaten und Hackfleisch dafür kochen.
So weit so gut.
Ich finde einen passenden Topf mit Deckel und stelle ihn auf dem Herd bereit. Ehe ich irgendetwas anderes mache, suche ich nach Nudeln und nach Suppengrün, also nach Karotten, Sellerie und Porree.
Meine Mutter und Tante Emilia haben früher manchmal Eintöpfe und Suppen zusammen gekocht, und wenn ich mal nicht draußen in den Wiesen herumgetollt bin oder Onkel Wilhelm bei der Arbeit geholfen habe, dann haben sie mich beim Kochen zuschauen lassen.
Ich war allerdings leider begeisterter vom Essen als von der Zubereitung. Meine Mutter hat über die Jahre Unsummen ausgegeben, um mir Kochbücher zu schenken und mich auf den Geschmack zu bringen, aber die stehen immer noch angestaubt in meiner Küche zuhause. Noch kaum je hineingelesen.
Jetzt denke ich, ich hätte mal lieber.
Seufzend suche ich nach dem Suppengrün und finde schließlich endlich welches. Außerdem auch einige schöne große Zwiebeln.
Ich schnippele Suppengrün und Zwiebeln schön klein, wobei ich mir bloß einmal in den Finger schneide, als ich mit dem Messer abrutsche, und werfe alles in den Topf. Ich bin mir zwar nicht ganz sicher, dass man das so macht, aber irgendwie muss ich ja anfangen. Ich gebe Olivenöl dazu. Man hört ja ständig, dass heutzutage nur noch alles mit Olivenöl angebraten wird, also kann ich da bestimmt nichts falsch machen.
Ich gebe die Menge hinein, die Profiköche als »kleinen Schuss« bezeichnen, und die für mich meist eher wie die halbe Flasche aussieht.
Dann schalte ich den Herd an und beginne damit, eine ganze Menge Tomaten zu halbieren, die ich später dazugeben werde.

Im Topf beginnt es bald zu brutzeln und ich rühre immer wieder um, damit die Zwiebeln und das Suppengrün nicht anbrennen. Als ich der Meinung bin, dass alles glasig genug ist, schütte ich das Gehackte in den Topf. Das muss ja auch anbraten.
Stirnrunzelnd rühre ich und nage unsicher an meiner Unterlippe. Oder musste man erst das Fleisch anbraten und dann das Gemüse dazu geben?
Verflixt. Wenn ich nur Cocktails mixen müsste, wüsste ich, was ich tun muss.
Aber leider bin ich einfach kein Genie in der Küche. Und in diesem Moment kann ich nur hoffen, dass ich es nicht total versaue.
Ich bezweifle nämlich, dass es an diesem abgelegenen Ort einen Pizzalieferservice gibt, den man in so einem Notfall anrufen kann. Wenn das kompletter Mist wird, muss ich doch Rührei mit Schinken machen.
Ich lecke mir nervös die Lippen und starre zweifelnd auf die halbierten Tomaten, die ich in einer großen Schale vorbereitet habe. Ob die reichen, um eine Soße daraus zu machen?
Das Hack scheint mir inzwischen halbwegs gar zu sein. Jedoch weiß ich, dass Tante Emilia immer eindringlich gemahnt hat: »Hack immer gut durchbraten, sonst kann man krank werden, Jessy!«
Ich nicke zustimmend. Dann überlasse ich das brutzelnde Fleisch mal kurz sich selbst. Ich bin nämlich neugierig, ob ich Niko nicht vom Wohnzimmerfenster aus sehen kann.
Ich flitze schnell dorthin und spähe aus dem Fenster.
Erst kann ich ihn nicht sehen und bin ein wenig enttäuscht, ehe ich ihn doch ausfindig mache. Er steht mit dem Rücken zu mir ganz links und ich verrenke mir ein wenig den Hals, um ihn ansehen zu können. Meine Wange drückt sich gegen die beneidenswert saubere Scheibe.
Ich muss schlucken.
Sein Rücken schimmert feucht im Sonnenlicht, während er ein Loch aushebt. Im Schatten des Hauses stehen einige kleine Sträucher mit Wurzelballen. Ich kann nicht sagen,

was für Pflanzen es sind, da ich sie nicht so gut sehen kann. Dafür sehe ich jedoch, wie die Muskeln an Nikos Rücken arbeiten, während er sich vorbeugt. Ich beobachte fasziniert, wie er die Schultern bewegt und wie kraftvoll er die Schaufel in den Boden rammt. Es scheint ihm gar nichts auszumachen. Ab und an läuft Jolly mit einem völlig zerfledderten Stofftier zu ihm, bei dem ich nicht sagen kann, ob es mal ein Hase oder ein Bär war. Ich höre Nikos Lachen und mein Herz schlägt schneller, als er den riesigen Hund nach dem Stofftier schnappen und springen lässt, ehe er ihn kraftvoll weit weg wirft.
Jolly schießt überraschend schnell und geschickt davon, um das Spielzeug wieder zu Niko zu bringen, der nicht müde wird, es ihm zu werfen.
Ich bin so fasziniert davon, diesen ziemlich ansehnlichen Mann zu beobachten, dass der merkwürdige Geruch nur langsam in mein Bewusstsein sickert. Ungefähr so wie Sirup, der lange braucht, ehe er eine Regenrinne hinabläuft.
»Verfluchte Scheiße!«, entfährt es mir und ich stolpere fast, als ich mit den Zehen am Teppich hängenbleibe, als ich zur Küche zurückstürze.
Ich ziehe sofort den Topf vom Herd, aus dem es bedrohlich zischt. Schnell rühre ich den Boden frei, um zu sehen, ob es stark angebrannt ist, aber es scheint noch ok zu sein. Noch nicht schwarz, nur dunkelbraun.
Ich schütte ein wenig kaltes Wasser in den Topf und rühre kräftig um, damit sich die Röststoffe vom Boden lösen können. Ein alter Trick, den ich mir von Tante Emilia gemerkt habe.
Es duftet in der Küche schon überraschend gut und ich bin unglaublich erleichtert, dass mir das Essen nicht angebrannt ist. Noch nicht, jedenfalls. Ich sollte jedoch lieber in der Küche bleiben, statt Niko hinterherzulaufen.
Und wozu auch?
Ich runzele die Stirn und gebe die Tomaten in den Topf, ehe ich alles kräftig durchrühre und Wasser aufgieße, bis alles schön bedeckt ist. Dann kann es auch nicht anbrennen, hoffe ich.

Meine Überlegungen, welche Gewürze ich da wohl außer Salz und Pfeffer, was ja anscheinend so ziemlich an jedes Gericht gemacht wird, hineinkommen könnten, werden durch das Klingeln des Telefons unterbrochen.
Ich schalte sicherheitshalber den Herd aus und eile zu dem läutenden Gerät, das sich im Wohnzimmer befindet.
Unsicher, was mich erwartet, nehme ich den Hörer ab.
»Hallo?« Ich stöhne innerlich. Schon wieder nicht vernünftig gemeldet. Ich lasse mich auf den Sessel sinken, der so weich ist, dass er mich quasi einsaugt.
»Jessy?«, erklingt die irritierte Stimme von meiner Tante und ich setze mich sofort kerzengerade hin.
»Ja!«
Sie seufzt am anderen Ende, anscheinend erleichtert. »Ah, wie schön dich zu hören, Kindchen. Wie kommst du zurecht?«, fragt sie. Ich kann den Hintergrundgeräuschen entnehmen, dass sie noch im Krankenhaus sein muss. Mein Magen zieht sich nervös zusammen.
»Mir geht es gut, und wie geht es Onkel Wilhelm?«, frage ich beunruhigt.
Meine Tante lauscht kurz etwas, was jemand zu ihr zu sagen scheint, denn einen Moment lang klingt alles, was ich höre, dumpf, als hätte sie die Hand über den Hörer gelegt. Dann spricht sie wieder. »Er muss noch eine Woche dableiben. Sie beobachten ihn und machen noch einige Tests. Er hat offensichtlich mehr Probleme, als wir dachten. Aber er wird schon wieder«, fügt sie an, als ich besorgt schweige.
»Verstehe. Wann kommst du denn zurück?«, frage ich mit einem unwohlen Gefühl in der Magengegend. Draußen setzt Niko gerade einen neuen Strauch ein. Er hat schon mehrere davon eingepflanzt und gießt gerade Wasser auf den Wurzelballen der Pflanze, ehe er sie einsetzt und Erde nachschaufelt. Ich beobachte seinen Rücken angespannt, als er alles gut festdrückt.
Meine Tante schweigt kurz. »Ich wohne im Moment im Hotel. Es sind nur fünf Minuten bis zum Krankenhaus. Du weißt ja, ich habe keinen Führerschein, und falls etwas ist,

bin ich sofort da. Ich komme erst wieder, wenn es ihm besser geht. Du verstehst das doch, oder?«, fragt sie mich beinahe flehend.

Ich nicke langsam. Irgendwie hatte ich das befürchtet. »Na klar«, antworte ich so beruhigend wie möglich. »Onkel Wilhelm geht vor. Wünsch ihm alles Liebe von mir, ja?«, frage ich sie.

»Natürlich, Kindchen. Kommst du auch gut zurecht?«, fragt sie noch einmal.

»Ja, klar, ich habe doch Hilfe.« Ich sage das betont lässig, damit sie sich keine Sorgen machen muss.

»Ach ja, das hatte ich fast vergessen. Niko ist ja da. Ich hoffe, ihr versteht euch?«, fragt sie mit einem komischen Unterton.

Ich blinzele und starre auf seinen schweißnassen Rücken. Dann steht er auf und streckt sich, wie ich durch die Scheibe sehen kann. Ehe er sich umdreht, zu mir, und mich direkt ansieht.

»N-natürlich. Wir verstehen und ganz gut. Glaube ich. Aber du hättest mir ruhig sagen können, dass ich nicht ganz alleine hier bin ...« Ich kann mir den schwachen Vorwurf nicht verkneifen.

Meine Tante bemerkt das, und während Niko zu mir rüber starrt, die Daumen in den Bund der Jeans eingehakt, wünschte ich, ich würde mich einfach in Luft auflösen.

»Tut mir wirklich leid, Jessy«, meint sie milde. »Er arbeitet schon so lange für uns, dass ich gar nicht gedacht habe, dass das nötig wäre. Er ist ein anständiger Kerl ...«, die letzten Worte zieht sie allerdings lang wie Kaugummi. So, als überlege sie in just dem Moment, ob das auch stimmt.

»Ja, ja«, antworte ich hastig, als ich sehe, dass der »anständige Kerl« zum Fenster schlendert. Er hebt die Arme über den Kopf und stützt sie an der Scheibe ab, während er mich ansieht. Ich spüre, wie die Haut zwischen meinen Schulterblättern feucht wird.

Ein träges Lächeln breitet sich auf seinem Gesicht aus.

»Er ist echt ... nett. Mach dir keine Sorgen, wir halten hier die Stellung bis ihr zurückkommt, du und Onkel Wilhelm.«

Bei dem Wort „Stellung" schießt mir allerdings jede Menge Blut in die Wangen. Wie unpassend.

Niko legt den Kopf schief und betrachtet mich, während ich beobachte, dass er seine Muskeln ab-und anspannt. So ein Angeber! Trotzdem kann ich nicht wegsehen und meine Wangen werden so rot wie die Tomaten im Kochtopf.

»Ach«, werfe ich ein, als sie anscheinend noch etwas sagen will, »ich habe etwas zu Essen auf dem Herd, wenn es also sonst nichts Wichtiges mehr gibt …?«, krächze ich hilflos. Ich muss unbedingt weg, ehe mein Kopf vor Scham explodiert.

Sie schweigt einen Moment perplex und Niko grinst wie ein Wolf, ehe er lachend vom Fenster zurücktritt und um die Hausecke verschwindet.

Oh, Scheiße! Kommt er etwa rein? Nach der Nummer eben?

»Ach, wenn ihr so gut klar kommt, eigentlich nicht. Aber ich würde vielleicht gern kurz mal mit Nikolai sprechen. Würdest du ihn wohl holen?« Meine Tante klingt ein wenig merkwürdig, irgendwie verschnupft und ich schlucke. Sie denkt wohl hoffentlich nicht, was ich denke, dass sie denkt. Niemals! Oder?

Ich finde keine Worte, denn noch ehe ich fieberhaft überlege, greift eine sehr kräftige Hand nach dem Hörer. Sehr sanft streichen raue Finger über meine und ich reiße den Kopf hoch.

»Ach, da ist er ja schon«, bringe ich mühsam hervor, als Nikos blaue Augen sich mit intensiven Blicken in meine bohren. »Ich gebe ihn dir mal. Bis dann, Tante«, verabschiede ich mich kurz und hastig.

Niko grinst und entblößt kräftige weiße Zähne, ehe er sich fröhlich meldet.

»Ah, Emilia. Wie schön von dir zu hören. Ja, mir geht es gut. Jessy war heute schon eine große Hilfe und macht sich wirklich gut auf dem Hof.«

Er sieht mich an, während er spricht und seine Stimme klingt ganz warm.

Er scheint meine Tante und meinen Onkel sehr zu mögen und sie müssen ihm vertrauen, wenn er schon so lange für sie arbeitet. Ich frage mich, was für eine Geschichte dahinter steckt.
Tante Emilia scheint ihm eine etwas längere Frage zu stellen, oder vielleicht ist es auch eine Anweisung, denn er hört schweigend zu. Ich weiß nicht, wie unhöflich es ist, bei diesem Gespräch anwesend zu sein und will gehen.
»Bleib ruhig«, murmelt er leise und ich sinke ergeben zurück in den Sessel.
Er nickt zustimmend und brummt leise. »Natürlich. Du kennst mich doch«, meint er beruhigend in den Hörer.
Es folgt eine weitere Stille, in der er mich betrachtet und ich zupfe nervös an meinem Oberteil herum.
Niko lacht leise. »Ich verstehe. Macht euch keine Sorgen. Ich passe auf.«
Dann verabschiedet er sich und legt den Hörer auf. Seine Augen richten sich wieder auf mich. Ein belustigtes Lächeln erhellt seine Züge und er schaut auf mich herunter, während ich fragend eine Braue hochziehe.
»Deine Tante sagt, du sollst dich auf keinen Fall langweilen und es tut ihr schrecklich leid, dass du einspringen musst. Ich soll dafür sorgen, dass du es nicht bereust.«
Ich bezweifle sehr, dass sie das so gesagt hat, aber ich höre höflich zu. Das Blut rauscht in meinen Ohren.
»Wenn du heute Abend nicht zu müde bist, könnten wir ins Gasthaus gehen und ein bisschen entspannen.«
Der Vorschlag verblüfft mich und ich nicke. »Ja, klar. Gern.« Ich erinnere mich an das Gasthaus, das er meinen muss. Ich bin auf dem Weg hierher daran vorbei gekommen.
»Die Auswahl ist nur nicht sonderlich groß. Es gibt Bier und ein paar andere Kleinigkeiten. Du trinkst doch Alkohol, oder?«, fragt er mich augenzwinkernd.
Ich muss lachen. »Na ja, bei meinem Beruf wäre es ziemlich schlecht, wenn nicht.«
Er legt fragend den Kopf schief und ich muss grinsen.
»Ich bin Barkeeper«, kläre ich ihn auf.

Seine Mundwinkel zucken anerkennend nach unten. »Oho, sogar ein Profi. Vielleicht kannst du Ernie ja ein paar Rezepte für Drinks zeigen, die auch ein paar Mädels in die Kneipe locken. Dann sind wir nicht immer so einsam.« Er zwinkert mir zu und aus einem mir unerfindlichen Grund krampft sich mein Herz ein wenig zusammen.

»Na klar«, erwidere ich, während ich mich aus dem Sessel hochstemme und an ihm vorbei in die Küche gehe.

Nichts täte ich lieber, als irgendwelche Mädels zu Nikos Belustigung in eine Dorfkneipe zu locken, denke ich sauer und bin selber überrascht, wie sehr mich der Gedanke nervt.

Allerdings entnehme ich dann dieser Aussage zumindest, dass er wohl nicht schwul ist. Bislang macht er jedenfalls ganz und gar nicht den Eindruck. Aber meinen Männereinschätzungen traue ich nicht, also muss ich wohl einfach abwarten.

Er schlendert hinter mir her und schnuppert prüfend.

»Das riecht gut, was gibt's denn?«, erkundigt er sich vorsichtig. Er scheint zu merken, dass meine Stimmung gekippt ist, denn ich kann fühlen, wie er mich beobachtet.

»Ich versuche eine Art Bolognese-Soße«, seufze ich. Ich nehme den Deckel des Topfes ab und schalte den Herd wieder ein, den ich ausgemacht hatte.

Niko kommt näher und stellt sich dicht neben mich. Sein Arm befindet sich nah neben meinem und seine nackte Haut berührt meine. Nur ein Hauch, kaum wahrnehmbar, aber ich bekomme Gänsehaut. Er beugt sich zum Topf und späht hinein.

»Ich glaube, man benutzt Oregano, Basilikum, Knoblauch und Salz und Pfeffer. Manche machen auch Rosmarin mit rein, aber ganz sicher bin ich mir nicht.« Er langt in den Schrank direkt über dem Herd, wo die Gewürze stehen, und sucht die entsprechenden Dosen und Gläser heraus.

»Hier, ich glaube, das ist alles, was man braucht. Aber von den Mengen habe ich keinen Schimmer.«

Er lächelt mir zu und ich bin einen Moment sprachlos. Ich hatte nicht erwartet, dass er mir helfen würde.

»Danke«, meine ich aufrichtig und lächele ihm zu.
»Keine Ursache. Was meinst du, wie lange brauchst du noch?«, fragt er dann und ich schaue automatisch zum Topf. Ich habe keine Ahnung. »So etwa eine halbe Stunde, denke ich?«, meine ich vage.
Er nickt kurz. »Dann gehe ich mal duschen. Bis gleich.«
Ich rühre die Soße durch und lausche seinen verklingenden Schritten und dem Geräusch der Badezimmertür, die sich schließt. Ich höre jedoch keinen Schlüssel, der sich im Schloss dreht.
Ich lausche dem Klang des fließenden Wassers, das angestellt wird und nage an meiner Unterlippe, während ich das Glas mit getrocknetem Oregano aufschraube.
Ich schütte nur halb konzentriert etwas davon in den Topf, ehe ich großzügig Salz und Pfeffer hineingebe, sowie von den anderen getrockneten Kräutern.
Da ich unheimlich gern Knoblauch esse, gebe ich auch von dem getrockneten Knoblauchgranulat einiges in die köchelnde Soße. Lieber zu viel als zu wenig, ist mein Motto. Ich rühre immer wieder um, während ich einen frischen Topf aus dem Schrank hole, um die Nudeln nach Packungsanweisung zu kochen.
Ich verdränge die Frage, was wohl passieren würde, wenn ich einfach zu ihm ins Bad gehen würde. Zumindest versuche ich es.
Energisch schüttele ich den Kopf. So ein Quark. Ich bin ja nur drei Wochen hier. Und außerdem hat er bestimmt schon ein Auge auf eine andere geworfen.
Ich rufe mir die Szene an der Fensterscheibe ins Gedächtnis. Oder die Stachelbeeraktion.
Ich vergesse zu rühren, als ich mich daran erinnere, wie weich seine Lippen aussehen.
Erst, als ich von einem sehr heißen Spritzer Tomatensoße am Handgelenk erwischt werde und erschreckt zurückzucke, schaffe ich es, meine Fantasie zu zügeln.
»Autsch! Verdammter Mist«, fluche ich. Ich sauge an der verbrannten Stelle und in den Moment kommt Niko um

die Ecke, nur ein Handtuch um die Hüfte geschlungen. Das nasse Haar hängt ihm wirr in die Stirn.

»Alles ok?«, fragt er, während er nach meinem Handgelenk greift und den roten Fleck mustert.

»Nur verbrannt, nichts Schlimmes«, murmele ich.

Er zieht eine Braue hoch und beginnt sanft auf die Stelle zu pusten. »Halt das am besten unter fließendes, kaltes Wasser, sonst bekommst du vielleicht eine Brandblase. Tomatensoße kann echt fies sein.«

Ich nicke automatisch, aber seine Finger halten noch immer mein Handgelenk fest. Sein Daumen streicht sanft über meine Haut und ich starre wie hypnotisiert darauf.

»Eigentlich wollte ich etwas ganz anderes …«, murmelt er plötzlich und beugt sich vor.

Sein Gesicht ist plötzlich ganz nah vor meinem, so nah, dass ich die grauen Flecken in seinen Augen sehen kann, die sich mit dem intensiven Blau vermischen.

Er duftet nach der Seife, frisch und angenehm männlich und ich starre auf seine leicht geöffneten Lippen.

Wassertropfen glitzern auf seinen Schultern, als er den Arm ausstreckt …

… und an mir vorbei und hinter mich greift.

Als er die Hand wieder zurückzieht, hat er ein Pflaster zwischen den Fingern.

Er lächelt mich an und ich werde rot vor Scham.

Scheiße, ich dachte schon, er wollte mich küssen.

»Hab mich vorhin geschnitten«, meint er leise, ehe er wieder aus der Küche verschwindet und mich mit klopfendem Herzen zurücklässt.

Was ist das nur, frage ich mich, während ich geistesabwesend den Wasserhahn aufdrehe und kaltes Wasser über die Stelle an meiner Hand laufen lasse, dass er mich so aus der Fassung bringt?

Er ist keine Schönheit in dem Sinne. Seine Nase ist schief, und eigentlich finde ich so viel Bart gar nicht gut. Oder doch? Und was ist mit den Tattoos? Die sind ziemlich schick, ja, aber meine Mutter würde einen Anfall kriegen.

Ich schüttele den Kopf und presse verärgert die Lippen zusammen.
Wieso denke ich bloß darüber nach? Ich meine, mal ehrlich: Ich kenne diesen Kerl gar nicht und frage mich trotzdem, ob meine Eltern ihn mögen würden? Was ist nur los mit mir?
Zugegeben: Er ist nicht gerade hässlich. Und er hat irgendetwas an sich, dass mich fasziniert, aber das macht ihn ja noch lange nicht zu meinem Zukünftigen.
Ich schnaube abfällig über mich selbst. So kenne ich mich gar nicht. Ist sicher die Landluft oder irgendwelche Hormone, die durcheinander sind.
Ich trockne mir die Hand ab und rühre die Soße vorsichtig um, ehe ich sie koste. Es schmeckt gar nicht so übel, finde ich. Ich rühre in den fertig gekochten Nudeln herum, die ich dann durch ein Sieb abgieße und decke den Tisch für zwei.
Ich bin gerade damit fertig, als Niko zurückkommt. Frische Jeans und ein weißes T-Shirt hat er an, dazu schlichte Turnschuhe, die schon ziemlich fertig aussehen. Er lächelt mir zu und betrachtet das Arrangement auf dem Tisch einen Moment, ehe er sich setzt.
»Das sieht wirklich gut aus. Ich bin schon ziemlich hungrig, wenn ich ehrlich sein soll. Emilia behauptet, ich fresse ihr noch die Haare vom Kopf.« Er grinst schief und betrachtet mich abwartend, während ich noch eine Kelle für die Soße hole und ihm einige Nudeln auf den Teller tue. Ich weiß selbst nicht, wieso. Er könnte sie sich auch selbst nehmen.
»Danke.« Er lächelt mir zu und mein Magen flattert, als ich mich setze und mir selbst etwas auffülle.
»Kein Problem. Ich hoffe, es schmeckt. Ich koche eigentlich nicht besonders viel«, gebe ich schließlich kleinlaut zu. Ich komme mir schon scheußlich genug vor, weil ich ihn so verflixt faszinierend finde. Da brauche ich ihm nicht vorzugaukeln, dass ich kochen kann, wenn es ja gar nicht stimmt.
Ehrlich währt am längsten, wie meine liebe Mama immer sagt.

Niko füllt sich großzügig Soße auf seine Nudeln und zuckt mit den Achseln. »Ich eigentlich auch nicht. Ich bin eher der Typ, der sich ein Paar Brote schmiert und das war`s. Ich esse gern, ich bin nur zu faul, es selbst zu kochen.«
Ich nicke zustimmend. »Ja, genau. Deswegen hat meine Tante auch immer mit mir gemeckert. Und meine Mutter natürlich auch«, berichte ich. Noch während die Worte meinen Mund verlassen, frage ich mich, wieso ich ihm das erzähle. Aber er nickt nur.
»Meine war nie da. Ich hatte also keinen, der gemeckert hätte«, meint er locker. „Mein Vater war eher der Dosen-Fan, der sich Ravioli oder Eintöpfe warmgemacht hat."
Ich betrachte ihn verstohlen. Er sieht beneidenswert entspannt aus, wie er mir da gegenüber sitzt und einige Nudeln auf seine Gabel dreht. Er pustet kurz darüber, ehe er zu mir sieht und sich die Nudeln betont langsam in den Mund schiebt.
»Ach«, meine ich lahm, weil ich versuche, cool zu bleiben. »Deine Mum war wohl zu beschäftigt?«
»Nein, sie hat uns verlassen, als ich noch ziemlich klein war. Sie ist nicht tot oder so, sie hatte nur keinen Bock mehr auf Familie.«
Ach du Scheiße. Ich verharre geschockt mitten in der Bewegung und er zieht eine Braue hoch. »Ist nicht wild.«
Ist nicht wild? Ich starre auf meinen Teller und er isst in aller Seelenruhe weiter.
»Es tut mir leid« Es ist so bescheuert, das zu sagen, denke ich, aber ich weiß nicht, was ich sonst sagen soll.
Niko schüttelt nur den Kopf. »War doch nicht deine Schuld. Es ist ok, ich kenn es nicht anders. Die Soße ist richtig gut geworden, finde ich übrigens.« Er grinst schief und ich lächele ihm erleichtert zu.
»Danke. Meine erste Bolognese. Oder zumindest so ähnlich.«
Wir essen eine Weile schweigend, ehe er plötzlich fragt: »Und, meinst du, du kommst damit klar?«
Ich blinzele wie ein verwirrtes Reh und runzele die Stirn. »Mit was klar?«, frage ich ahnungslos. Mit seiner

tragischen Kindheit? Der Stachelbeerplantage? Dem Unfall von meinem Onkel? Dem Nicht-kochen-können?
Niko grinst amüsiert. »Na, damit, dass du nachher das einzige Mädel im einzigen Gasthaus sein wirst. Alle Kerle werden dich anmachen. Kommt nicht ständig so eine Schönheit bei uns vorbei.«
Er sagt den letzten Satz etwas leiser als alles davor und seine Augen ruhen auf meinem Gesicht, als ob er sehen will, wie ich reagiere.
Ich verschlucke mich prompt an den verdammten Nudeln und muss husten, was meine Augen zum Tränen bringt.
»Der war gut«, bringe ich mühsam hervor, als ich mich wieder gefangen habe.
Er runzelt irritiert die Stirn. Allerdings sagt er nichts, schweigt nur und starrt mich an. Ich kann nicht wirklich sagen, was er wohl denkt, denn seine Miene ist plötzlich so verschlossen wie eine Auster.
»Danke für das Essen«, murmelt er, ehe er den Teller in die Spüle stellt und kurz Wasser drüber laufen lässt.
Dann geht er und ich sitze wie vom Blitz getroffen da.
Irgendwie habe ich das Gefühl, etwas Dummes getan zu haben.
Ich weiß nur nicht, was.

# 7

Ich sehe und höre eine ganze Weile nichts von Niko, was mich halb wahnsinnig macht. Nachdem ich mit dem Abwasch fertig bin und die Reste des Abendessens in den Kühlschrank befördert habe, sitze ich unruhig herum.
Der beunruhigende Gedanke, dass ich ihn irgendwie verärgert haben könnte, lastet auf mir.
Wie ein aufgezogenes Spielzeug laufe ich auf und ab, wühle nach passenden Klamotten in meinem Koffer, bürste mir zum zigsten Mal die Haare und kaue an meinen Fingernägeln, die ich mir schon zweimal umlackiert habe. Schließlich habe ich den Lack doch wieder entfernt.
Vielleicht hat er jetzt keine Lust mehr, mit mir wegzugehen. Der Gedanke quält mich, während ich nicht weiß, ob ich das geblümte, weiße Kleid anziehen soll, das mir knapp bis zu den Knien geht, oder doch nur kurze Jeans und ein kariertes, kurzärmeliges Hemd.
Ich bin nervös, als wäre das ein richtiges Date.
Meine Haare habe ich wieder geflochten, so dass sie zu einem losen Zopf über meine Schulter fallen.

Aus dem Fenster meines Zimmers kann ich sehen, dass die Dämmerung hereinbricht.
Hatte er nicht gesagt, dass wir abends dorthin wollten?
Er hat keine Uhrzeit genannt.
Woher soll ich wissen, wann es soweit ist?
Ich stehe unschlüssig vor meinem kleinen Schminktäschchen, in dem ich Make-Up und sonstiges Zeug mitgeschleppt habe. Wimperntusche, Concealer und Puder, Lidschatten und Lippenstifte. Ich schminke mein Gesicht meist so, dass man die Sommersprossen nicht mehr sieht, aber irgendwie kommt mir das ziemlich umständlich vor. Und außerdem hat er mich ja schon in Natura gesehen. Halbnackt noch dazu. Und er schien nicht sehr abgeschreckt zu sein.
Das erleichtert mich in gewisser Weise und gleichzeitig macht es mir ein wenig Angst.
Ich frage mich immer noch, ob er das mit der Schönheit ernst gemeint hat, oder ob das ein sarkastischer Witz war, der sich mir nicht erschlossen hat. Ich wurde in meinem Leben schon einiges genannt – aber Schönheit gehörte eher selten dazu. Ich finde mein ungewöhnliches Aussehen er belastend, obwohl Tina mir immer versichert, dass sie allein für meine Haare einen Mord begehen würde.
Ich schlüpfe in das Kleid, fühle mich darin sagenhaft unwohl, weil es mir zu sehr nach Aufwand aussieht, zu sehr danach um einem Mann zu gefallen, und ziehe wieder die Jeans an und das violett und grün karierte Hemd mit den kurzen Ärmeln. Darin fühle ich mich schon viel besser. Nicht mehr ganz so … wie jemand auf der Suche nach einem Date.
Es sitzt recht locker und fällt mir fast bis zu den Hüften. Ich ziehe noch ein dünnes Top darunter und lasse die obersten Knöpfe offen.
Ich habe kaum Zeit, um noch einen Blick in den Spiegel zu werfen und ein wenig von dem Parfüm aufzusprühen, das ich so mag, als ich Niko von unten rufen höre.

Ich sprinte zur Tür, hoffe, dass ich passabel aussehe, und flitze die Treppe runter, unglaublich erleichtert, dass er doch gekommen ist.
Er lächelt, als er mich sieht und ich kann sehen, dass er wohl eine Weile gerannt sein muss. Seine Wangen sind ein wenig gerötet und ein leichter Schweißfilm liegt auf seinem Gesicht. Hinter ihm taucht Jolly in der Tür auf, der schwer am Hecheln ist, jedoch erfreut mit der Rute wedelt, als er mich sieht. Offensichtlich hat er wohl einen Spaziergang mit dem Hund gemacht und ist dabei ordentlich mit ihm herumgetobt.
»Du siehst toll aus«, meint Niko anerkennend.
Ich werde rot und fummele nervös am Zopf herum. »Du auch«, gebe ich zurück. Es stimmt.
Er grinst breit. »Na, dann los, mh? Bereit, der Höhepunkt des Abends zu sein?« Er zwinkert mir zu und ich muss lachen, weil er so spitzbübisch aussieht.
»Na, schauen wir mal«, gebe ich vage zurück. Ich bin nicht ganz sicher, was mich erwarten wird. Nervosität breitet sich in meinem Magen aus, als ich hinter ihm aus der Haustür trete.
Draußen duftet die Abendluft nach Sommer und das Zirpen der Grillen hüllt mich ein. Plötzlich scheint das Leben einfach und unbeschwert zu sein.
Ich trotte hinter Niko her, dessen Schritte den Kies und die Steine auf dem Weg zum Knirschen bringen.
Er hat die Hände in den Taschen vergraben und seine breiten Schultern wirken vollkommen selbstsicher und unerschütterlich.
Ich bewundere ihn für diese absolut gelassene Ausstrahlung und meine eigenen Schritte klingen merkwürdig unbeholfen.
Die ersten Sterne blinzeln durch die zarten Wolken am Himmel, die durch die untergehende Sonne in sanftes Rosa getaucht werden. Ich betrachte das Schauspiel fasziniert.
Wie lange schon habe ich auf solche Dinge nicht mehr geachtet?

Ein paar wenige Vögel zwitschern noch in den Obstbäumen und den Beerensträuchern der Plantage, während ein angenehm warmer Wind durch das Feld auf der anderen Seite streicht.
Die Luft duftet so gut! In der Stadt bekommt man höchstens den Geruch von Beton, Abgasen und umliegenden Gullies in die Nase. Oder den von überquellenden Mülltonnen.
Ich sinniere darüber, ob ich deswegen einen Miniaturgarten auf meinem Balkon angelegt habe.
Habe ich all das hier so sehr vermisst, dass mein Unterbewusstsein einige der Dinge in meinen Alltag geschmuggelt hat?
Das würde mein Basilikum-Projekt erklären.
Abgesehen von den Vögeln und dem Wind und unseren Schritten auf dem Kies ist es sehr still. Noch etwas, das ich aus der Stadt eigentlich nicht gewohnt bin. An dem Haus, in dem ich wohne, führt eine Straße entlang, die zu jeder Zeit befahren wird. Und die meisten Fahrer interessiert es nicht, ob ich um vier Uhr morgens, kaum, dass ich ins Bett gefallen bin, von ihrer laut dröhnenden Musik geweckt werde, die aus dem Auto schallt.
Hier hingehen ist es einfach nur wunderbar ruhig und mir wird klar, dass ich gar keine Autos höre.
Und gleichzeitig merke ich, dass ich das Geräusch auch gar nicht vermisse.
Eine Lehrerin, die ich früher in der Schule sehr gemocht habe, hat uns immer eine Frage gestellt: »Wie viel braucht man, um glücklich zu sein? Nicht zufrieden, sondern wirklich glücklich?«
Sie hat uns auf ein Blatt Papier schreiben lassen, was wir dazu denken.
Die Ergebnisse sind so unterschiedlich ausgefallen, wie wir Schüler in der Klasse waren.
Nur ich saß da und dachte eine ganze Weile über diese Frage nach, obwohl schon die meisten Mitschüler ihre Antworten parat hatten und sie der Lehrerin zum Tisch brachten.

Ja, denke ich jetzt, was macht einen wirklich glücklich?
Ich starre auf Nikos Schultern und bemerke überrascht, dass er in den breiten Weg abbiegt, der von Bäumen flankiert ist. Ich war so sehr in Gedanken, dass ich nicht einmal mitbekommen habe, dass wir so gut wie da sind.
Die Lichterketten in den Ästen der Bäume funkeln in verschiedenen Farben, was mich ein wenig an Weihnachten erinnert. Die alten Holztüren des Gasthauses stehen weit offen, und von drinnen hören wir Musik und Stimmengewirr. Aber es ist keine Musik, die man in einer Disco spielen würde, oder die Lieder, die in der Bar aus den Jukeboxen schallen, nein. Diese hier ist handgemacht.
Ich muss lächeln. Das ist noch etwas, das man in der Stadt selten findet.
Während wir auf das alte Backsteinhaus zugehen, das mit Reet gedeckt ist und an dem ein Holzschild im leichten Sommerwind schaukelt, das den Namen »Zum gefüllten Krug« verkündet, stelle ich mir erneut diese Frage.
Was macht mich wirklich glücklich?
Mich allein?
Bislang war ich es gewohnt, dass ich anderer Leute Ansprüche genügen musste. Die Dinge zu tun, die andere von mir erwarteten. Mich an die Regeln halten, die ohne meine Zustimmung von anderen aufgestellt wurden.
Meine Eltern hatten immer gewollt, dass ich im Büro arbeiten sollte. Ich wollte sie nicht enttäuschen, also begann ich die Ausbildung zur Bürokauffrau, obwohl ich schon immer lieber etwas anderes getan hätte.
Aber ich wollte, dass sie zufrieden mit mir wären. Also stellte ich meine eigenen Bedürfnisse hinten an.
Niko dreht sich zu mir um und lächelt mir zu.
»Bereit?«
Ich lausche den Klängen einer Flöte, die in fröhlichem Takt ein flottes Lied spielt. Ich höre eine Fiddle, ein irisches Instrument, ähnlich einer Violine, das sich in die Klänge der Töne mischt, und noch einige andere.

Ich hatte nicht erwartet, an diesem abgelegenen Ort, in einem winzigen Dorf am Rande von nirgendwo auf irische Musik zu treffen.
Sie geht in mein Ohr und von da aus wie ein Pfeil direkt in mein Herz, breitet sich in meine Knochen aus und füllt mich an, bis ich das Gefühl habe, vor Emotionen überzuquellen.
Ich habe plötzlich solches Heimweh nach dieser grünen Insel, die ich noch nie gesehen habe, dass ich merke, wie mir die Tränen in die Augen schießen. Da kommt sicher das irische Blut meiner Großmutter in mir durch. Manche Gene kann man eben doch nicht verleugnen.
Ich lächele Niko zu, der zu merken scheint, wie es mir geht. Er greift nach meiner Hand und sie fühlt sich warm und fest und rau an.
Wie ein unerschütterlicher Fels, der immer da sein wird.
»Na klar«, beantworte ich seine Frage, bevor er mich mit sich zieht, die wenigen Stufen zum Eingang hoch, während mir der unverkennbare Duft von Pfeifentabak, Bier und altem Holz in die Nase steigt.
Mir stehen sämtliche Haare zu Berge. Nicht nur, wegen der Musik, sondern auch wegen Niko, der meine Hand weiterhin hält, als wir den Gastraum betreten.
Es ist unglaublich heiß im Inneren und wahnsinnig voll. Es scheint mir, als wäre das gesamte Dorf in der Kneipe zugegen. Die dunklen, glänzenden Holztische sind vollbesetzt, an denen munter Bierkrüge an die durstigen Lippen geführt werden.
Alter und junge Gesichter erkenne ich durch den dichten Pfeifenrauch. Die meisten Gäste tragen schlichte Hemden und Hosen, die älteren Herren mit weißen oder grauen Bärten eine Schirmmütze. Sie sehen so rustikal aus, wie man sich die Gäste einer solchen Einrichtung vorstellen würde. Hart arbeitende Leute, die abends hier einkehren, das Tagesgeschäft besprechen und sich den neuesten Klatsch erzählen, während sie ein paar Biere oder Pints trinken.

Ein fleißiger Barkeeper hinter dem Tresen bedient die dort wartenden Gäste, die sich dann mit ihrem Getränk entweder gleich dort niederlassen oder sich einen noch freien Platz an einem der Tische ergattern. Im hinteren Teil des großen Raumes, der vor Leuten schier überquillt, spielt eine Band. Auf der freien Fläche direkt vor ihr tanzen ein paar ältere Gäste im Takt der Melodie und ich kann meine Augen kaum abwenden, ehe ich mich staunend umblicke.
Der ganze Innenraum ist mit dunklem Holz vertäfelt, das sich auch in der Verarbeitung der Bar und der Tische wiederfindet. Es ist dunkelrot, beinahe schwarz und glänzend lackiert.
Kleine Windlichter auf den Tischen erhellen den sonst beinahe düster erscheinenden Raum, zusätzlich zu den Bildern an den Wänden, die mit kleinen LED-Lämpchen angestrahlt werden und so für indirektes Licht sorgen. Verschiedenste Motive sind darauf. Manche sind Fotografien des Gasthauses, noch in schwarz-weiß, bestimmt hundert Jahre alt, wenn nicht mehr, andere zeigen bunte Ölgemälde von blühenden Wiesen, Sonnenuntergängen und anderen Dingen.
Niko zieht mich mit sich durch die anderen Gäste, und ich komme an lächelnden Gesichtern bei, manche der mir fremden Leute klopfen mir begrüßend auf die Schulter, als wäre ich ein Teil von ihnen. Als würde ich automatisch dazugehören.
Keiner starrt mich feindselig oder misstrauisch an oder wird aufdringlich.
Die Erleichterung, die mich durchspült, macht meine Knie weich und ich möchte am liebsten in Tränen ausbrechen.
Niko plauscht ab und an knapp mit einem der Gäste, doch ich verstehe kaum, was gesagt wird, dafür ist der Krach einfach zu laut, der durch die vielen Stimmen und die Musik entsteht.
Es ist so heiß, dass ich merke, wie meine Schulterblätter feucht werden und mir der Stoff des Tops an der Haut klebt.

Niko zieht mich bis zum Tresen und quetscht sich einfach zwischen einige der plauschenden Gäste, die gutmütig brummen und sich einfach weiterunterhalten. Der eine, ein älterer Herr mit einem dichten grauen Bart, rückt beiseite, als ich schüchtern näher trete.

Ich bin zwar den Umgang mit Gästen gewohnt, aber hier bin ich fremd und weiß noch nicht, wie der Hase läuft.

»Willst du ein Weißbier oder ein Stout?« Niko betrachtet mich grinsend und er lässt meine Hand los, um sie direkt in mein Kreuz zu legen. Ganz leicht nur, um mich dazu zu bewegen, näher an den Tresen zu gehen. Ich folge gehorsam, obwohl seine leichte Berührung mich wie unter Strom setzt. Die Haut prickelt, wo er mich berührt und ich fühle mich seltsam besonders.

»Ein Stout«, ordere ich mutig an den Barkeeper gerichtet, der mir ein breites Lächeln schenkt. Er ist schon älter, mit weißem Haar und einem prächtigen Schnauzbart. Das Hemd ist, wie meins, kariert, jedoch rot und ich kann seine Hosenträger sehen. Er zapft mir einen großen Krug voll mit dem dunklen Starkbier und schiebt ihn mir ohne Untersetzer rüber.

»Ziemlich mutig«, meint Niko neben mir. Er muss halbwegs brüllen, damit ich ihn verstehe, und er beugt sich nah zu mir. Seine Lippen streifen beinahe mein Ohr und sein warmer Atem streicht über meine Haut.

Ich trinke viel durstiger von dem starken Alkohol, als ich vermutlich sollte.

Das Stout ist kühl, frisch und einfach köstlich. Der Geschmack ist beinahe süßlich und schwer und ich koste jeden Tropfen aus. Schon immer mochte ich eher die dunklen, starken Biere, als die hellen. Wenn man mich fragte, wieso, würde ich vermutlich keine befriedigende Antwort darauf finden. Es ist einfach eine Vorliebe. So wie manche Menschen lieber weiße Schokolade mögen, anstatt von zartbitterer. Ich kann jedoch fühlen, wie mir der Alkohol direkt ins Blut schießt und von da aus in meine Wangen, die sich noch dunkler färben, wo die Hitze sie schon gerötet hat.

»Na ja, ich bin Barfrau, erinnerst du dich?«, gebe ich lächelnd zurück. Ich lecke mir etwas Schaum von den Lippen, als ich ihn ansehe und er lehnt schmunzelnd neben mir. Der Barkeeper schiebt ihm wortlos ebenfalls ein Stout zu und er trinkt langsam davon, ohne den Blick von meinem Gesicht zu nehmen.
»Stimmt. Hey Ernie«, wendet er sich dann grinsend an den Barkeeper, der eifrig weitere Gläser zapft, »die Kleine hier ist Jessy, Wilhelms Nichte!«
Ich werde noch eine Spur dunkler im Gesicht und kann spüren, wie meine Ohren zu glühen beginnen. Ich trinke, um etwas zu tun zu haben, beinahe die Hälfte von meinem Bier.
Ernie, der Barkeeper, quittiert meinen offensichtlichen Durst mit hochgezogenen, buschigen Brauen, ehe er ungläubig lachen muss.
»Hat der alte Wilhelm nichts zu trinken auf der Plantage? Oder ist unser Stout nur so gut?«, witzelt er mit einem leichten Akzent, der ihn als nicht einheimisch ausweist.
Ich lächele ihn etwas verlegen an. »Mein Onkel ist noch im Krankenhaus, aber das Bier ist wirklich ausgezeichnet«, erkläre ich dankend.
Ernies Gesicht legt sich mitfühlend in Falten und er nickt. »Auf Wilhelm, darauf, dass er bald wieder nach Hause kommt, aye!« Er schiebt mir einen neuen Krug hin, ehe er mir mit seinem eigenen Glas zuprostet.
Ich kann Niko dicht neben mir spüren und plötzlich habe ich das Gefühl, dass alle Augen auf mich gerichtet sind. Niko stößt behutsam mit seinem Krug gegen meinen, während er mir aufmunternd zulächelt. Ich muss schlucken und erwidere das Lächeln. Seine blauen Augen mustern mich, ehe wir die Gläser heben und trinken.
»Danke, dass du mich hergebracht hast.« Ich würde das lieber flüstern, muss es durch den Lärm jedoch in sein Ohr brüllen. Er grinst und prostet mir zu, ehe er ein Päckchen Zigaretten aus seiner Hosentasche holt und sich eine ansteckt.

Wortlos schiebt Ernie ihm einen Aschenbecher zu und ich trinke meinen zweiten Krug Stout aus.
Ich stehe nicht sonderlich auf Raucher, aber ich muss leider zugeben, dass die Art, wie Niko sich die Kippe zwischen die Finger steckt und lässig daran zieht, irgendwie sexy aussieht.
Zuvor hatte ich gar keinen Zigarettenrauch an ihm wahrgenommen.
»Du rauchst?«, frage ich und stupse ihn dabei freundschaftlich mit der Schulter an. Er lacht, ein rauer, dunkler Klang, und stupst spielerisch zurück. Ich kann spüren, wie mir der Alkohol schon zu Kopf steigt. Ich kann zwar ziemlich gut mit den Kerlen mithalten, aber ich weiß schon jetzt, dass ich diesen Abend bereuen werde. Ich bereue es immer. Leider bin ich, was das Trinken angeht, ziemlich maßlos, wenn ich einmal damit angefangen habe und ich mich in guter Gesellschaft für so etwas befinde.
Glücklicherweise halte ich meinen Konsum dennoch in Grenzen und schlage höchstens ein paar wenige Male im Jahr über die Stränge.
»Nur wenn ich trinke.« Er antwortet dicht an meinem Ohr und mir wird heiß. Etwas frische Luft wäre nicht übel, aber dann kommt einer der älteren Gäste zu uns und haut mir kräftig auf die Schulter, was mich beinahe einen Zahn kostet, als der schwere Glaskrug, aus dem ich eben trinken wollte, gegen meinen Mund schlägt.
»Ey, Niko«, brummt eine tiefe Stimme freundlich. Ich drehe mich um, wobei ich mit der Zungenspitze über meine Zähne fahre, dabei jedoch den Mund geschlossen halte, und ein leicht gezwungenes Lächeln an den Herrn schicke.
Er ist geschätzt um die fünfzig, ehemals ein Blondschopf, wie man noch vereinzelt am dichten Bart sehen kann, der von einigen wenigen blonden Strähnen durchzogen wird, wo er nicht schon schlohweiß ist. Ein Auge ist erblindet und schimmert silbrig, das andere ist grau wie ein aufziehender Sturm. Die kräftige Nase ist gerötet und erinnert mich an eine runzelige Kartoffel.

»Jessy, das ist Geralt. Einer der Milchbauern aus der Umgebung. Er macht einen traumhaften Käse, den er selber herstellt! Stimmt`s?« Niko grinst dem Bauern zu, der stolz die Brust schwellt, obwohl er schon ein wenig schwankt, wie ich sehen kann.
»Jau.« Geralts verbliebenes Auge mustert mich neugierig aber auch etwas abschätzig. »Und du bist neu hier?«, fragt er mich etwas undeutlich. Er hatte definitiv schon ein paar Krüge Stout. Er hat allerhand Lachfältchen um die Augen und wirkt wie ein gutmütiger alter Seebär und nicht wie ein Milchbauer, der Kühe auf der Weide hütet, finde ich.
Ich nicke zaghaft. »Ich kümmere mich um die Plantage von meinem Onkel Wilhelm, solange er noch im Krankenhaus ist. Ich bleibe drei Wochen«, füge ich an.
Geralt schnalzt mit der Zunge und schüttelt den Kopf. »Ganz alleine mit diesem Rumtreiber hier?«, fragt er mit hochgezogenen Brauen. Er wirft einen vielsagenden Blick auf Niko, der seufzend die Augen verdreht und von seinem Bier trinkt. Er schmunzelt, und ich kann sehen, dass die beiden sich wohl gut kennen.
»Na ja, es klappt ganz gut«, meine ich verlegen. »Es ist ja auch nicht so lange.«
Geralt nickt bedächtig, ehe er sich schwankend verbeugt. »Der alte Wilhelm hat Glück, so eine prächtige Nichte zu haben. Aber pass gut auf! Der Kerl hier«, er zeigt auf Niko und schürzt dabei die Lippen, »hat es faustdick hinter den Ohren!«
Ich lausche höflich und betrachte den Mann neben mir, der gerade so treffend beschrieben wird. Er grinst nur lässig und zwinkert mir zu, während ich Geralt zustimmend zunicke. »Ich weiß. Danke für die Warnung.«
Geralt lacht dröhnend, ehe er sich an die Schläfe tippt und die Gäste beiseiteschiebt, als er sich auf den Weg nach Hause zu machen scheint.
»Er fährt doch nicht etwa noch?«, frage ich Niko besorgt. Der schüttelt den Kopf.
»Geralt läuft meist nach Hause. Wenn er das noch schafft, heißt das. Meist findet man ihn morgens schnarchend in

einem Feld oder auf irgendeiner Koppel, wo er von einer neugierigen Kuh wachgeküsst wird, die denkt, er sei ein Salzleckstein oder so.« Niko kichert belustigt, während ich nachdenklich von meinem Stout trinke. Ich persönlich finde zwar nicht, dass ein offensichtlich betrunkener Mann alleine durch die finstere Nacht torkeln sollte, aber sich hier einzumischen würde mir nur Ärger einbringen.

Zudem ist die Kundschaft nun wirklich weit über das Alter hinaus, in dem man ihr noch jugendlichen Leichtsinn zuschreiben könnte.

Das Durchschnittsalter liegt vermutlich bei fünfundfünfzig, nur gemildert von einigen wenigen Jungspunden, die ich auf dreißig einstufen würde, wie ich mit einem forschenden Blick in den Gastraum feststelle.

Meine Füße zucken in der Melodie, die soeben angestimmt wird. Die Musiker sind wirklich gut und werden von Ernie mit reichlich dunklem Bier versorgt, das sie durstig zwischen den einzelnen Liedern hinunterkippen.

Niko drückt seine Zigarette aus und betrachtet mich mit hochgezogener Braue. »Willst du tanzen?«

Ich verschlucke mich prompt an meinem Stout und bin ziemlich froh, dass es nicht so viel Kohlensäure enthält. Die wäre mir sonst vermutlich aus der Nase geschossen.

Ich blinzele und werfe einen fragenden Blick zu meinem Begleiter, der mir einladend die Hand entgegenstreckt.

»Ich glaube nicht, dass ich dafür schon betrunken genug bin«, meine ich ausweichend und mit einem schiefen Lächeln.«

Niko grinst herausfordernd. »Um zu tanzen oder es mit mir zu tun?«, fragt er zwinkernd.

Das dunkle Haar hängt ihm wirr in die Stirn und seine Augen leuchten im Dämmerlicht der Kneipe. Die Musik strömt, zusammen mit dem schweren Bier, durch meine Adern und ich denke mir in einem Anfall von plötzlicher Spontanität, dass sich sowieso niemand daran erinnern wird. Und wirklich sehen wird es auch niemand. Und es sind ohnehin zu viele Gäste auf der bescheidenen

Tanzfläche. Und davon abgesehen bin ich in drei Wochen wieder weg.

»Na gut, Mr. Rumtreiber«, gebe ich nach. Ich lege meine Hand in seine und er zieht mich durch die Masse an trinkenden, lachenden, schwatzenden Gästen bis vor die Band, die sich die Finger wund spielt. Die Klänge von Flöte, Fiddle und einigen anderen Instrumenten, die ich nicht kenne, dringen direkt in mein Herz und noch ehe ich weiß, was ich tue, tanze ich mit Niko.

Ich habe keine Ahnung vom Tanzen, wenn ich ehrlich sein soll. Ich habe es nie gelernt oder auch nur wirklich versucht. Ich bin die, die in der Ecke steht und höchsten mit dem Kopf im Takt nickt. Aber mit Niko ist das anders. Oder es liegt an den irischen Klängen, die mein Blut zum Kochen bringen, ich weiß es nicht.

Jegliche Gedanken in meinem Kopf schweigen und alles, was ich sehe und fühle, ist nur diese wunderbare, unheimlich schnelle Musik und Niko, der seinen Blick mit meinem verschlungen hat. Der ganze Raum dreht sich um mich, Farben und Gesichter verschwimmen, doch sein Gesicht bleibt stets klar vor mir, während mir das Herz bis zum Hals schlägt und ich mich ganz dem Lied hingebe, bis mir der Schweiß auf der Stirn steht. Meine Füße tun weh und meine Waden schmerzen, aber ich erwische mich dabei, wie ich laut lachend in Nikos Arme taumele, als der Song vorbei ist.

Klatschen und Pfiffe ertönen und ich blinzele verwirrt. Wir stehen alleine auf der Tanzfläche, beide außer Atem, Nikos Hände an meinen Hüften, während die anderen Gäste einen Kreis um uns gebildet haben und nun applaudieren.

Meine Wangen brennen und ich lächele irritiert in diese unangenehme Geräuschkulisse hinein, ehe die Band wieder ein neues Lied anstimmt, und sich die Menge wieder ihren vorherigen Tätigkeiten zuwendet.

Ich seufze erleichtert und schwanke zum Tresen zurück, um mein zweites Stout auszutrinken. Oder ist es schon das dritte? Schnelle, hastige Züge, um die Verlegenheit im Keim zu ersticken, die mich überkommen will.

Niko neben mir drängt sich etwas enger an mich, als nötig wäre, und seine Haut fühlt sich heiß an meiner an.
»Wo hast du so tanzen gelernt?«, fragt er mich und ich hebe den Blick erstaunt zu seinen Augen, die mich mindestens ebenso erstaunt ansehen. Ich kann die grauen Flecken in ihnen sehen, so nah sind wir uns und ich bin mir seiner Anwesenheit nur allzu bewusst. »Gar nicht«, gebe ich zurück, gerade laut genug, dass er mich verstehen kann. Er lauscht meinen Worten mit Skepsis, ehe er lacht und bei Ernie zwei neue Krüge Stout für uns ordert.
Ich fühle mich wagemutig und frei und mir geht durch den Kopf, dass ich das alles in drei Wochen ziemlich vermissen könnte. Ich fange nämlich gerade damit an, mich wirklich wohlzufühlen.
Schnell trinke ich von meinem Stout, nachdem Niko mit mir angestoßen hat. Ich denke jetzt gerade lieber nicht daran, und versuche den Moment zu genießen.
Die Band spielt plötzlich einen Song, den ich kenne, und ich halte mitten im Trinken inne.
Finnegan`s Wake. Und sie haben keinen Sänger. Meine Finger kribbeln und ich trinke einen erneuten Schluck, ehe ich, schon ziemlich unzurechnungsfähig, das Undenkbare tue.
Ich klopfe dem verdutzten Niko auf die Schulter und räuspere mich: »Bin gleich wieder da.« Wie von selbst gehe ich rüber zu den Musikern und beuge mich kurz zu dem Herrn an der Fiddle. Er grinst, als ich ihm die Frage stelle und nickt, ehe mir ein junger Bursche, der auf einem Hocker neben den Jungs sitzt, das Gewünschte bringt.
Plötzlich ist mir speiübel und ich frage mich kurz, was ich dort eigentlich mache, doch dann liegt das Mikrofon in meiner Hand und ich fange einfach an.
Meine Stimme klingt ein wenig rauer als sonst, heiser beinahe, und ich versuche die aufkeimende Panik zu ignorieren, als sich alle Blicke im Raum auf mich legen. Ich stehe nicht auf der Bühne, sondern quasi davor, als ich anfange zu singen. Die Musik trägt meine Stimme mit sich und gemeinsam mit der flotten Melodie klingt es offenbar

gar nicht so übel, denn die Leute beginnen, im Takt zu klatschen und mir begeistert zuzurufen.

Der Text ist einprägsam und ehe ich's mich versehe singen die meisten Gäste sogar mit. Oder besser gesagt grölen sie, denn Ernie ist ein wirklich fleißiger Barkeeper. Er singt sogar am lautesten.

Finnegan`s Wake ist ein irisches Trinklied und handelt von einem Mann, der bei einem Unfall betrunken von der Leiter stürzt und für den eine Totenwache abgehalten wird. Als jemand jedoch Whiskey über ihn schüttet, nachdem ein Streit unter den Gästen bei der Totenwache ausbricht, erwacht der Gute wieder zum Leben. Typisch irischer Humor, wie ich finde. Ich habe den Text schon vor Jahren gelernt, denn mein Großvater war ein begeisterter Sänger solcher Trinklieder und ich kenne das Stück noch immer auswendig. Meine Großmutter hat ihn immer dafür geschimpft, wenn er diese teilweise doch recht anstößigen Lieder gesungen hat, weil ich noch viel zu klein war, um alles davon zu verstehen. Meine Kehle schmerzt vor Anstrengung, da das Mikrofon leider nicht viel hergibt, und so muss ich mich richtig ins Zeug legen, damit man mich hört.

Als das Lied endet, gebe ich dem Jungspund das Mikrofon zurück und werde prompt rot, als sogar die Band mir applaudiert.

Ich lächele strahlend und bin völlig berauscht von meinem eigenen Wagemut und natürlich dem vielen Stout. Meine Augen suchen Niko in der Menge, und ich entdecke ihn nach kurzer Suche in der vordersten Reihe, die sich langsam auflöst. Einige der Gäste stimmen nun selbst Trinklieder an, die von der Band begeistert aufgenommen und begleitet werden, und die Hitze in der Kneipe steigt mir allmählich zu Kopfe.

Niko lächelt mir zu und ich stelle mich auf die Zehen, um ihm über den Lärm zuzurufen, dass ich kurz nach draußen will, um mich abzukühlen.

Er nickt und ich spüre wieder seine Hand in meinem Rücken, als er mich sanft durch die schwatzenden Leute bugsiert.
Ich bin wie beschwipst, nicht nur vom dunklen Bier, sondern auch vom eben Erlebten.
Die Nachtluft ist kühl und klar und ich atme tief durch, um meine Lungen zu klären, die seit einiger Zeit den Zigaretten-und Tabakrauch im Gastraum eingesogen haben.
Draußen ist es viel ruhiger als drinnen und ich wanke die Treppe hinab, um mich auf eine der bereitstehenden Bänke zu setzen, die an massiven Eichentischen stehen. Wir sind alleine hier und ich schaue zu Niko hoch, der mich angrinst.
»Gar nicht übel. Wir hatten schon lange keinen Sänger mehr bei uns, abgesehen von Tim und Geralt, die allerdings wie liebestolle Kater klingen. Grauenhaft.« Er schüttelt sich gespielt und ich muss so hysterisch darüber kichern, dass ich beinahe von der Bank kippe.
Ich stelle mir Geralt und diesen Tim vor, der sicher auch einen prächtigen Bart vorweisen kann, beide als pelzige, wuschelige Katzen, die nebeneinander am Mikrofon stehen und ihre Katermelodien zum Besten geben.
Ich muss so sehr davon lachen, dass ich mich zur Seite krümme und Niko mich fasziniert betrachtet. Er setzt sich neben mich und ich wische mir eine Träne aus dem Augenwinkel, ehe sie mir über die Wange laufen kann. Ich drehe mich noch immer grinsend zu ihm um, um ihm von diesem Gedankenbild meiner Fantasie zu berichten, werde jedoch ganz still, als unsere Blicke sich treffen.
Er ist mir zugewandt und sein Gesicht liegt im Halbdunkel, weil die Beleuchtung des Gasthauses nicht so weit reicht und die Lichterketten zu weit weg sind, da sie über unseren Köpfen in den Baumkronen hängen wie surreale Schlangen aus Lichtpunkten.
Er ist mir ganz nah, so nah, dass ich die Wärme spüren kann, die sein Körper verströmt.

Er riecht nach feuchter Haut, Stout und Zigarettenrauch und ein wenig Parfüm, dunkel und sinnlich. Seine Gegenwart macht mich ganz schwach und ich spüre überdeutlich das viele Stout, das in meinem Magen umherschwappt, als ich mich bewege. Ich räuspere mich und streiche mir den Zopf wieder über die Schulter.
Grillen zirpen um die Wette, irgendwo in den Feldern ringsum, während der milde Nachtwind über unsere erhitzten Körper streicht.
Niko schweigt, und da ich meiner Zunge nicht traue, ahme ich ihn nach. Sein Oberschenkel drückt gegen meinen, nicht aufdringlich, nur als wahrnehmbare Präsenz.
Ich halte es nicht aus, lange zu schweigen, aber schon als ich den Mund aufklappe, unterbricht er mich mit einem sanften »Psscht.« Einen Zeigefinger an die Lippen gelegt, sitzt er nur ganz entspannt da und betrachtet mich. Es ist unfair, denke ich halb benebelt, dass ich sein Gesicht nicht sehen kann, da das Licht ihn von hinten anstrahlt, er mich jedoch sehr wohl sieht.
Er könnte die Sommersprossen auf meiner Haut zählen, wenn er das wollte.
Ich muss wieder daran denken, wie er nur mit dem Handtuch bekleidet so dicht vor mir stand und ich kurz dachte, er würde mich küssen.
Jetzt grade klopft mein Herz wie verrückt und bringt meinen Magen dazu, sich verrückt zu benehmen und zu kribbeln.
Ob er es noch mal versucht? Oder besser gesagt: Ob er es überhaupt versucht? Und wie würde es sich anfühlen?
Ich lecke mir nervös die Lippen, als ich hilflos in sein von Schatten verborgenes Gesicht starre und zu erraten versuche, was er wohl denkt.
Ich verharre, weil ich nicht weiß, was ich tun soll, und dann beugt er sich wie in Zeitlupe zu mir. Als würde Zeit gar nicht existieren. Seine Hand, rau und sanft zugleich, ergreift mein Kinn, als wäre es aus Glas und er hätte Angst es zu zerbrechen. Seine Finger sind warm und ich kann die Schwielen an ihnen spüren.

Sein Gesicht kommt meinem immer näher, und vor Aufregung vergesse ich zu atmen.
»Jessy ...«, murmelt er leise. Seine Stimme beschert mir Gänsehaut überall, mir stehen sogar die Nackenhaare davon zu Berge. Sie ist tief und sinnlich und dunkel, rau wie die Sünde und ich beginne augenblicklich zu zittern. Sie hallt in mir nach und ich fühle mich ganz schwach vor Begierde, die mich so plötzlich überschwemmt wie eine Sturzflut eine kleine Insel. Ich gehe vollständig in ihr unter und ertrinke beinahe in ihr. Seine Lippen sind dicht an meinen, beinahe kann ich sie spüren, kann seinen Atem auf meinen schmecken ...
Eine laute, harsche Stimme lässt mich und ihn zusammenzucken.
»Nik, Jess, kommt rein! Der Wettbewerb fängt gleich an! Ihr verpasst noch alles!«
Niko grollt leise, ein Geräusch, dass ich höchstens von ungehaltenen Wachhunden kenne. Seine Finger entfernen sich von meinem Kinn und er erhebt sich so elegant und anmutig wie ein Raubtier auf der Pirsch.
Ich fühle mich zutiefst beschämt und fummele nervös an meinem Zopf herum, als ich mich ebenfalls aufrichte. Meine Knie zittern und ich verschränke die Hände ineinander, um das Zittern zu überspielen, was sie plötzlich überkommen hat. Verstohlen reibe ich meine feuchten Handflächen an der kurzen Jeans ab. Ob der, der uns gerufen hat, alles mit angesehen hat? Ob sie schon tuscheln? Ob ich wohl Ärger kriege, dafür, dass ich beinahe mit Niko geknutscht hätte? Dass er mich tatsächlich um Haaresbreite geküsst hätte, sickert nur langsam in mein Bewusstsein. Plötzlich geht mir auf, dass das fast wirklich passiert ist und ich muss mich am Geländer der Treppe festhalten, weil ich glaube, ohnmächtig zu werden. Wie soll ich das alles hier drei Wochen keusch überstehen? Ich muss mir eingestehen, dass ich wirklich gern gewusst hätte, ob seine Lippen so weich sind, wie sie aussehen und ob er wohl gut küssen kann.

Und wohin das hier alles führen wird, wenn das so weiter geht. Ich habe eigentlich gar keine Lust auf eine neue Beziehung, und für drei Wochen lohnt es sich doch ohnehin nicht. Ich schüttele den Kopf und folge ihm. Tante Emilia wäre bestimmt enttäuscht von mir, wenn ich mir so einen Patzer erlauben würde.

Was denke ich da bloß? Sicher war das nur der Alkohol, der uns verwirrt hat und bei Tageslicht ist er sicher wieder total reumütig oder weiß von nichts, so wie viele Männer in der Bar, in der ich arbeite. Nachts knutschen sie mit wildfremden Frauen, und am nächsten Tag wissen sie von nichts mehr oder schämen sich. Aus irgendeinem Grund macht mich dieser Gedanke sauer.

»Wettbewerb?«, frage ich halb enttäuscht, halb neugierig, um mich abzulenken.

Niko nickt sacht, während er sich in Bewegung setzt und die Stufen zum Eingang empor steigt.

»Japp. Jedes Jahr im Sommer gibt es einen Wettbewerb unter den Bauern in der Gegend, wer den besten Alkohol selber macht. Dein Onkel hat die letzten beiden Jahre beinahe gewonnen.«

Oh. Wow. Das ist allerdings beeindrucken, denn ich bin mir ziemlich sicher, dass diese Jury hier nicht leicht zu begeistern ist. Schließlich ist das selbstgebraute Stout ja schon der Hammer. Wortwörtlich. Ich spüre es in jeder Faser meines Körpers und gleichzeitig will ich unbedingt noch eins trinken. Ich weiß, dass ich das morgen früh bereuen werde. Ganz sicher. Aber jetzt gerade will ich einfach die Gedanken an Nikos weiche Lippen runterspülen.

Ich linse zu ihm und er sieht merkwürdig angespannt aus. Ein Muskel an seinem Kiefer zuckt und ich starre nervös nach vorn. In der einen Hälfte des Gastraumes, der noch immer mit Leuten vollgestopft ist, wurde ein langer Tisch aufgebaut. Darauf sind gleich aussehende Karaffen mit alkoholischem Inhalt und kleine Schnapsgläser aufgestellt worden. Es gibt vor jeder Karaffe einen Schreibblock und einen Stift, augenscheinlich, um Punkte einzutragen.

Eine Jury sitzt hinter dem Tisch, bestehend aus fünf Personen. Die Männer schauen grimmig drein, offenbar geht es hier um eine ganze Menge.
»Was gewinnt man denn, wenn man gewinnt?«, frage ich mit schwerer Zunge. Mir geht auf, wie unbeholfen das formuliert war. Nikos Arme sind abwehrend verschränkt und er mustert die Jury aus schmalen Augen. »Es gibt keinen Preis in dem Sinne. Es geht um das Ansehen aller anderen Bauern und einen Ehrentitel des besten Likörs, Weins oder Bieres des Jahres.«
Ich nicke verstehend und drängele mich flink, oder besser gesagt, so flink wie es mir vorkommt, zu Ernie durch, bei dem ich noch ein Stout bestelle.
Er zieht eine Braue hoch, mustert mich kurz, während ich diesem prüfenden Blick mit dem charmantesten Lächeln standhalte, was ich aufbringen kann, und er zapft mir noch eins.
Ich zwinkere ihm zu, ehe ich fast die Hälfte abtrinke, damit ich nichts verschütte, und mich dann wieder zu Niko durchkämpfe.
Das laute Stimmengewirr im Gasthof ist eher einem gedämpften Murmeln gewichen. Eine gewisse Anspannung liegt in der Luft, deren Ursache ich jedoch nicht wirklich greifen kann.
Ich trete an meinem Stout nippend wieder neben Niko und beobachte die Szenerie. Eine Reihe von etwa zwölf Gästen hat sich vor dem Tisch aufgebaut, an dem die Jury sitzt. Oder zumindest das, was ich für die Jury halte.
Und was passiert da jetzt?«, frage ich gespannt zu Niko hoch, der das Geschehen sorgfältig im Blick behält. Er wendet die Augen nicht einmal zu mir.
»Diese zwölf Männer, die du da vorn siehst, bewerten jetzt die selbst gemachten Spezialitäten mit Punkten für Farbe, Geschmack und so weiter. Die anderen vier, die dahinter am Tisch sitzen, passen auf, dass nicht geschummelt oder sich abgesprochen wird. Und außerdem prüfen sie nachher die Ergebnisse.«

Ich nicke langsam. Ziemlich ernst klingt das für mich. »Aber wie können sie denn so viele verschiedene Alkoholarten gleichzeitig beurteilen? Ich finde nicht, dass man Wein mit Likör vergleichen kann«, sinniere ich halblaut.
Niko lächelt schief. »Tun sie auch nicht. Es gibt mehrere Durchgänge. Heute sind die Obstliköre dran. Das heißt, der Stachelbeerlikör deines Onkels steht auf dem Prüfstand. Mal sehen, ob er dieses Jahr vielleicht gewinnt. Er hatte sich so darauf gefreut, hier teilzunehmen.«
Oh. Das hatte ich nicht gewusst.
Jetzt werde sogar ich nervös. Denn wenn sein Likör gewinnt, kann ich ihm diese schöne Nachricht ins Krankenhaus bringen, und vielleicht bringt ihn das wieder schneller auf die Beine. Ich wünsche mir einfach, dass er bald wieder gesund wird und wieder mit Tante Emilia auf die Plantage zurückkommen kann. Der Gedanke presst mir das Herz zusammen und die leise Angst, dass vielleicht das Gegenteil der Fall werden könnte, legt sich um meine Brust.
Niko neben mir stupst mich sanft mit der Schulter an. »Hey, was schaust du so trübselig? Dein Onkel macht tollen Likör aus Stachelbeeren. Wir haben ihn vor zwei Monaten zusammen hergestellt und ein paar Dinge geändert. Vielleicht gewinnt er ja diesmal. Also schau nicht mehr so traurig.« Er sieht mich bittend an und ich wische mir verstohlen über die Augen. »Ich bin nur ein bisschen müde«, lüge ich mit einem zerknirschten Lächeln. Das ganze Stout und die Stimmung hier werfen mich aus der Bahn, wie ich mir eingestehen muss. Aber trotzdem will ich nicht, dass Niko mich für ein Weichei hält. »Du hast ihm also geholfen? Wie lange arbeitest du denn schon für meinen Onkel?« Die Frage stelle ich mir schon eine ganze Weile, und Niko zuckt die Achseln, während er überlegt.
»Hm. So ungefähr vier Jahre, glaube ich. Seitdem ich aus dem …ach, schon gut.«
Er bricht plötzlich ab, als ob er beinahe etwas gesagt hätte, was er nicht sagen sollte. Ich runzele fragend die Stirn, aber

sein Gesicht wird so nichtssagend und abweisend, dass ich nicht weiter nachbohre.

Allerdings beschleicht mich der Verdacht, das hinter Nikos hübschem Gesicht und seinem gut gebauten Körper mehr steckt, als man auf den ersten Blick sehen kann. Ich starre ihn noch einen Moment prüfend an, aber er guckt stur geradeaus, so dass ich es aufgebe und seufzend noch einen großen Schluck Stout trinke. Der Raum schwank bereits ziemlich und ich muss mich zusammenreißen, um mich auf den Beinen zu halten. Mein Magen kribbelt und mir ist heiß, während ich mich gleichzeitig leicht fühle und am liebsten herumtanzen möchte.

Es dauert eine gefühlte Ewigkeit, ehe sich alle Zwölf durch die Liköre probiert haben, und ich schwanke von rechts nach links, ungeduldig, weil mich das Warten ganz kirre macht.

Dann, endlich, beraten sich die vier Schiedsrichter tuschelnd. Es sieht sehr ernst und wichtig aus und ich beuge mich gespannt vor. Die Stimmung im Raum ist wie elektrisiert und es ist so ruhig geworden, dass ich mich erstaunt umsehe.

Dann tritt einer der Schiedsrichter vor und hält eine Karte hoch. Seine Stimme ist dunkel und tief und dröhnt regelrecht durch den Schankraum. Er sieht aus, wie ein aufgeplusterter Hahn, der stolz seine neueste Henne präsentiert.

»Der Preis, für den besten Obstlikör des Jahres, geht an …«, er schweigt und schaut sich mit blitzenden Augen im Raum um. Atemlose Anspannung herrscht und ich sehe, wie einige der anwesenden Bauern ganz blass vor Nervosität werden. Der Preis muss wirklich sehr wichtig sein, wenn so ein Aufheben darum gemacht wird.

Dabei ist es doch bloß ein bisschen Likör, wage ich zu denken. Ich verstehe nicht ganz, wieso das manche erbleichen lässt. Es gibt ja nicht einmal einen richtigen Preis, nur einen Titel.

Ich muss ein wenig kichern, ehe ich mich wieder zur Ordnung rufe und mein Stout austrinke.

Ich bekomme nur halb den Namen mit, als ich zu Ernie taumele, um ihm den leeren Krug zu bringen.

Er strahlt mich an und ruft mir etwas zu, und ich blinzele verwirrt, ehe mich Niko von hinten packt und hochhebt. Er wirbelt mich herum und jubelt dabei so laut und ausgelassen, dass mir sogar die Zähne davon wehtun, so stark ist die Resonanz, die er erzeugt.

Sämtliche Gäste applaudieren wie verrückt und das laute Klatschen tut mir in den Ohren weh. Es rauscht in meinem Kopf umher wie eine darin gefangene Meeresbrandung und durch Nikos Herumgewirbel wird mir übel, aber dennoch lache ich. Verwirrt zunächst, bis mein benebelter Verstand begreift, dass die Leute in der Kneipe den Namen meines Onkels rufen.

»Wilhelm, Wilhelm, Wilhelm!«, wiederholen sie wie aus einer Kehle, durchsetzt von Jubelrufen und gut gemeinten Flüchen.

Er hat tatsächlich gewonnen.

Ich bin so überrascht und gleichzeitig so glücklich, dass ich nicht anders kann, als lauthals in Nikos Lachen und Jubeln mit einzustimmen.

*8*

Es ist unglaublich dunkel und ich stolpere zum gefühlt achtunddreißigsten Male über meine eigenen Füße, während ich wie verrückt kichere und mich an Niko festhalte, der ebenfalls losprustet.
Unnötig zu sagen, dass wir Onkel Wilhelms Sieg noch mit einer ordentlichen Menge Stout gefeiert haben.
Ich trage die Siegertrophäe unter dem Arm, eine kleine geschnitzte Holzstatue in Form einer Flasche, die von verschiedenen Früchten und Beeren umrankt wird und auf der jetzt eine kleine Plakette hängt. Onkel Wilhelms Name steht darauf, sowie das Jahr und die Auszeichnung für den besten Obstlikör, in dem Falle Stachelbeere.
Ich presse das hölzerne Ding fest an mich, denn ich fürchte noch, es aus Versehen fallenzulassen, wenn ich in das nächste Schlagloch trete.
Niko taumelt, beschwert von meinem Gewicht, ins Weizenfeld nebenan.
»Ah, verdammte Scheiße, Jessy«, lallt er undeutlich. Er klopft mir auf den Rücken, als ich auf ihn falle und mich

gleich erfreut an die warme, jedoch recht harte Masse unter mir schmiege.

»Ich bin so müde«, nuschele ich an seinem Hals. Er riecht gut und ich seufze zufrieden. Mein Hirn ist von all dem Stout so benebelt, dass ich nichts mehr so richtig mitbekomme.

Sterne blinken über uns. Tausende, Milliarden davon, wie es mir scheint, als ich von Niko runterrolle, der schon hilflos am Keuchen ist.

Er schnappt nach Luft, als mein Gewicht von ihm fällt wie ein nasser Sack und wir liegen beide auf dem Rücken. Er trägt eine Flasche Stachelbeerlikör im Arm, ich die Holztrophäe.

Wir schauen zum Himmel hoch und atmen tief den Duft des reifenden Weizens ein, und der Kornblumen und des Mohns. Weit entfernt kann ich den Pferdestall wahrnehmen, der seinen eigenen Geruch mit sich trägt. Und die reifenden Stachelbeeren und anderen Obstsorten, die mein Onkel auf der Plantage hat.

Ich rieche sogar die Straße. Die Steine sind noch warm von der Hitze des Tages und duften auf ihre eigene Art.

Doch all das wird noch übertroffen von Niko, der neben mir liegt. Ich fühle mich in der Magengegend vollkommen leicht, als ich zum Himmel hochstarre.

»Schön, nicht?«, fragt er mich nach einer Weile undeutlich. Er hat noch mehr getrunken als ich und Ernie hat uns schließlich rausgeworfen. Vermutlich haben wir seine kompletten Stout-Vorräte aufgebraucht.

Ich muss kichern und reiße mich dann zusammen, während ich mit den Zehen wackele. Ich will die Schuhe ausziehen, aber die Straße hat so viele Steinchen und Löcher. Ich wälze mich unzufrieden hin und her, völlig klar darüber, wie bekloppt ich mich verhalte. Aber ich kann es nicht abstellen. Das Stout ist stärker.

»Ja, wirklich schön. Und so viele. Ich sehe Zuhause nie so viele.« Meine Zunge liegt schwer und unbeweglich in meinem Mund und ich muss mich konzentrieren, damit Niko mich überhaupt versteht.

Er wälzt sich auf die Seite, den Ellbogen in den Ackerboden gestützt, während er mich ansieht. Ich erkenne in der Dunkelheit nur das Oval seines Gesichtes und den Mund, der sich bewegt.

»Du bist ziemlich komisch«, stellt er dann fest. Ich spüre seinen durchdringenden Blick auf mir und irgendwie fühle ich mich unwohl.

»Ich bin komisch?«, frage ich ein wenig echauffiert nach.

»Du bist komischer.« Ich muss wieder kichern und drehe mich zu ihm, so dass wir uns gegenüber liegen. Der Nachtwind ist warm und die Grillen zirpen wie verrückt. Ich würde sie am liebsten kurz abstellen, damit ich nicht verpasse, was Niko sagen will. Ich mache ein lautes »Psscht«, in das Feld ringsum, aber die Grillen hören nicht auf mich.

»Ich habe gesagt«, wiederholt Niko geduldig und sehr ernst, wobei er sich leicht schüttelt und offensichtlich mit seiner Betrunkenheit zu ringen hat, »dass ich dich küssen will.«

Mein Mund klappt auf. Und dann wieder zu. Selbst im Liegen schwanke ich vor und zurück wie ein betrunkener Seemann an Deck eines Schiffes, das in einem Sturm den Wellen trotzt. Mein Magen schwappt vor und zurück, und meine Zehen kribbeln.

Ich weiß nicht genau, ob das eine Feststellung oder eine Frage war, und lecke mir nervös die Lippen.

»Wieso?«, frage ich dann, weil mir sonst nichts einfallen will. Und außerdem bin ich tatsächlich neugierig. Und wenn ich morgen wieder nüchtern sein werde, ist diese Chance vertan.

Nikos Atem riecht nach Stout und seine Haut nach dem leichten Parfüm und nach ihm selbst, als er sich vorbeugt.

»Weil ich das schon tun will, seit ich dich das erste Mal gesehen habe.« Er ist wohl näher gerückt, denn plötzlich ist er ganz dicht vor mir. Ich kann seinen Atem auf meinen Lippen spüren.

»Obwohl ich so komisch bin?«, frage ich atemlos. Mein Herz pocht schwer und laut in meiner Brust. Ich kann es sogar in meinen Ohren klopfen hören.
Niko denkt einen Moment nach. »Vielleicht gerade deswegen«, erwidert er dann betont langsam. Ich kann das Stirnrunzeln hören, was in seinen nachdenklichen Worten mitschwingt.
Na schön. Bei dem ganzen Alkohol, den wir beide intus haben, kann ich wohl keine tieferschürfende Begründung erwarten.
Ich schließe die Augen, weil man das eben so macht, wenn man als Mädchen auf einen Kuss wartet, und lege den Kopf schief.
Ich spüre Nikos Gesicht noch einen Moment vor mir, ehe es plötzlich weg ist und ich nur ein dumpfes Geräusch höre.
Ich öffne die Augen wieder, erstaunt, und blinzele, als ich Nikos Kopf auf seinem Arm liegen sehe.
Er schnarcht ein wenig.
»Boa hey«, entfährt es mir undeutlich. Ich kämpfe mich bedrohlich schwankend wieder auf die Füße, wobei ich mich an vielen ebenso hilflosen wie nutzlosen Getreideähren festhalte, die ich versehentlich dabei ausrupfe, und werfe dem Schnarchenden noch einen bösen Blick zu. Ich bücke mich entschlossen, und entwinde ihm die Flasche mit dem Stachelbeerlikör, was gar nicht so einfach ist, weil er sie nämlich umklammert, als ginge es um sein Leben.
»Ey«, ertönt es dumpf und widerwillig von ihm, als ich an der Flasche zerre. Ich weiß nicht mal, wieso ich sie haben will. Aber er will anscheinend da übernachten, also muss ich sie in Sicherheit bringen.
»Gib her«, schnaufe ich, und schließlich lässt er sie los. Und ich taumele ansatzlos nach hinten und drehe, völlig aus dem Gleichgewicht gekommen, einen Halbkreis, der mich wieder ins Feld purzeln lässt, Hintern voran.
Niko lacht ausgelassen, was nur von gelegentlichem Hicksen unterbrochen wird, durchzogen von schadenfrohem Glucksen.

Ich höre, wie er sich aufrappelt. Mit der Likörflasche unter dem einen Arm und der Trophäe unter dem anderen, liege ich wie eine umgedrehte Schildkröte im Feld. Zu müde und zu betrunken, um mich wieder aufzurappeln. Und das Feld ist eigentlich ganz schön so. Pikst etwas, aber lässt sich aushalten.

Nikos Hand und sein Gesicht tauchen aus der Dunkelheit auf und er beugt sich über mich.

Besser: Er kniet sich rittlings auf mich und stützt die Hände neben meinem Gesicht ab, ehe er sich runterbeugt, als wäre er plötzlich kurzsichtig und ich ein interessanter Käfer, den er inspizieren will.

Ich brumme und schiebe die Unterlippe vor.

»Was ist?«, frage ich ein wenig schnippisch, als ich seinen angestrengten Gesichtsausdruck bemerke.

»Du bist echt schön.« Er lallt immer noch, aber seine Stimme klingt sanft und ernst dabei. Ich werde rot. »Und ich will dich immer noch küssen, auch wenn du dauernd weggehst und mich alleine rumliegen lässt. Und du mir die Flasche wegnimmst. Ich muss doch auf sie aufpassen, bis Wilhelm wieder da ist. Aber«, überlegt er dann laut und schaut mich eindringlich an, »du kannst sie haben. Du bist ja seine Nichte. Übrigens eine echt schöne Nichte«, fährt er fort, »von der er nie was gesagt hat.«

Ich lausche seinen Ausführungen und fühle mich auf seltsame Art sehr geschmeichelt.

Und dann, plötzlich, und irgendwie unerwartet, beugt er sich zu mir und seine warmen Lippen drücken sich auf meine.

Ich bin völlig überrumpelt davon. Und dann schießt dieses Gefühl durch mich wie ein Blitz und meine Lippen öffnen sich.

Er küsst mich sanft und gründlich, als ob er mich kosten wollte, geht es mir durch den Kopf, ehe mein Verstand komplett aussetzt.

Sein Mund liegt so warm und weich auf meinem, dass ich kurzfristig das Atmen vergesse. Nikos Lippen erkunden meine sehr ausgiebig und zärtlich, von einem Mundwinkel

zum anderen, betasten sie, knabbern hier und da behutsam, ehe er seine Zungenspitze zart über meine Unterlippe gleiten lässt.
Ein Schauer durchfährt mich, als ich meine Lippen für ihn öffne und unsere Zungen sich betasten und dann streicheln, zögernd, bittend beinahe.
Ich weiß nicht, wie lange wir so daliegen, aber ich genieße diesen wunderbaren Kuss mit jeder Faser meines Körpers. Er kann das sogar noch viel besser, als ich dachte. Abgesehen von dem Zirpen der Grillen und unserem Atem ist es vollkommen still.
»Jessy«, murmelt er sanft an meiner Wange, die er mit sanften Küssen bedeckt. Ich seufze leise und genieße das Gefühl seiner Bartstoppeln an meiner Haut. Ich kann die Muskeln seiner Brust spüren, die er gegen mich schmiegt. Das dünne T-Shirt, das er trägt, kann auch die Hitze nicht verbergen, die er ausströmt. Ich küsse seine Wange und seinen Hals, lecke zart das Salz von seiner Haut und er schnaubt leise, ehe er sich auf die Füße kämpft und mich mit sich zieht. Überrascht, wieder auf den Beinen zu sein, schwanke ich kurz gemeinsam mit ihm. Einen Moment starrt er nur auf mich herunter und ich zu ihm hoch, ehe er meine Hand packt und mich mit sich zieht.
Torkelnd zwar, aber trotzdem ziemlich bestimmt. Ich stolpere hinter ihm her, nun beide Flaschen unter einem Arm, und lecke mir den Geschmack seiner Küsse von den Lippen, während ich mich verwirrt frage, was er vor hat.
Das Feld war doch gerade so bequem ...
Er zerrt mich hinter sich her, was mich wieder zum Kichern bringt. Wir schaffen es erstaunlicherweise bis zum Haus.
Beinahe stürzen wir über Jolly, der wie ein riesiger schwarzer Wächter im Flur liegt und nur verschlafen brummt, als wir über ihn hinwegsteigen.
Niko zieht mich erst in die Küche und ich stelle Trophäe und Likörflasche auf der Anrichte ab, ehe Niko mich zu sich umdreht und mich an sich zieht. Seine Hände gleiten über meine Arme und meinen Rücken, ehe er eine in meinen Nacken gleiten lässt.

Seine Finger in meinem Haar jagen pulsierend heiße Wellen über mein Rückgrat und ich seufze leise, als er seinen Mund fordernd auf meinen presst.

Ich taumele überrumpelt zurück und spüre die Wand im Rücken, als er sich gegen mich schmiegt. Sein Körper ist hart und erhitzt und ich fühle mich weich und verletzlich und begehrt.

Seine Zunge umschlingt meine, reibt sich an ihr, fordert sie nahezu heraus, während er mich überall streichelt. Seine Hände gleiten unter das karierte Hemd und er erkundet meinen Rücken durch das Top. Alles in mir zieht sich zusammen und ich stöhne leise auf, als das Verlangen durch meine Adern strömt und meinen ganzen Körper weich und nachgiebig macht.

Ich will, dass er mich überall streichelt und küsst, und vor allem will ich, dass nichts zwischen uns ist, was stört. Kleidung zum Beispiel.

Die Frage, was zum Teufel ich hier eigentlich mache, blitzt kurz in meinem Kopf auf, aber ich bringe sie schnellstmöglich zum Schweigen, indem ich meine Hände über Nikos Brust und Bauch gleiten lasse. Er fühlt sich gut an und ich zerre an seinem T-Shirt, bis meine Hände endlich unter den Stoff gelangen, während er mich weiterküsst. Er hält kurz inne, als meine Finger über seine Hüften streicheln, und ich kann die Gänsehaut spüren, die sich auf ihnen ausbreitet.

Plötzlich verliere ich den Boden unter den Füßen und kreische erschrocken auf, als Niko mich packt und auf die Arme nimmt.

Ich klammere mich an ihn wie eine Ertrinkende, als er mich mit schwerfälligem Gang aus der Küche befördert und die Treppe erklimmt.

Mein benebeltes Hirn findet diese Idee total absurd, aber meine Zunge ist nicht fähig, ihm zu widersprechen, also hoffe ich das Beste.

Er schafft es tatsächlich und stößt die Tür zu meinem Zimmer mit dem Fuß auf.

Mein Magen flattert, als er mich auf das Bett wirft. Schwer atmend steht er vor mir, während frische Nachtluft in den Raum strömt. Ich liege auf den Ellbogen aufgestützt vor ihm, zitternd vor Begierde. Mir ist heiß und ich fühle mich seltsam unvollständig, weil er so weit weg steht und nicht näher kommt.
Er steht nur da und starrt mich an, eine Hand an seinem Gürtel, ehe er den Kopf schüttelt, als würde er aus einer Trance erwachen.
Er macht einen Schritt zurück und ich kann fühlen, wie mein Herz ungläubig aussetzt. Mein Mund wird trocken vor Schreck.
»Gute Nacht«, murmelt er sanft, ehe er den Raum verlässt und die Tür erstaunlich leise schließt.
Ich klappe empört den Mund auf.
Ich sinke in die weichen Kissen zurück und starre an die Decke.
Meine Vernunft lobt ihn dafür, dass er so besonnen ist und es nicht überstürzt, zumal ich ihn kaum kenne und wir beide betrunken sind. Aber mein Herz fühlt sich betrogen und leer und zurückgewiesen und ich wende den Kopf, so dass ich aus dem Fenster schauen kann. Alles dreht sich und mein ganzer Körper vibriert, als wäre ich eine angespannte Bogensehne, die unter Zug steht und keine Erlösung findet. Mein Magen rumort unruhig und ich denke an das viele Stout, das darin umherwogt wie in einem kleinen Fass.
Die ersten Vögel beginnen zaghaft zu zwitschern und ich rolle mich zur Seite und ziehe die Decke über mich.
Ehe ich aus dem Bett stürze, den Kopf aus dem Fenster halte und mich übergebe.
Am Horizont zeigt sich ein vager Silberstreif, der den neuen Morgen ankündigt.

◆◆◆

Meine Augen fühlen sich geschwollen und zu groß für meinen Kopf an, während meine Augenlider innen mit Sandkörnern gespickt zu sein scheinen, die bei jeglicher Bewegung der Augen höllisch schmerzen.
Mir tut der Hals weh und ich habe das Gefühl, er ist von innen wund gerieben und gleichzeitig schmerzt es, wenn ich den Kopf bewege, als hätte ich einen steifen Nacken.
Ich rolle im Bett zur Seite, vorsichtig, um mich nicht wieder übergeben zu müssen.
Ich hatte ja geahnt, dass ich heute einen schlechten Tag haben würde, aber dass es mir dermaßen übel geht, hatte ich nicht erwartet.
Verdammtes Stout.
Verdammter Niko.
Verdammtes Alles.
Ich muss niesen und ein Sprühregen aus Rotz verteilt sich über der Bettwäsche. Gänsehaut überläuft mich und ich richte mich vorsichtig auf. Die Gedanken an den verflixten Kerl, der mich zu dieser Alkoholorgie verführt hat, verdränge ich lieber. Obwohl ich natürlich weiß, dass ich selbst Schuld bin. Und noch dazu hätte ich um ein Haar mit ihm geschlafen!
Ich schlage die Hände vor mein Gesicht und frage mich, wie ich ihm je wieder unter die Augen treten soll.
Meine Gedanken werden unterbrochen, als ein Geräusch im Haus ertönt, was mein benebeltes Hirn nicht gleich erkennt, weil es noch in einer Lake aus Stout und Scham umherschwappt.
Das Telefon!
Ich lausche einen Moment mit angehaltenem Atem und verharre kniend auf dem Bett. Niko würde doch rangehen, oder nicht?
Aber das nervige Klingeln bricht nicht ab, also raffe ich mich auf. Ein schneller Blick auf den Wecker lässt mich zusammenzucken. Es ist bereits weit nach Mittag.
Niko wird sicher schon irgendwo auf der Plantage herumstapfen und irgendetwas tun.

Ich eile die Treppe hinunter, nachdem ich mich unter gequältem Stöhnen vom Bett bugsiert habe, und laufe noch in den Klamotten von gestern ins Wohnzimmer.
Noch gerade rechtzeitig angele ich nach dem Hörer um ein sehr kratzig klingendes »Hallo?«, hervor zu würgen.
Mein Magen fühlt sich leer und unangenehm an und ich setze mich schnell in den Sessel, in dem ich mich zusammenkrümme wie eine dieser eingelegten kleinen Garnelen, die man als Meeresfrüchte-Salat im Supermarkt kaufen kann und die ich immer ein wenig unheimlich finde.
Meine Tante am anderen Ende schweigt kurz irritiert, ehe sie antwortet: »Jessy? Bist du das? Du klingst ja furchtbar, Kind!« Ich kann quasi hören, wie besorgt sie sich vorbeugt, so wie sie es immer tat, wenn ich krank war, um mir einen kühlen Lappen auf die Stirn zu legen oder etwas selbstgekochten Tee aus Brennnesseln einzuflößen, gesüßt mit Sirup aus Butterblumen.
Ich seufze und bin irgendwie erleichtert, von ihr zu hören. Am Hintergrundgemurmel erkenne ich, dass sie aus dem Krankenhaus anruft.
»Mir geht es ganz gut, ich habe nur das Fenster offengelassen und mir wohl ein bisschen was eingefangen«, lüge ich so beiläufig wie möglich. Ich kann ihr doch nicht erzählen, dass ich die ganze Nacht mit Niko in der Kneipe war, mich betrunken- und in einem Weizenfeld mit ihm rumgemacht habe. Ich werde alleine bei dem Gedanken an diese unsäglichen Vorwürfe so rot wie die selbstgemachte Tomatensoße, die Tante Emilia immer zaubert und die nach Italien und Sonne schmeckt.
Ich fühle mich schon schlecht genug, auch ohne den tadelnden Blick meiner armen Tante, die nicht wissen soll, dass ich mich benehme wie ein unreifer Teenie. Obwohl ich, wenn ich ehrlich bin, genau das tue.
Irgendetwas stimmt ganz und gar nicht mit mir. Und leider kann ich nicht alles auf das Stout schieben.
Da meine eigenen Gedanken zu unangenehm sind, lenke ich sie schnell zu wichtigeren Dingen.

»Wie geht es Onkel Wilhelm?«, frage ich besorgt. Ich hoffe, sie bringt gute Nachrichten.
Tante Emilia räuspert sich kurz. Ich fürchte schon das Schlimmste.
»Es geht ihm besser und er wird morgen entlassen.«
Ein erleichtertes Aufstöhnen kommt mir über die Lippen. »Gottseidank«, murmele ich. Mir geht es auf einen Schlag viel besser, aber mein Argwohn erwacht. »Aber?«, hake ich nach, denn ihr Tonfall lässt meine Alarmglocken schrillen.
Tante Emilia druckst ungewohnt herum und ich höre undeutlich jemanden im Hintergrund etwas zischen.
Meine Stirn legt sich in Falten.
»Nun, deine Eltern haben angeboten, dass Onkel Wilhelm und ich eine Weile bei ihnen wohnen, solange dein Onkel noch nicht ganz auf dem Damm ist. Zuhause würde er nur gleich wieder arbeiten wollen, und das soll er nicht! Die Ärzte sagen, er braucht noch ein paar Wochen Ruhe. Und du hast dir doch sowieso drei Wochen freigenommen, nicht? Wäre es viel verlangt«, fährt sie dann schnell fort, so dass ich sie nicht unterbrechen kann, »wenn du die ganze Zeit dort bleiben und alles für uns in Ordnung halten würdest? Es wäre eine große Hilfe!«
Mein Mund klappt auf und zu, wie bei einem Fisch, den man gefangen und an Land geworfen hat.
Meine Gedanken schreien empört und entsetzt gleichermaßen auf und brüllen mir alle möglichen Sachen zu, die ich meiner Tante gern sagen würde, aber aus meinem Mund kommt stattdessen: »Natürlich, Tante Emilia, das ist doch gar kein Problem!«
»Ach, du bist einfach die Beste, Jessy! Tausend Dank!«, spricht`s erfreut und hängt auf.
Ich halte noch eine Weile den Hörer in der Hand, aus dem ein anhaltendes, nerviges Tuten erklingt, während ich mich frage, was um alles in der Welt mich dazu gebracht hat, ihr zuzustimmen.
Mein Verstand kann es jedenfalls nicht gewesen sein, denn der muss noch irgendwo im Weizenfeld liegen.
Da, wo Niko mich geküsst hat.

Mir drängt sich der Verdacht auf, dass meine Eltern irgendwie die Finger im Spiel haben, um mich zu zwingen, hier wirklich die komplette Zeit abzusitzen.
Ich wickele eine Locke meines sehr, sehr wirren Haares um meinen Finger, während ich den Hörer auf das Telefon lege.
Na schön.
Es ist schließlich für die Familie, also kann ich nicht Nein sagen.
Und davon abgesehen, wird so etwas, wie gestern sich gewiss nicht noch einmal wiederholen.
Ich schürze die Lippen und der Geschmack von Schlaf und Alkohol, der wie ein alter, ekliger Teppich in meinem Mund liegt, drängt sich plötzlich in mein Bewusstsein.
Meine Zunge fühlt sich pelzig an, als hätte ich mir nicht mehr allzu frisches Tzatziki einverleibt.
Mühsam rappele ich mich auf und wanke ins Badezimmer, wo ich meine schmutzigen Klamotten ausziehe und mich, so wie ich bin, unter die Dusche stelle. Im Haus ist es vollkommen ruhig. Nicht einmal Jolly ist zu sehen, so dass ich mich wohl ruhig trauen kann, halb nackt herumzulaufen.
Ich beschließe, mich erst einmal wieder in einen menschenähnlichen Zustand zu versetzen, einen starken Kaffee zu kochen, und mich dann nach draußen, in die bittere Realität zu stürzen, in der ich garstige Hähne füttere, Pferdeställe ausmiste und Stachelbeeren pflücke.
Und wieder Essen koche. Allein der Gedanke macht mich unruhig. Es bedeutet nämlich, dass ich mir eingestehen muss, hier festzusitzen.
Und zwangsläufig, dass ich mit Niko zusammenarbeiten muss.
Und wie ich das hinbekommen soll, ohne schwach zu werden, ist die wirklich große Frage, die ich mir stelle.
Denn egal wie sehr ich es auch verdrängen mag: Letzte Nacht, so betrunken wir beide auch waren, hat es mir doch sehr viel mehr Spaß gemacht, als ich nüchtern zugeben kann.

Und seine Worte, wie gern er mich küssen will und wie schön er mich findet, hallen auch jetzt noch in mir nach. Und dieses ernste Gesicht, das er dabei gemacht hat, als er das gesagt hat, lässt mein Herz schneller schlagen und meine Hände zittern.
Ich schütte viel zu viel Shampoo auf meine nassen Haare, wie ich beim Durchkneten feststelle, aber das ist mir recht egal. Der Duft von Lavendel und Sandelholz breitet sich in der Dusche aus, während sich wahre Schaumberge auf meinem Kopf auftürmen wie zu viel Sahne auf einem großen Eisbecher.
Ob er das wirklich ernst gemeint hat? War er so betrunken, dass ihm die Wahrheit über die Lippen gekommen ist? Oder hat er das nur so dahingesagt, weil er dachte, er kriegt mich damit rum?
Ich runzele die Stirn und versuche zu verhindern, dass mir Schaum in die Augen läuft.
Aber wieso hat er dann, als es ernst wurde, gekniffen und ist unverrichteter Dinge abgezogen?
War er da vielleicht schon wieder nüchtern genug, um zu erkennen, dass ich gar nicht so schön bin?
Ich seufze und fühle mich bei diesem Gedanken merkwürdig betrübt.
Mein Aussehen war schon immer meine Achillesferse. Zu oft wurde ich für meine roten Haare und die Sommersprossen gehänselt. Oder für die mangelnden Kurven, die mein Körper aufweist. Ich habe eher schmale Hüften, kaum Hintern und auch meine Oberweite ist »ein schlechter Witz«, wie meine Klassenkameraden früher nicht müde wurden, zu betonen.
»Jessy ist flach wie ein Brett!«, waren da noch die harmlosesten Aussprüche und Vergleiche, die ich mir anhören durfte.
Ich halte mein Haar unter den warmen Wasserstrahl der Dusche und schließe die Augen, während ich mir das Shampoo aus der Mähne wasche.

Manchmal habe ich mir gewünscht, einfach ganz normal auszusehen und nicht so unweiblich zu sein, aber ich bin eben, wie ich bin. Damit habe ich mich abgefunden.
Damals, mit Alex, dachte ich wirklich, ich hätte einen Mann fürs Leben gefunden. Allerdings muss ich mir eingestehen, dass er nie so etwas gesagt hat wie »du siehst schön aus« oder »ich will dich unbedingt küssen« oder sowas. Das brauchte er nicht. Vielleicht war ich zu verzweifelt und zu hungrig nach Zuwendung und Liebe, dass ich mich nicht um so etwas gekümmert habe.
Ich greife nachdenklich nach der Seife. Eigentlich hat mir Alex insgesamt ziemlich wenig zu sagen gehabt, wenn ich es recht überlege. Ich schürze die Lippen. Und davon abgesehen, hat er mich betrogen.
War das vorhersehbar? Falls, dann war es das nicht für mich und sein Verrat hat mich nur umso härter getroffen.
Ich reibe mit der Seife über meine Haut. Sogar an den Füßen habe ich Sommersprossen. Der Duft verbreitet sich durch den warmen Dampf und der cremige Schaum entlockt mir ein Lächeln. Die Dusche hilft mir zu entspannen und ich fühle mich schon besser, auch, wenn mein Hirn mit Grübeleien beschäftigt ist.
Ich kann die Vergangenheit nicht ändern.
Allerdings habe ich keine Ahnung, was die Zukunft für mich bereithalten mag.
Und ich muss ehrlich sagen, dass ich nicht sicher bin, ob mir meine derzeitigen Optionen gefallen.
Noch einmal so wie von Alex will ich nicht verletzt werden, so viel ist klar.
Und Niko scheint mir nach allem, was so passiert ist, nicht unbedingt die Lösung all meiner Probleme zu sein.
Ich steige aus der Dusche und wische mit der flachen Hand den beschlagenen Badezimmerspiegel frei. Tante Emilia wird das wahnsinnig machen. Sie hasst es, wenn ich das tue. Es hinterlässt Schlieren.
Andererseits bin ich ja noch lange genug da, um dieses Malheur wieder auszubügeln.

Ich betrachte mich eine ganze Weile einfach nur, während ich mir das Handtuch umlege und mich abtrockne.

Meine braun-grünen Augen scheinen mich zu fragen, wie es nun weitergehen soll. Aber ich habe keine Antwort darauf und beschließe lieber, einen Schritt nach dem anderen zu tun und weiterzusehen.

Ich rubbele mir die Haare so trocken, wie es eben geht und zwinge die widerspenstigen Locken in einen losen Pferdeschwanz, damit sie mir nicht im Gesicht herumhängen, wenn ich gleich nach draußen gehe und arbeite.

Nur mit einem Handtuch bekleidet, das mir kaum bis zu den Oberschenkeln reicht, tappe ich in die Küche und koche eine frische Kanne Kaffee. Es ist so still im Haus, dass ich das Ticken der Uhr hören kann.

Unter meinen nackten Fußsohlen fühlt sich der Boden kühl und glatt an, nur ein weiteres Zeichen für Emilias Sauberkeitswahn.

Ich seufze tief, während ich Kaffeepulver und Wasser in die Maschine gebe. Vermutlich sollte ich mir ein Beispiel an ihr nehmen.

Sonnenschein strömt durch das Fenster, an dessen Außenseite ein Blumenkasten mit Stiefmütterchen auf dem Fensterbrett steht. Die bunten Blumen zittern im leichten Wind, der über sie hinwegstreicht. Grünes Gras und blauen Himmel sehe ich von hier. Direkt links neben dem Fenster befindet sich das Außengehege für die Hühner und rechts sind die Pferdeställe. Dazwischen gibt es nichts als eine kurz geschnittene Wiese, die in einiger Entfernung in ein Waldstück übergeht. Dort hinten ist auch der kleine See, in dem ich als Kind so gern gebadet habe. Onkel Wilhelm hat mir dort das Schwimmen beigebracht. Unendliche Nachmittage lang, an denen es nichts weiter gab als Lachen, kühles, aufspritzendes Wasser, Tante Emilias Korb voll Köstlichkeiten, den sie uns immer mit gab, und die Hitze des Sommers, wenn ich erschöpft nach dem Schwimmen auf einem Tuch im Halbschatten der Bäume döste.

Wie lange ist das alles nur her?
Das Geräusch der Kaffeemaschine dringt nur langsam in mein Bewusstsein, und das Gluckern und Röcheln des Gerätes mischt sich mit meinen Erinnerungen an die vielen Morgen im Sommer, die wir draußen gefrühstückt haben. Direkt vorn, unter dem alten Baum, in dem das Windspiel hängt. Meine Eltern waren nur jeweils beim ersten und am letzten Tag dabei. Sie gaben mich hier für die Ferien ab und holten mich nach sechs Wochen wieder, was jedes Mal mit unzähligen Tränen, Protestschreien und eisernem Schweigen meinerseits endete, wenn ich wieder, sauer und zutiefst unglücklich, hinten im Wagen saß und die Plantage und das Haus meines Onkels und meiner Tante hinter mir immer kleiner wurde.
Ich runzele die Stirn und langsam wird mir kalt. Als ich mich umdrehe, entfährt mir ein hoher, schriller Schrei.
Niko steht in der Tür, vollkommen reglos, und betrachtet mich mit einem Gesichtsausdruck, den ich nicht zu deuten vermag.
»Du hast mich erschreckt!«, meine ich schließlich. Ich bin einerseits wütend und zupfe das dünne Handtuch zurecht, andererseits merkwürdig erleichtert, ihn zu sehen. Aber dann gewinnen Scham und Verlegenheit die Oberhand und er wiegt langsam den Kopf, während er mich ansieht.
»Sorry. Ich wusste ja nicht, dass du halb nackt in der Küche stehst und Kaffee kochst.«
Autsch. Seine Stimme klingt kühl und distanziert und seine Kiefer erscheinen angespannt, ebenso wie seine Augenpartie. Was habe ich falsch gemacht? Sicher, ich habe lange geschlafen, aber das war ja nicht meine Absicht. Seine Augen sehen erschöpft und gereizt aus und ich kann die dunklen Schatten sehen, die darunter liegen. Der Preis der vergangenen Nacht voll Stout.
Nikos Blick gleitet über mich hinweg, kurz nur, aber genug um mir die Schamesröte ins Gesicht zu treiben.
Er räuspert sich, ehe er spricht. »Ich wollte eigentlich nur Bescheid sagen, dass ich ein paar Stunden weg sein werde. Wir brauchen ein paar neue Vorräte und ich muss neues

Material für den Zaun besorgen. Der ist an manchen Stellen kaputt.« Er scheint noch mehr sagen zu wollen, leckt sich dann jedoch nur die Lippen und macht einen zögernden Schritt zurück. Jolly, der hinter ihm steht, linst durch seine Beine, die in ausgewaschenen Jeans stecken. Das dunkle T-Shirt betont seine Muskeln und ich spüre das vertraute Kribbeln in der Magengegend. Ich wünschte, ich wäre angezogen.
»Ok«, erwidere ich lahm und zwinge mir ein Lächeln auf. Seine Gesichtszüge entgleiten ihm und ehe ich noch begreife, was passiert, eilt er davon.
Niko ist so schnell verschwunden, dass ich erschrocken blinzele, als die Haustür zufällt und ich draußen das Geräusch eines Autos höre.
Jolly hechelt und legt fragend den Kopf schief, während er mich mit zuckenden Ohren ansieht.
»Ich habe auch keine Ahnung, was das war«, antworte ich dem Hund auf seine fragend scheinende Miene. Dann eile ich schnell in mein Zimmer und schlüpfe in frische Sachen.
In Zukunft, so beschließe ich, werde ich das Zimmer nicht mehr verlassen, ohne halbwegs vollständig bekleidet zu sein. So eine peinliche Situation wie eben möchte ich mir lieber ersparen.
Und wenn er mich so hässlich findet, dass er wie der Wind davon sprinten muss, denke ich mit einem Male wütend, hätte er sich das ganze blöde Getue, die Sprüche und die Küsse wirklich sparen können.
Mir fällt ein, dass ich vergessen habe, Tante Emilia von dem Wettbewerb zu erzählen, und davon, dass Onkel Wilhelm gewonnen hat.
Ich fluche und schlage hilflos mit der Faust auf die Bettdecke. Wenigstens habe ich ein paar Stunden ganz alleine für mich, ohne diesen bescheuerten Typen, der hinter mir herrennt und mich und meine Gedanken durcheinanderbringt.
Jollys nasse Zunge schleckt meine nackten Zehen ab und ich kreische erschrocken auf, während der riesige schwarze Hund seine kalte Nase gegen meine Hand drückt und

sachte mit der Rute wedelt. Er kuschelt sich an mich wie eine große Katze und ich kraule ihn.
»Wenn alle Männer so simpel gestrickt wären, wie du, gäbe es viel weniger Chaos auf der Welt«, meine ich zu dem Hund, der versucht, meine Wange abzuschlecken. Ich lache und kraule ihn hinter den Ohren. »Na komm. Wir gehen raus und schauen, was so zu tun ist, mh?«
Jolly folgt mir brav, als ich die Treppe hinabgehe. Ihm ist egal, wie ich aussehe oder wie ich mich fühle. Er ist zufrieden, wenn er sein Fresschen und ein paar Streicheleinheiten bekommt.
Ich bin ein wenig neidisch auf ihn, denn er hat allem Anschein nach die perfekte Formel zum Glücklichsein gefunden.
Gerade schenke ich mir eine Tasse Kaffee ein, als es klingelt. Jolly springt auf und wird ganz steif. Das habe ich bei ihm noch nie gesehen.
»Hey, ganz ruhig, Junge«, murmele ich, doch er steht nur stockstéif da, den Kopf gesenkt und beinahe habe ich das Gefühl, er wird jeden Moment anfangen zu knurren. »Das ist bestimmt nur Niko, der mich nicht nackt sehen will«, scherze ich, um mich selbst zu beruhigen. Irgendwie pocht mein Herz durch die Reaktion des Hundes und ich bekomme ein flaues Gefühl im Magen.
Ich gehe zur Haustür und frage mich, wieso Niko klingelt, anstatt einfach reinzukommen.
Aber es ist nicht Niko.
Mir klappt der Mund auf.
Es ist Alex.
»Hi Jessy. Ich dachte mir, ich schaue mal vorbei.«

# 9

Der strahlende Sommertag, mit all seinen grellen Farben, all dem Vogelgezwitscher, dem Rauschen der Blätter im Wind und dem Duft von reifendem Getreide, den Blumenwiesen, Pferdeställen und den schweren Obststräuchern voller Beeren, warm vom Sonnenschein, all das wurde plötzlich grau und matt.
Gänsehaut breitet sich auf meinen nackten Armen aus und ich fühle mich plötzlich nackt in dem orangen Tank-Top und der abgeschnittenen Jeans. Meine Zehen graben sich nervös in die Sohlen der pinken Flip-Flops die ich trage und ich lecke mir über die Lippen, während Alex auf mich herab lächelt. Er ist kleiner als Niko, schießt es mir durch den Kopf, während ich unsicher in seine grünen Augen starre. Sein Lächeln vertieft sich, als sein Blick besitzergreifend über mich wandert und ich schlinge abwehrend die Arme um mich und verschränke sie.
»Was willst du hier?«, frage ich harsch.
Jolly hinter mir knurrt drohend und das Lächeln auf Alex Gesicht gefriert zu Eis. Sein Blick wandert von mir zu dem

riesigen Hund, der sich hinter mit aufgebaut hat. Ich muss mich gar nicht umdrehen um zu sehen, dass Jolly die Zähne gebleckt hat. Ich fühle den Atem des Hundes an meiner Wade und ich kann die Hitze seines Körpers spüren, so dicht ist er hinter mir.

Alex leckt sich nervös die Lippen und sein Blick flackert wieder zu mir. Er trägt das weiße Shirt und die Jeans, die er auch bei unserer ersten Begegnung anhatte, zusammen mit den Lederboots, die für die Hitze dieses Sommers eigentlich ungeeignet sind.

Ein Windhauch trägt mir sein Aftershave entgegen und ich verziehe das Gesicht. Es erscheint mir zu viel und zu aufdringlich, genau wie er selbst.

»Ich wollte dich sehen. Anton hat mir gesagt, wo du bist und ich dachte mir, ich unterstütze dich ein wenig. Du bist ja ganz alleine hier und …«

Ich schneide ihm mit einer Geste das Wort ab. »Bin ich nicht. Ich habe … ein paar Arbeiter um mich, die mir helfen. Leiharbeiter«, lüge ich eilig und erwidere Alex Blick gelassener, als mir zumute ist.

Ich sehe den Unglauben in seinen Augen und Jolly knurrt wieder.

»Kannst du das Vieh nicht unter Kontrolle bringen?«, fragt Alex beunruhigt.

Meine Lippen pressen sich missbilligend zusammen und ich kann fühlen, wie der alte Zorn in mir auflodert. »Das ist kein »Vieh«, sondern ein großartiger Hund, und er hat sich besser im Griff als du. Ich wette«, fahre ich sauer fort, »er würde mich niemals in meinem eigenen Bett betrügen!«

Der Vergleich hinkt, aber der Schmerz ist noch zu frisch.

Alex Gesicht verzieht sich und er lächelt zerknirscht, während er abwehrend die Hände hebt und seine Stimme zu einem versöhnlichen Murmeln senkt. »Er ist nur ein Hund, ok? Und ich habe einen Fehler gemacht, das habe ich auch bereits zugegeben. Und an dem Tag im Café, als ich dich treffen wollte, ist mir etwas dazwischen gekommen. Ich wollte wirklich kommen, Jess, aber es ging leider nicht.«

Mein Kopf nickt wie automatisch bei einem dieser Wackel-Dackel, deren Sinn ich noch nie verstanden habe. »Fein. Ist das dann also jetzt das, was du mir damals sagen wolltest?«, zische ich aufgebracht. Ich funkele Alex von unten an und stemme die Hände in die Hüften. »Wenn das so ist, dann kannst du jetzt wieder gehen. Ich brauche weder deine Hilfe noch deine Anwesenheit hier, egal was du vor hast, es wird nicht klappen und ich bin einfach fertig mit dir!«
Es ist endlich raus. Endlich konnte ich ihm all das sagen, was ich ihm die ganze Zeit schon sagen wollte.
Ich starre absichtlich auf einen Punkt hinter Alex, denn ihn anzusehen übersteigt gerade meine Schmerzgrenze. Ich zittere vor Adrenalin, das mir durch die Adern gepumpt wird und mein Herz gibt sich wirklich alle Mühe. Beinahe kann ich schon die Tränen fühlen, die in meinen Augen aufsteigen wollen, darum reiße ich sie weit auf und starre auf die Linde und das Windspiel.
Alex schweigt eine Weile. Dann spricht er wieder und er klingt tatsächlich ziemlich dumpf und verletzt. »Ich wollte dich fragen, ob wir beide noch eine Chance haben. Ich will es noch einmal versuchen, Jess. Ich vermisse dich ...« er ergreift meine Hand und drückt etwas hinein. Ich weiß, was es ist und nun kann ich nicht mehr verhindern, dass mir Tränen über die Wangen laufen. Er seufzt leise und nur widerwillig lösen sich seine Finger von meiner geballten Hand, die den Ring umklammert. »Ich liebe dich. Und ich habe einen Fehler gemacht. Ich will dich immer noch heiraten. Überleg es dir, ja?« Die letzten Worte sind so bittend, dass ich ihn ansehen muss.
Alex Finger sind warm und sanft, als er mein Kinn umfasst und mir einen sanften Kuss auf den Mund gibt. Dann geht er zurück zu seinem Wagen, der in einiger Entfernung steht und mein Blick folgt ihm automatisch. Das Geräusch der schweren Boots auf dem Kies verursacht mir Übelkeit, als ich sehe, dass Niko nicht sehr weit von dem Fahrzeug weg steht. In seinen Händen trägt er einige Werkzeuge, die er gerade von der Ladefläche des Pick-Ups holt. Seine Miene

ist auf die Entfernung nicht direkt zu erkennen, aber mir wird richtig schlecht, als mir klar wird, was er denken muss.
Seine Bewegungen sind abgehakt und wütend, als er die Rollen mit Draht und die kleinen Rundhölzer auf den Kiesweg wirft, während Alex BMW an ihm vorbeifährt. Alex hat das Fenster runtergekurbelt und scheint Niko irgendetwas zu sagen, denn sie unterhalten sich kurz, ehe mein Ex dann endlich wegfährt.
Der Ring in meiner Faust fühlt sich an wie ein Schandmal.
Ich weiß nicht, was ich tun soll, also bleibe ich stehen und starre mit klopfendem Herzen zu Niko rüber, der die Drahtrolle und die Hölzer aufhebt und damit zwischen den Stachelbeersträuchern der Plantage verschwindet.
Er flüchtet regelrecht und ich kann es ihm absolut nicht verübeln. Wie betäubt hebe ich die Hand und blinzele auf den Ring, der mir einmal so viel bedeutet hat.
»Für immer«, steht in die Innenseite eingraviert, und die Initialen von mir und Alex, umschlungen von filigranen Mustern.
Von wegen für immer. Ich balle die Hand wieder zur Faust und will für einen Moment den Ring am liebsten wegwerfen und mit ihm sämtliche Erinnerungen. Jolly neben mir wimmert leise und schaut fragend zu mir hoch. Seufzend stecke ich das Schmuckstück in die Tasche meiner Jeans und hocke mich neben den Hund, der seine kalte Nase an meine Wange drückt.
»Ist schon gut, Großer«, murmele ich leise.
Dabei habe ich nicht das Gefühl, dass das auch nur ansatzweise wahr ist.
Wie um meine Gedanken zu bestätigen, frischt der Wind auf und Wolken verdecken langsam aber sicher die Sonne. Es sieht aus, als würde ein Sommergewitter aufziehen und dem heißen Tag eine Abkühlung bescheren.
Die Gedanken an Alex sind zu schmerzhaft und zu belastend, um mich jetzt damit auseinander zu setzen. Ich laufe zum Hühnerstall und spähe in das Gehege, um zu prüfen, ob die Vögel schon gefüttert wurden. Die Hennen

gackern bei meinem Anblick erwartungsvoll und ich habe ein schlechtes Gewissen, weil ich sie noch nicht gefüttert habe.
Der Hahn plustert sich wichtigtuerisch auf, als er meiner ansichtig wird.
»Ja, ja«, motze ich dem aufgeblasenen Gockel entgegen, »mehr könnt ihr Kerle nicht! Rumstolzieren und Chaos stiften und dann sollen wir euch auch noch anhimmeln dafür!«
Natürlich versteht der Vogel kein Wort, aber ich hole schnell eine Schaufel voll Getreide für die Hühner und trete mit geschürzten Lippen in das Gehege. Sofort habe ich den Hahn an der Backe, der sich wie wildgeworden auf mich stürzt und lautstark gackernd nach meinen Waden hackt.
Ich zische ihn an und mache mich möglichst groß und breit. Er erwischt mich mit seinem scharfen Schnabel trotzdem, aber ich presse die Zähne zusammen, als sich brennender Schmerz durch mein Bein frisst. Die Hühner müssen zu Essen bekommen und auch frisches Wasser, wie ich bei einem Blick in die Vogeltränke sehe, die mit Erde und hineingefallenem Futter verschmutzt ist. Lose Federn schwimmen in dem flachen Gefäß.
Ich verteile eilig die Körner und ignoriere den Hahn, der mich nicht zufriedenlassen will, während ich mir schnell die Tränke schnappe und sie aus dem Gehege bugsiere.
Der Gockel stiert mich durch das Gatter sauer an und ich strecke ihm die Zunge raus. »Du kannst glotzen, so viel du willst, ich gebe euch trotzdem frisches Wasser!«
Mit dem Gartenschlauch wasche ich die Tränke sorgfältig aus und befülle eine bereitstehende Gießkanne. Keine aus Plastik, sondern eine alte aus Metall. Die finde ich auch viel schöner, wenn ich ehrlich bin.
Jetzt fällt mir auch mein Malheur von letzter Nacht auch wieder ein und ich beeile mich damit, die Vogeltränke wieder in das Hühnergehege zu bringen und neu zu befüllen.

Der Gockel wirft mir misstrauische Blicke zu, hackt jedoch nicht mehr nach mir und pickt stattdessen die Körnchen vom Boden auf.

Immerhin.

Ich laufe schnell mit dem Gartenschlauch nach hinten, wo die Überreste von zu viel Stout ein wenig an der Fassade abgeprallt sind und ein hübsches, gelbgrünes Pfützchen im Gras gebildet haben.

Mir wird ganz flau im Magen, als ich nicht nur sehen, sondern auch riechen kann, was mir da wieder hochgekommen ist.

Ich spritze schnell die Fassade ab und versuche die inzwischen angeklebten Reste zu beseitigen. Ich hoffe inständig, dass sich meine Magensäfte nicht auf die Farbe des Backsteins auswirken werden. Es wäre absolut peinlich, wenn man genau sehen könnte, dass ich aus dem Fenster gekotzt hätte.

Ich sehe vor meinem inneren Auge schon die Nachbarn, die mit Ferngläsern in ihren eigenen, hübsch gepflegten Gärten stehen und hinüberspionieren: »Oh, schau mal Berta! Da, genau da an dem Fenster, da hat die Nichte vom alten Wilhelm Ernies Stout aus dem Fenster gekübelt! Hah! Kann wohl nix ab, das Stadtgör.«

Ich schüttele mich bei diesem allzu lebhaften Gedanken und verziehe angewidert das Gesicht, als ich, mit Hilfe einer Gartenschaufel, ein paar der ekligen Brocken von den Steinen abkratze. Zum Glück ist Backstein Kotzattacken gegenüber sehr gelassen und robust, wie ich erleichtert feststelle. Es gibt keine bleibenden Flecken.

Noch ehe ich mich darüber freuen kann, donnert es bedrohlich , und ein frischer Wind treibt mir Gänsehaut auf die Arme. Es zieht wirklich ein Unwetter herauf.

Als ich den Blick nach oben richte, platschen mir auch schon die ersten dicken Regentropfen gegen die Stirn.

»Ach du Scheiße«, entfährt es mir. Ich stelle den Schlauch ab und stürze zu den Pferdeställen hinüber. Die Tiere sind noch auf der Koppel und kommen soeben wiehernd angetrabt. Ihre Ohren zucken nervös in alle Richtungen.

Sie scheinen das Gewitter auch nicht gerade gut zu finden.
Ich stelle sicher, dass die Boxen geöffnet sind, und öffne dann das Gatter der Koppel, um die Pferde in den Stall zu führen.
Gehorsam und vollkommen brav traben sie in ihre Boxen und mir sacken vor Erleichterung die Schultern herunter. Ich habe auf der Koppel nämlich keinen Unterstand gesehen, der für die Pferde Schutz bedeutet hätte und außerdem weiß man nie, wo ein Blitz einschlagen wird.
Mir ist es da lieber, wenn sie in der sicheren Box stehen. Die noch nicht ausgemistet ist, wie ich jetzt sehe.
»Ich mache das später, spätestens morgen«, verspreche ich den Tieren mit schlechtem Gewissen. Dafür gebe ich ihnen eine extra Portion Hafer und frisches Stroh, wo sie mir neugierig die Nüstern entgegen strecken streichele ich sie liebevoll, als kleine Entschädigung für meinen Hangover. Es war ziemlich verantwortungslos von mir, heute nicht aufzustehen und gestern so über die Stränge zu schlagen, wie ich mir zerknirscht eingestehen muss.
Die Tiere sollten nicht darunter leiden müssen, nur, weil ich mich nicht im Griff habe und lieber mit einem gut aussehenden Kerl Bier trinke ...
Apropos ... Wo steckt er denn nur?
Ich kann den Regen hören, der auf das Dach des Stalls prasselt und die Melodie beruhigt meine Nerven ein wenig. Auch die Pferde scheinen sich zu entspannen, wie ich an ihrem ruhigen Schnauben heraushören kann. Sie kauen zufrieden an dem Stroh und dem Hafer und wackeln nur gelegentlich mit den Ohren.
Ich blinzele durch das Stalltor hinaus und erkenne kaum das Haus, obwohl es nicht weit entfernt ist, so dicht fallen die Tropfen. Wie dichte Vorhänge, die die Sicht auf alles versperren, was hinter ihnen geschieht.
Die Erde duftet von diesem wunderbaren Sommerregen nach Feuchtigkeit und Wärme und frischem Gras. Ich sauge dieses Parfüm der Natur bewusst in meine Lungen und mit jedem Atemzug habe ich das Gefühl, auch innerlich gereinigt zu werden.

Die Sorgen um Alex, um meinen Onkel und um meine Zukunft Zuhause in der Stadt treten für ein paar Momente in den Hintergrund und es gibt nur das Hier und Jetzt.
Ich bemerke Nikos Gestalt erst spät, als er durch die Sturzflut an Niederschlag auf mich zu gestapft kommt.
Wo eben noch innere Harmonie herrschte, bricht nun das Chaos aus. Gerade noch fühlte ich mich vollkommen entspannt und ausgeglichen, und plötzlich dröhnt mir der eigene Herzschlag in den Ohren und Nervosität schießt durch meine Adern.
Niko tritt vor mich in den Stall.
Wasser rinnt ihm aus den Haaren und in kleinen Bächen von den Fingerspitzen seiner Hände, die an den Seiten seines Körpers herunterhängen.
Er steht vermeintlich entspannt da, aber ich kann in seinen Augen die Anspannung sehen. Eine Anspannung, die auch mich ergriffen hat. Das T-Shirt klebt ihm vollkommen nass an der Haut und die Sohlen seiner Schuhe quietschen, wenn er sich bewegt.
Regentropfen perlen ihm von den langen Wimpern und sammeln sich an Nase und Kinn.
Ich kann einfach nicht anders, ich muss seine Lippen anstarren und mir wird ganz heiß davon ihn nur anzusehen.
Die Erinnerung seiner Hände auf meinem Körper, wie sie mich streicheln und liebkosen, drängt sich in mein Bewusstsein wie das nervige Klingeln eines Telefons, das man einfach nicht zu ignorieren vermag.
Er legt den Kopf schief und sein Blick bohrt sich in meinen.
Ich wünschte, er würde mich küssen. Als wäre ich die einzige Frau auf der ganzen Welt, die er jemals gewollt hätte.
Sein Blick verändert sich und ich kann hören, wie er die Luft scharf einsaugt. Panik steigt in mir auf.
Manchmal kommt es vor, dass ich meine Gedanken laut ausspreche. Ich habe doch nicht laut gesprochen, oder?
Ich blinzele ihn an wie ein erstarrtes Reh, das in Scheinwerferlicht schaut.

»Du solltest mich nicht so ansehen, wenn dein Verlobter Zuhause auf dich wartet«, meint er nach einer Weile angespannten Schweigens.
Ich drehe in meinem benebelten Hirn diesen Satz hin und her wie ein Puzzleteil und es dauert eine Weile, ehe ich begreife, was er meint.
Aber ehe ich etwas sagen kann, tritt er näher zu mir und hebt mein Kinn mit den Fingern an.
»Sonst muss ich all diese Gedanken in die Tat umsetzen, die in meinem Kopf herumschwirren, egal wer auf dich irgendwo wartet.«
Ich nage verwirrt und mit klopfendem Herzen an meiner Unterlippe. Ich kann nur vage Mutmaßungen anstellen, ob das eine Drohung oder ein Versprechen war, aber mein Magen tanzt Samba, während es sich noch etwas weiter südlich anfühlt, als würde mein Innerstes eine Laola-Welle aussenden, um genau da anzuknüpfen, wo wir neulich aufgehört hatten. Oder besser: Wo er aufgehört hatte.
Sein Blick liegt auf meinen Lippen und in seinem Gesicht spiegelt sich ein innerer Widerstreit ab. Schließlich lässt er mein Kinn los, als ich schon glaube, die Spannung nicht mehr ertragen zu können, aber selbst zu schüchtern bin, um den ersten Schritt zu machen.
Er dreht sich um und geht mit eiligen Schritten Richtung Haus, während ich wie eine Vollidiotin dastehe.
»Aber ich bin doch gar nicht verlobt!«, rufe ich sinnloserweise über den Donner hinweg, der mich um einiges übertönt, während die Symphonie des Regens ihr übriges tut, um eine Klarstellung zu verhindern.
Ich fluche sauer und bin selber bestürzt darüber, wie sich alles entwickelt.
Ich sinke auf einen der Heuballen und starre ihm hinterher, während ich mich frage, was ich tun soll.
Vor allem aber frage ich mich, was das für eine Sache zwischen uns ist, dass wir uns anziehen und abstoßen. Und was ist das nur für eine Unart, ständig einen Rückzieher zu machen?

Meine Lippen kräuseln sich, als ich die Stirn in Falten lege und die Beine übereinanderschlage, während ich darüber nachsinne. Ich habe gar keine Lust, ins Haus zu gehen. Ich habe eher gesagt sogar ein wenig Angst davor.
Allerdings kann ich natürlich auch nicht ewig hier herumsitzen und in den Regen starren.
Meine Entscheidung wird mir abgenommen, als ich Motorengeräusche höre. Ich schieße vom Heuballen empor, als wäre ich einer dieser Springteufel, die einem unerwartet aus einem Geschenk entgegenschnellen und dem, der geöffnet hat, meist einen richtigen Schrecken einjagen.
Das war hoffentlich nicht Nikos alter Pick-Up, der da gerade weggefahren ist, oder doch?
Ich zaudere nicht weiter und stürze aus dem Stall nach draußen. Der ausgedörrte Boden ist vom Regen überfordert und kann das Wasser gar nicht schnell genug aufnehmen, so dass ich durch Pfützen laufe, die mir Schlamm an die Beine spritzen lassen.
Ich bin in wenigen Sekunden patschnass und kann kaum glauben, dass ich wirklich nur noch die roten Rücklichter sehe, die Nikos Flucht bestätigen.
Er ist wirklich abgehauen.
Ich bleibe fassungslos stehen.
Meine Flip-Flops saugen sich mit Wasser voll und ich komme mir vor wie ein großer, sehr unbeholfener Pinguin auf einer Eisscholle, der ganz alleine weit draußen im Meer treibt.
Ich kann in diesem Moment nur hoffen, dass er noch irgendetwas im Supermarkt oder im Baumarkt kaufen will und wiederkommt, und nicht spontan gekündigt hat.
Dann wäre ich wirklich am Arsch.
Aber richtig.

# 10

Früher habe ich oft am Fenster gesessen, wenn es geregnet und gedonnert hat. Das Leuchten der Blitze, das tiefe Grollen am Himmel und die wirbelnden, grauen Wolken haben mich schon immer fasziniert. Die Wassertropfen, die an der Fensterscheibe hinabrinnen und die für mich immer etwas Magisches hatten, und denen ich stundenlang zusehen konnte, während ich mir vorgestellt habe, sie wären insgeheim kleine Wettläufer und ich setzte auf den einen oder anderen Tropfen, der zuerst durch ein unsichtbares Ziel kommen würde, laufen an dem Glas herunter und versperren mir die Sicht nach draußen, so zahlreich sind sie.
Jetzt allerdings verschafft mir das Unwetter weder die kindliche Faszination noch die Ruhe oder die Gelassenheit, die ich sonst davon gewohnt bin.
Das Prasseln des Regens auf dem Dach und gegen die Scheiben macht mich sogar eher nervös. Der Himmel ist dunkelgrau, beinahe schwarz, und jedes Mal, wenn ein

Blitz den Himmel und die Umgebung aufleuchten lässt, erstarre ich mit klopfendem Herzen.

Onkel Wilhelm hat immer gesagt, dass Regen alles besser macht. Er tränkt die Felder und die Obstbäume und die Sträucher, die Blumen und das Gras, füllt die Bäche neu auf und die Seen und sorgt dafür, dass genug Sauerstoff für die Fische in die Gewässer kommt. Er lässt die Luft duften und reinigt sie und er erfrischt auch die Tiere und die Menschen. Ein Gewitter hat immer etwas reinigendes, und der Himmel ist danach klarer und schöner.

Ich habe viel von meinem Onkel gelernt und jetzt gerade wünschte ich, er wäre hier und würde mit Tante Emilia unten in der Küche sitzen, Obst schälen und ihr beim Kuchenbacken helfen, so wie er es so oft getan hat, wenn ich zu Besuch war.

Duftender Apfel-oder Beerenkuchen, frisch aus dem Ofen, himmlisch locker und süß …

Niko hat sogar Jolly mitgenommen. Zumindest habe ich das ganze Haus abgesucht und ihn nicht gefunden.

Meine Haare liegen wirr und nass auf meinen Schultern und ich streiche seufzend über das lange Shirt, das mir bis zu den Oberschenkeln reicht. Es ist mein Lieblingsoberteil, sehr weich und bequem, in einem schlichten Grau mit den Worten bedruckt: »Superkitten« und dem Bild einer kleinen Comic-Katze mit Superheldenumhang in grellem Pink. Es ist schulterfrei und rutscht mir ständig über die eine Seite, aber das ist mir egal. Mir ist so kalt vom Regen, dass ich in meine graue Jogginghose geschlüpft bin und nun auf dem Bett hocke, während ich nicht weiß, was ich tun soll.

Der Ring auf meinem Nachttisch schimmert bei jedem Blitz auf und scheint mir wie ein Omen zu sein. Nur, dass er nichts Gutes zu verheißen scheint.

Da ich nun alleine und verlassen bin und mir so abgeschieden von der Welt vorkomme wie Robinson Crusoe auf seiner Insel, kann ich die Gedanken an Alex nicht mehr verdrängen.

Ich muss eine Antwort auf die Frage finden, was ich will.

Als ich noch jung war, ungefähr acht oder neun, war das eine einfache Frage. Ich wollte immer nur hier draußen sein, durch die Plantage stromern, von den reifenden Beeren naschen, im See baden und endlose Sommernachmittage mit den Hunden herumtollen, die schon lange nicht mehr unter uns weilen. Es waren zwei Hunde, ein Rüde und eine Hündin, beides Schäferhund-Mixe mit weichem Pelz und hängenden Ohren, die so lieb und gehorsam waren, dass ich sie bald zu meinen besten Freunden zählte. Ich schlief sogar manchmal neben ihnen ein, wenn ich an einem langen Tag voller Abenteuer mit ihnen auf dem Wohnzimmerteppich schmuste. Damals ahnte ich noch nicht, wie gut ich es eigentlich hatte.

Wehmut breitet sich in mir aus und ich mache die kleine Lampe auf dem Nachttisch an, damit ich nicht ganz im Dunkeln sitze.

Während draußen ein gewaltiger Donner den Himmel erzittern lässt, laufe ich die Treppe hinunter in die Küche, um mir einen Tee zu kochen. Es ist kühl geworden im Haus und ich fühle mich plötzlich unwohl. Die Schatten in den Ecken scheinen bedrohlicher als zuvor und ich lache ein wenig zittrig auf.

»Na, nun geht es aber los ... reiß dich mal etwas zusammen, Jessica. Du bist schließlich erwachsen.« Ich spreche extra laut und sehe mich dabei trotzdem um, als beobachte mich etwas. Ich verdränge das Gefühl mit aller Kraft und befülle den Wasserkocher, den ich auch gleich einschalte. Außerdem mache ich das Licht in der Küche an.

In Tante Emilias Schränken suche ich nach ihrer Spezialteemischung, die ich schließlich auch finde. Holunderblüten und getrocknete Apfelstücke mit ein wenig Zimt, dazu einige Kräuter. Sie macht diese Mischung schon seit Jahren und geht dafür immer selbst los, um die entsprechenden Zutaten in ihrer jeweiligen Saison zu sammeln und zu trocknen. Der ganze Dachboden hängt voller Kräuterbündel, die dort in Ruhe vor sich hin reifen, bis sie sie schließlich zu Tee oder Salben verarbeitet, wenn sie welche benötigt.

Das erinnert mich gleichzeitig auch an ihre selbstgemachte Ringelblumensalbe, die sie mir immer auf die Knie oder Ellbogen gestrichen hat, wenn ich mich beim Herumtoben mal wieder auf die Nase gelegt und alles aufgeschürft hatte.
Ich kenne den Duft noch genau und muss lächeln. Daran habe ich seit Jahren nicht mehr gedacht.
Während ich zwei Löffel der getrockneten Teemischung in die größte Tasse gebe, die ich finden kann, fällt mein Blick auf ein staubiges Glas mit Löwenzahnsirup, halb versteckt hinter einer Pfeffermühle.
Sofort ziehe ich es hervor und schraube den Deckel auf, der ein wenig von innen angeklebt ist und sich kurz sträubt, ehe er den goldgelben Inhalt freigibt. Der Duft ist noch genau wie damals, als ich völlig begeistert mit Tante Emilia durch die nahegelegenen Wiesen voll mit gelben Löwenzahn getobt bin, um die Blütenköpfe zu pflücken und Blumenkränze mit ihrer Hilfe zu winden, die wir uns dann auf den Kopf setzten oder um den Hals hängten.
Sie nannte mich immer ihre kleine Löwenzahnprinzessin, weil meine Hände und meine Kleidung danach voller Blütenstaub und Löwenzahnsaft waren. Ich liebte es, mit dem Saft der Blumen Muster auf meine Hände und Arme zu malen und so zu tun, als wäre es Henna und ich eine orientalische Prinzessin, die zur Heirat bereitgemacht wird. Ich glaube, zu dieser Zeit hatte sie mir immer Geschichten von Aladdin und seiner Wunderlampe erzählt, oder auch von Nasreddin Hodscha und seinen Abenteuern. Sie konnte wunderbar erzählen und während ich das kochende Wasser über die Teemischung gebe und mir einen Löffel voll süßem Sirup einverleibe, fühle ich mich beinahe wieder wie acht Jahre.
Aber nur beinahe.
Ich verziehe das Gesicht, als ich wieder an meine Misere denke und gebe noch einen Löffel von der süßen Masse in den Tee, während ich den honigähnlichen, aromatischen Sirup im Mund hin und her spüle, als wäre er teurer Wein bei einer Verkostung.

Mit dem großen Becher in der Hand schlendere ich ins Wohnzimmer, wo mein Blick auf den Kamin fällt, der kalt und dunkel daliegt. Und auf das Holz.
Draußen kracht der Donner und ein greller Blitz erleuchtet das Wohnzimmer. Ich stelle gerade den Becher mit dem Tee ab, als hinter mir das Licht ausgeht, das ich in der Küche eingeschaltet hatte.
»Nein ... nicht das auch noch. Stromausfall?« Ich eile zum Lichtschalter und drücke ihn, aber wie ich schon befürchtet hatte, tut sich nichts.
Ich schnalze mit der Zunge und stöhne auf. »Na super«, schimpfe ich. Der Kamin kommt mir sehr verlockend vor und außerdem ist es nun wirklich kalt. Also gehe ich rüber und knie mich daneben, um nach den Zündhölzern zu tasten, die Onkel Wilhelm immer etwas entfernt vom Holz aufbewahrt. Erst als ich sie gefunden habe und die Schachtel direkt vor mir liegt, lege ich einige Holzscheite hinein. In einem Weidenkorb neben dem Kamin befinden sich einige alte Zeitungen, von denen ich ein bisschen was abreiße und zusammenknülle, ehe ich das Ganze anzünde und zwischen die trockenen Scheite schiebe. Es dauert eine Weile, ehe die kleinen, orangenen Flammen sich am Holz zu schaffen machen und daran emporzündeln, aber mit ein wenig Geduld, gutem Zureden und vorsichtigem Zufächeln von Luft gelingt es mir schließlich.
Ich seufze erleichtert auf, als das Feuer sachte zu prasseln beginnt und knisternde Funken aus dem Holz sprühen. Das Knacken und die Wärme beruhigen mich sofort und ich schaue einen Moment einfach nur in das Feuer, ehe ich mich auf die Suche nach Kerzen mache, oder eher gesagt: Nach Teelichtern. Ich weiß genau, dass meine Tante solche für den Notfall überall im Haus bunkert.
Sie hat nämlich panische Angst vor Gewitter und Stromausfällen. Darum gibt es in fast jedem Schrank im Haus Teelichter, neben denen auch gleich ein Feuerzeug liegt.
Ich erinnere mich an eine solche Gewitternacht, als wäre es gestern gewesen. Wir saßen gerade beim Abendessen, was

meist aus einer selbstgekochten Suppe und frischem Brot bestand, als plötzlich das Licht ausging und der Strom ausfiel. Tante Emilia blieb wie angewurzelt stehen, mitten im Ausschenken der duftenden Suppe, und Onkel Wilhelm redete beruhigend auf sie ein, während er eine Kerze anzündete.
»Wir haben ja immer für solche Fälle gut vorgesorgt«, meinte er augenzwinkernd zu ihr und sie beruhigte sich sofort, als die Kerze angezündet auf dem Tisch stand. Als Kind hatte sie oft Angst im Dunkeln gehabt und ihre Brüder hatten ihr Geschichten von Monstern und Gespenstern erzählt, die angeblich bei Gewitter aus ihren Verstecken kamen. Sie wurde das nie ganz los und fürchtete sich noch als Erwachsene davor, obwohl das natürlich eine irreale Angst war.
Vollkommen unbegründet.
Ich suche eifrig nach Teelichtern und stelle sie in die bunten Gläser, nachdem ich sie angezündet habe, die überall im Haus neben den Packungen mit den kleinen Lichtmachern bereitstehen. Mein Onkel ist wirklich gut vorbereitet, und der Duft von Kirschen und Zimt, mit denen die kleinen Kerzen ausgestattet sind, verbreitet sich im Raum. Ich baue eine richtige Lichtstraße aus Kerzen vom Wohnzimmer zur Küche und zum Badezimmer, damit ich im Falle eines längeren Stromausfalles nicht mit einer Kerze herumwandern muss.
Als ich damit fertig bin, fällt mir auf, dass es beinahe aussieht wie in einer dieser Hollywoodschnulzen, bei denen der Mann Kerzen in den Flur stellt und Rosenblätter verstreut, die alle zum Bett führen, um seine Liebste um den Finger zu wickeln.
Ich lege den Kopf schief. Na ja, meine Straße der Lichter führt nur zum Kamin und einem großen Becher Tee. Was natürlich gut ist.
Schließlich habe ich ja nicht vor, irgendwen um den Finger zu wickeln.
Diese Überlegung führt meine Gedanken wieder zu Alex – und zwangsweise auch zu Niko.

Die Trennung von meinem Ex ist meiner Meinung nach schon eine Weile her und ich verstehe nicht, wieso er hier plötzlich auftaucht. Er hat zwar gesagt, er will einen Neuanfang, aber ich werde alleine bei dem Gedanken daran sauer. Der Tee wartet auf mich und ich tappe auf nackten Sohlen zum Sessel, während ich es mir mit der Tasse in der Hand bequem mache.
Das prasselnde Feuer verbreitet angenehme Wärme im Raum und ich nippe vom süßen Tee, während draußen das Unwetter tobt wie verrückt.
Ich ziehe die Beine an und lümmele mich in den Sessel, der mich regelrecht einsaugt, so weich ist er.
Mit Alex hatte ich abgeschlossen. Ich habe meine Trauerphase um ihn hinter mich gebracht und hatte gerade begonnen ... ja, was, denke ich mit gerunzelter Stirn. Neu anzufangen? Mich in Niko zu verl ... Halt! Was denke ich denn da?
Ich schüttele den Kopf und schürze die Lippen. Natürlich bin ich nicht in Niko verliebt! Und davon abgesehen hat er mich mehrfach abblitzen lassen. Wenn er es wirklich ernst gemeint hätte, wäre das nicht passiert und davon abgesehen wollte ich das ja auch gar nicht, rede ich mir ein.
Es ist besser das zu glauben, als meine Gefühle für diesen Mann, den ich kaum kenne, zu sezieren und sie mir genau anzuschauen, wie das Innere eines Frosches im Biologieunterricht, was ich damals schon gehasst habe.
Zurück zu Alex ...
Den Verrat kann ich ihm nicht verzeihen und dass er wirklich einen Neuanfang will, kann ich mir kaum vorstellen. Ich hätte damals schon wissen müssen, dass es nicht gutgehen kann. Schließlich hat er mit seiner Freundin auf ihrer eigenen Geburtstagsfeier schlussgemacht. Und ist danach mit zu mir gegangen.
Ich kaue nachdenklich auf meiner Unterlippe. Mein Unglück war eigentlich absehbar, aber ich war so verschossen in Alex, dass ich blind für die Warnzeichen war.

Vielleicht bestraft mich tatsächlich das Karma für diese Dummheit. Ich trinke einen Schluck Tee.
Karma ist eine Philosophie, die unter anderem den Buddhisten bekannt ist. Es heißt: Wenn man etwas Gutes tut, so wird einem auch Gutes widerfahren – vielleicht nicht sofort, aber irgendwann. Genauso verhält es sich auch mit negativen Dingen. Nur, dass bei mir das Karma sofort zuzuschlagen scheint. Kaum tue ich etwas Blödes, bekomme ich dafür die Quittung. Laut dieser Philosophie sammelt ein Mensch im Laufe seines Lebens gutes und schlechtes Karma an, je nachdem, was für Entscheidungen er trifft und wie er mit der Welt um ihn herum umgeht. Das ganze gute und schlechte Karma wird dann von Leben zu Leben übertragen, denn Wiedergeburt spielt auch eine wichtige Rolle, wenn ich mich recht erinnere. Etwas von dem esoterischen und spirituellen Erbe meiner Mutter ist eben doch auch in meinem Kopf hängengeblieben.
Vielleicht war ich ja, wenn wir schon bei den buddhistischen Philosophien sind, in einem letzten Leben ein richtiges Biest und bekomme jetzt die Rechnung dafür präsentiert.
Dabei versuche ich eigentlich im Leben immer alles richtig zu machen. Na gut, meine Mutter würde mir da sicher vehement widersprechen.
Ich wackele mit den Zehen. Sie und mein Vater mochten Alex ja von Anfang an nicht. Tina, meine beste Freundin, übrigens auch nicht.
Sie hat ihn einmal kennengelernt und wir waren in dem Eiscafé bei Georgio verabredet. Zwischendrin, als wir Mädels gemeinsam aufs Klo verschwunden sind, packte sie mich am Arm und zischte: »Jessylein, was zum Geier ist denn los mit dir?!«
Ich blinzelte sie an und mein Blick glitt vielsagend zu meinem Arm, den ihre manikürten Krallen etwas zu fest umklammert hielten. Ich fand lange Fingernägel immer schon wundervoll, aber leider hat mich die Natur mit unglaublich dünnen, biegsamen Nägeln gestraft, so dass ich sie stets kurz trage. In diesem Augenblick wünschte ich,

dass auch Tina nicht so mörderisch pinke Klauen hätte, verziert mit winzigen Glitzersteinchen.

»Wie meinst du das? Magst du ihn nicht?« Ich wusste schon, was sie sagen würde, aber ich ging innerlich auf Abwehrstellung. Bestimmt hatte es ihr nicht gepasst, dass Alex immer nur von sich redete. Und zwar ununterbrochen. Was er in seinem Job alles leistete, was er alles für seinen Körper tat, welche Reisen er gemeinsam mit mir geplant hatte (von denen ich noch gar nichts wusste) und dergleichen.

Tina warf mir einen sehr scharfen Blick zu, nachdem sie mich losgelassen hatte. »Der ist doch nichts für dich, Jessy«, hatte sie gemeint. Es klang beinahe flehentlich. »Der ist total ich-bezogen und schaut dich ja kaum an. Ich habe das Gefühl, als würde ich an einem Bewerbungsgespräch um den Titel »Egomane« des Jahres teilnehmen und in der Jury sitzen. Dafür würde ich ihm einen Orden verleihen, ja. Aber doch nicht als Zukünftiger meiner besten Freundin!«

Ich sperrte empört den Mund auf. So klare Worte hatte Tina mir noch nie um die Ohren gehauen, wenn es um einen Mann ging. Und die Zahl meiner Liebhaber in den vergangenen Jahren war ziemlich überschaubar.

Natürlich stritt ich alles ab und wir bekamen uns beinahe in die Wolle, während wir vor dem großen Spiegel in den Toilettenräumen des Cafés standen und uns wütend die Hände wuschen und unser Make-Up auffrischten.

»Jessy, ich wünsche dir nichts Schlechtes! Du bist meine beste Freundin. Aber denk noch mal gut nach! Der Typ beschert dir nur schlechtes Karma!«

Der weitere Verlauf unseres Treffens war bestenfalls unterkühlt und sie verabschiedete sich ziemlich schnell, während sie mir eindeutige Gesten zukommen ließ, die Alex, der mit dem Rücken zu ihr saß, glücklicherweise nicht sehen konnte.

Ach ja. Ich nicke zu mir selbst. Von Tina hatte ich diese ganze Karma-Sache natürlich auch noch vermittelt bekommen. Es war also nicht alles alleine die Schuld meiner Mutter. Also nicht nur. Das hatte ich beinahe vergessen. Ich frage mich, ob sie vielleicht diese ganze Unglücks-Sache erst irgendwie ausgelöst hat, mit ihren negativen Gedanken, aber das wäre wohl zu viel angedichtet und außerdem ist es ja wirklich meine eigene Schuld.

Ich habe, schon kurz nachdem ich mit Alex zusammengekommen bin, festgestellt, dass er eigentlich gar nicht so toll war, wie ich damals dachte. Aber im Verdrängen bin ich einfach unheimlich gut und damals redete ich mir ein, dass es nicht so schlimm sei, wenn er sich Geld von mir leihen würde, das ich dann nie wieder sah und das er anscheinend mit seinen Kumpels verprasste. Oder dass er angeblich bis tief in die Nacht arbeitete. Er war angeblich in einem Logistik-Unternehmen angestellt und dort ein hohes Tier, aber genaueres dazu erzählte er nie. Ich fragte jedoch auch nicht. Vielleicht hatte ich Angst vor der Wahrheit. Er meinte immer nur, er würde dort die Arbeit von mindestens fünf anderen mitmachen und wäre danach immer total erschöpft.

In die von ihm geplanten Urlaube fuhren wir nie. Generell sah ich ihn kaum, weshalb ich mich umso mehr auf die wenigen Stunden freute, die ich mit ihm hatte. Er stand früh auf und kam erst spät von dem zurück, was er als »Arbeit« bezeichnete. Einmal klingelte nachts um eins noch sein Handy und er gab mir einen Kuss und sagte: »Sorry Süße, ich muss noch mal los. Ich hasse diesen Job langsam«, wobei er allerdings gar nicht aussah, als hasse er den Job.

Mir blieb nichts, als seinem Aufbruch mit einem unguten Gefühl im Magen zuzusehen und mich zu fragen, ob er mich anlog oder nicht.

Der Ring an meinem Finger jedoch schaffte es jedes Mal erneut, mich zu besänftigen.

Er würde mich doch nicht heiraten wollen, wenn er mich bereits vor der Ehe betrog. Das machte doch gar keinen Sinn. Wenn er sowieso nicht treu sein wollte, dann würde er doch nicht in eine feste Beziehung gehen und sich sogar verloben.

Oder?

Ich nippe von meinem Tee und starre in die prasselnden Flammen, die im Kamin lodern. Das brennende Holz verströmt einen ganz eigenen Duft und ab und an knackt und knistert es. Ich seufze wohlig und kuschele mich noch etwas enger in den Sessel.

Hier, an diesem Ort, fühle ich mich erstaunlicherweise völlig sicher. Die vielen Kerzen die ich aufgestellt habe, spenden warmes Licht und gemeinsam mit dem Kamin, dem Tee und dem schönen, weichen Sessel habe ich das Gefühl, in einer absolut sicheren kleinen Kapsel zu hocken, in der mir nichts Schlimmes passieren kann.

Ich wickele eine Locke meines Haares um einen Finger und genieße die Stille, die kurzfristig in meinen Gedanken herrscht, ehe sie sich wieder um meine Männerprobleme zu drehen beginnen, so zuverlässig wie ein Schweizer Uhrwerk.

Was soll ich tun, wenn Niko nicht wiederkommt?

Nachdem meine Tante mir sagte, dass sie kurzfristig bei meinen Eltern eingezogen sind, habe ich das ungute Gefühl, dass meine Mutter da die Finger im Spiel hat.

Vielleicht glaubt sie, dass ich mich unsterblich in das Leben als Stachelbeerzüchterin verliebe und nicht mehr in die Bar zurückkehre.

Dann hätte ich einen, ihrer Meinung nach, »richtigen« Job und würde nicht mehr »betrunkenes Gesindel« bedienen bis spät in die Nacht, wie sie es so freundlich ausdrückt.

Tatsächlich runzele ich besorgt die Stirn und frage mich, ob Anton diese drei Wochen alleine klar kommt. So ganz ohne mich. Ob er wohl schon eine Aushilfe gefunden hat? Oder ob er schon den Mut gefasst hat, um seine Herzensdame anzusprechen? Ich würde es ihm gönnen.

Ich mag den Job in der Bar. Natürlich kann ich den nicht ewig machen. Oder? Aber im Moment habe ich nicht das Bedürfnis, meine Berufswahl zu überdenken.

Oder meinen Beziehungsstatus. Und Nikos Anmachsprüche und sein Gehabe sind vermutlich sowieso nur Schall und Rauch. Ich bin eben nur zufällig verfügbar, wie Tina das umschreiben würde. Sie hat die Theorie, dass Männer sich auf alles stürzen, was weiblich ist, nur, weil es gerade in greifbarer Nähe ist.

Ich fand diese Theorie bislang immer ein wenig ... fragwürdig. Andererseits kann ich eine gewisse Spannung zwischen uns auch nicht leugnen. Oder bilde ich mir die bloß ein? Ich kann mich nicht erinnern, dass ich mit Alex je eine ähnliche Intensität hatte. Natürlich fand ich ihn anziehend, aber es gab nicht diese unvermeidbare Anziehung, dieses Verlangen, das alles andere in den Schatten stellt und mich jegliche Vernunft vergessen lässt.

Ist es das, was man blinde Leidenschaft nennt?

Ich starre nachdenklich aus dem Fenster und beobachte den Gewittersturm, der noch immer draußen tobt. Die kleinen Sträucher, die Niko eingepflanzt hat, werden ziemlich vom Wind schikaniert. Er drückt sie gegen den Boden, fährt durch die schmalen Zweige und reißt hier und da einige Blätter ab, während der Regen in dichten Strömen fällt, die jegliche Sicht bis auf wenige Meter einschränken.

Ich komme mir beinahe vor, als säße ich in einem U-Boot.

Im Prinzip kann ich mich gut in die kleinen Sträucher hineinversetzen. Sie sind auch hilflos dem Sturm ausgeliefert und können nur hoffen, dass er vorbeigeht und die Sonne bald wieder scheint.

Mein Tee ist nur noch lauwarm und ich trinke ihn aus, ehe ich mich aus dem Sessel kämpfe und auf nackten Füßen zurück in die Küche tappe.

Ich wünschte, Tina wäre hier und beinahe bin ich versucht, sie anzurufen. Dann fällt mir wieder ein, dass ja der Strom ausgefallen ist.

Das heißt, ich kann mir nicht einmal etwas zu Essen kochen. Ich krame im Kühlschrank eilig nach ein wenig Käse und schneide mir eine Scheibe Brot ab, die ich dick mit Butter bestreiche. Manchmal sind die einfachsten Dinge ja auch gleichzeitig die Besten.

Das Geräusch einer sich öffnenden Haustür lässt mich mitten in der Bewegung erstarren, das Buttermesser noch in der Hand.

Kurz höre ich den prasselnden Regen, der draußen auf die Stufen fällt, ehe sich die Tür geräuschvoll wieder schließt.
Dann Stille.
Ich lecke mir nervös die Lippen und umklammere die Klinge. Sie ist so nützlich wie ein toter Fisch. Viel zu stumpf, um damit jemanden zu verletzen, aber vermutlich besser als gar nichts.
Keine Schritte sind zu hören und ich atme durch den Mund, so leise wie möglich, während ich wie erstarrt dastehe, die Augen weit aufgerissen, und darauf warte, was geschieht.
Ich kann etwas Rascheln hören und dann steht plötzlich Niko in der Tür, triefend nass, neben ihm Jolly, der sich kräftig schüttelt und dann unter den Küchentisch trottet.
Erleichtert entspanne ich mich, während ich spüren kann, wie sich ein nur allzu bekanntes Kribbeln in meinem Bauch bemerkbar macht.
Nikos Blick fällt auf das Buttermesser in meiner Hand.
»Wolltest du einen Einbrecher damit dazu bringen, sich totzulachen?«, fragt er trocken, während er auf die mehr als ungeeignete Waffe deutet.
Ich werde prompt rot. »Eigentlich schmiere ich mir gerade ein Brot«, antworte ich schnippisch und wende ihm den Rücken zu. Ich bin unglaublich froh, ihn zu sehen und meine Knie zittern vor Erleichterung, aber ich werde den Teufel tun, und ihm das zeigen.
Er schnaubt. »Ist dein »Verlobter« schon wieder weg oder erwartest du ihn erst noch?« Er deutet mit dem Kinn auf das Lichtermeer, als ich ihm einen giftigen Schulterblick zuwerfe.
Dabei kann ich sehen, dass ein angespannter, beinahe abschätziger Zug um seinen Mund liegt. Er sieht ... sauer aus?
Ich blinzele irritiert. »Ich bin nicht mehr verlobt«, antworte ich statt der frechen Erwiderung, die mir eigentlich auf der Zunge gelegen hatte.
Niko gibt ein skeptisches Schnauben von sich und wischt sich das Regenwasser aus dem Gesicht. T-Shirt und Hose

kleben an ihm und betonen seinen Körper. Die Schuhe hat er ausgezogen und um seine nackten Füße haben sich wahre Wasserpfützen gebildet.
»Ach?«, meint er langsam. Seine Augen wandern an mir auf und ab und ich wende mich eilig wieder dem Teller mit dem Brot zu. Unnötigerweise fummele ich an einigen geernteten Tomaten herum und drehe und wende sie zwischen meinen Fingern, als wollte ich prüfen, ob sie geeignet für den Verzehr sind.
»Nichts ach. Das hätte ich dir vorhin schon gesagt, wenn du nicht abgehauen wärst«, entfährt es mir und ich erschrecke bei dem verletzten Unterton, der sich in meine Stimme schleicht.
Einen Moment lang höre ich nichts außer Jollys zufriedenen Atem und den Regen, der gegen die Fensterscheibe trommelt.
Ich warte eine halbe Ewigkeit auf eine Reaktion, eine Erwiderung oder darauf, dass er plötzlich hinter mir steht, mich herumreißt und mich küsst, doch es geschieht gar nichts und ich werfe einen irritierten Schulterblick zum Türrahmen … der leer ist.
Eine Welle der Enttäuschung schlägt über mir zusammen.
Gleichzeitig frage ich mich, wieso das so ist.
Will ich so unbedingt von ihm geküsst werden?
Mit roten Wangen stapfe ich aus der Küche und laufe ins Wohnzimmer, sicher, dass ich ihn dort vorfinde. Doch auch dort ist er nicht.
Ich laufe zurück in die Küche und Jolly starrt mich fragend an. Nun, der Hund ist da. Also habe ich ihn mir schon einmal nicht eingebildet.
Aber ich bin mir sicher, ich hätte ihn hören müssen, oder doch nicht?
»Suchst du was?«
Ich schreie erschrocken auf, als er plötzlich hinter mir steht und seine Stimme mir einen kleinen Schock versetzt. Meine Nerven sind offenbar angespannter, als ich dachte und ich stoße beinahe mit ihm zusammen, als ich mich hastig umdrehe.

Er hat sich ein trockenes Shirt angezogen und eine locker aussehende, dunkle Jogginghose, die gefährlich tief auf seinen Hüften sitzt. Als er die Arme hebt, um sich mit dem Handtuch die Haare abzutrocknen, rutscht das Shirt hoch und entblößt einen faszinierend ausgeprägt geformten V-Muskel, der in seinem Hosenbund verschwindet.
Das ist dieser Muskel, der kluge Mädchen nachweislich dumme Sachen tun lässt.
So wie mich. Ich starre wie hypnotisiert darauf und beiße mir auf die Lippen. Etwas in meinem Inneren zieht sich zusammen und kurz blitzt in meinem Hirn die Frage auf, was ich bloß angestellt habe, dass ich in so eine Situation gerate. Ich sollte Zuhause sein, alleine, single, zufrieden mit meinem Leben, ganz normal zur Arbeit in die Bar gehen, die üblichen schmierigen Anmachsprüche mit einem Lächeln kontern und literweise Bier ausgeben.
Stattdessen stehe ich in einem halbdunklen Flur, während eines Gewittersturms vor einem höllisch attraktiven Mann, mit dem zu schlafen ein wirklich großer Fehler wäre, und starre auf seinen muskulösen Bauch.
Und ja verflucht, jetzt gerade, in diesem Moment, kann ich nicht länger leugnen, dass ich gar nichts dagegen hätte, wenn genau das passieren würde.
So ähnlich wie an dem Abend mit dem Stout. Ich wusste, es wäre ein schlimmer Fehler den ich mit einem Kater bezahlen würde, aber es hat einfach Spaß gemacht.
Ich schlucke und wende meinen Blick ab, während ich zu beschämt bin, um in Nikos Gesicht zu sehen und, ganz ehrlich gesagt, habe ich auch zu viel Angst. Ich will nicht das amüsierte Funkeln in seinen Augen sehen, oder die weichen Lippen, die unverschämt gut küssen können. Oder wieder daran denken müssen, dass er mich schon einmal in so eine Situation gebracht hat. Nur, dass er dann gegangen ist und mich zurückgelassen hat.
Ja, stimmt, denke ich. Er hat sicher gar kein Interesse an mir. Schließlich hatte er mich ja quasi schon im Bett und ist dann gegangen. Ich verbiete mir selbst den Gedanken

daran, wie wohl diese Sache ausgegangen wäre, wenn er geblieben wäre.

Ich schlucke und hebe den Blick zu seinem Gesicht. Ein Schauer läuft durch meinen Körper und ich bekomme Gänsehaut, als ich das Verlangen in seinem Gesicht sehe. Seine Augen wirken dunkel und beinahe gequält, wie er so vor mir steht, das Handtuch in einer Hand, die andere am Türrahmen abgestützt.

»Wieso bist du hergekommen?«, raunt er plötzlich.

Ich starre auf seine Lippen und befeuchte sie mit der Zungenspitze, ehe ich antworte. »Weil mein Onkel das wollte. Ich soll doch hier helfen und so …« Es klingt so seltsam schwach und meine Stimme hört sich merkwürdig fremd an. Am liebsten würde ich mich ohrfeigen, aber ich bin wie gelähmt.

Sein Blick liegt auf meinen Lippen und ich kann einen Muskel an seinem Kiefer zucken sehen.

»Ich geh' schlafen.«

Die Worte hallen in meinem Kopf nach und prallen von den Innenseiten meines Schädels ab wie Flummis. Ichgehschlafen klingt gar nicht nach dem, was ich erwartet hatte. Ich blinzele und ehe ich den Mund aufklappen kann, um zu protestieren oder sonst wie zu reagieren, hat sich Niko schon umgedreht und stapft eilig die Treppe hoch, als wäre ich mit einer ansteckenden Krankheit infiziert, die bei Kontakt Ausschlag am ganzen Körper auslösen würde.

Das Einzige, was bleibt, als seine Schritte verklungen sind, ist ein Wutknoten in meinem Magen, der die Größe einer geballten Faust hat und eine quälende Leere in mir, die ich nicht näher betrachten möchte.

»Na fein«, knurre ich die Stille an. Ich fühle mich dumm. So wie man sich eben fühlt, wenn man zurückgewiesen und stehengelassen wird.

Mal wieder.

Ich drehe mich in der Küche um und lasse meinen Blick schweifen, als ob es hier irgendetwas gäbe, was meine auflodernde Wut lindern könnte. Oder wenigstens die

Scham bekämpfen, die sich rot glühend und heiß auf meinem Gesicht ausbreitet.
Ich bin aber auch sagenhaft blöd. Was muss er denn noch alles tun, damit ich raffe, dass er mich nicht will.
Es tut seltsam intensiv weh, sich das einzugestehen. Aber ich habe eben auch kein Händchen für Männer.
Die Flasche mit Stachelbeerlikör springt mich regelrecht an und ein grimmiges Lächeln legt sich auf mein Gesicht.
Es ist vielleicht kein Stout, aber es wird vielleicht ein wenig Ablenkung oder zumindest kurzfristige Linderung verschaffen.
Wenn ich schon dabei bin, Dummheiten zu begehen, dann wenigstens richtig.
Ich gehe mit dem Teller, auf dem das Brot und er Käse liegen und der Flasche Likör unter dem Arm zurück in das Wohnzimmer. Auf dem Weg lösche ich sämtliche Kerzen, die ich aufgestellt hatte, damit ich nicht mehr an romantische Gefühle erinnert werde und am besten gleich ganz vergesse, dass oben in einem der Zimmer dieser eingebildete Kerl schläft, der für mein inneres Elend verantwortlich ist.
Nur mit dem Kamin, der ein wenig Licht spendet, und meinem abendlichen Mahl, das ich vor mir aufstelle, mache ich es mir gemütlich.
Ab und an erhellt ein Blitz das Zimmer zusätzlich, aber ich bin zu verärgert über mich selbst, um das länger faszinierend zu finden.
Ich verdränge jegliche Gedanken an weiche Lippen, harte Bauchmuskeln und blaue Augen mit einer Kraft, die mich selbst überrascht, und überlege stattdessen, in welchen Farben ich meine Wohnung zuhause neu streichen könnte, wenn ich hier wieder weg bin.
Fliederfarben vielleicht. Oder in einem hübschen Weinrot.
Ich schürze die Lippen und entkorke die Likörflasche.
Mal sehen, wie die Stachelbeeren sich als alkoholische Nummer eins des Jahres so machen.
Eigentlich, denke ich wirklich angefressen, ist das Alles Onkel Wilhelms Schuld.

In gewisser Weise. Schließlich hätte er genauso gut jemand anderen beauftragen können, hier auszuhelfen. Stattdessen hat er mich quasi dazu verdonnert, hier zu sein.
Zusammen mit einem fiesen Gockel. Und einem noch fieseren Typen. Und überhaupt.
Ich schnaube sauer und beiße wütend einen Happen vom Käse ab. Er schmeckt kräftig und würzig und so gut, dass sich meine Laune fast sofort hebt. Ich kenne die Sorte zwar nicht, aber ich schmecke leichte Aromen von Lavendel heraus, die sich außen am Käse befinden. Überraschend, wie gut das insgesamt mit dem kräftigen Geschmack harmoniert. Auch das Brot ist köstlich. Durch die frische Butter, die ich darauf gestrichen habe, wird es sogar noch besser. Es schmeckt dunkel und kräftig, ganz anders als die Brote, die ich sonst im Supermarkt kaufe. Es ist auch viel schwerer und ursprünglicher.
Das Essen hilft mir, meine Gedanken in andere Bahnen zu lenken, und ich genieße jeden Bissen, ehe ich mir die Lippen lecke und den Likör entkorke.
Die Flüssigkeit hat die Farbe von Honig und nach einem prüfenden Schnuppern seufze ich zufrieden. Der Inhalt der Flasche duftet nach süß-säuerlichen Stachelbeeren, leicht nach Vanille und ein bisschen würzig. Ich schnuppere erneut. Vielleicht Zimt oder etwas anderes?
Ich probiere einen winzigen Schluck und kann mir ein genüssliches »Mmmhh« nicht verkneifen.
Es ist wahrlich gar kein Wunder, dass Onkel Wilhelm den ersten Platz gemacht hat!
Der Likör ist einfach himmlisch und die leichte Vanille- und Zimtnote macht ihn noch besser. Allerdings ist er auch ziemlich stark. Viel stärker als das Stout und ich kann spüren, wie schnell der Alkohol in mein Blut gelangt.
Ich nippe noch ein paar Male, ehe ich die Flasche wegstelle. Satt und zufrieden, vom Kamin gewärmt, kuschele ich mich in den Sessel und lausche dem Regen.
Der innere und äußere Frieden hält jedoch nicht lange an. Nach ungefähr zehn Sekunden der Stille beginnt mein Hirn

wieder die Gedanken loszuschicken, die ich so erfolgreich zum Schweigen gebracht hatte.
Sie lauten unter anderem:
Wieso hast du bloß so viel Pech mit Männern?
Wieso ist Niko immer erst so verführerisch und flirtet wie nichts Gutes und lässt dich dann abblitzen?
Und dann nehmen sie noch gefährlichere Bahnen, nämlich die, die sich mit der Frage befassen, was man dagegen tun kann.
Ich spüre selbst, was für eine schlechte Idee das ist, die sich in mir ausbreitet wie ein Tropfen Tinte in einem Wasserglas und sehe mir quasi selbst dabei zu, wie ich mich aus dem Sessel kämpfe, noch einen gehörigen Schluck Stachelbeerlikör nehme und entschlossen die Schultern straffe. In diesem merkwürdigen Schwebezustand sehe ich mir mit wachsendem Entsetzen dabei zu, wie ich die Treppe emporschwanke und schnurstracks zu seinem Zimmer taumele, wobei ich mich an den Wänden festhalten muss, weil es mir plötzlich so vorkommt, als wehe mir eine ziemlich steife Brise entgegen.
Mit zusammengekniffenen Augen lange ich nach der Türklinke und drücke sie herunter.
Meine Unterlippe schiebt sich enttäuscht vor, als die Tür offensichtlich abgeschlossen ist.
Wie viel Angst muss der Mann vor mir haben, wenn er seine Zimmertür abschließt?! Ich bin ja schließlich nicht Graf Dracula oder so.
»Hey«, meine ich missmutig und – zugegeben – etwas undeutlich, während ich an die Tür klopfe, »Mach auf! Ich will mit dir reden!«
Ja, gut, ich, die ich neben mir selbst herzuschweben scheine, finde meine Wortwahl und die Betonung suboptimal, um damit einen Dialog zu beginnen, allerdings kann ich zumindest die »Ich bin betrunken-Karte« ausspielen, wenn es sein muss.
Ich höre irritiert, wie irgendwo eine Tür aufgeht. Aber es ist nicht die Tür, vor der ich stehe. Neugierig beuge ich mich

herunter und spähe durch das Schlüsselloch, um zu sehen, was dahinter wohl vorgehen mag.

Ein irritiertes Räuspern erklingt hinter mir und ich fahre stirnrunzelnd herum, wobei mein weites T-Shirt natürlich an der Türklinke hängenbleibt und mich festhält.

Weise von ihr, wie ich zugestehen muss. Ein Teil von mir, der bereits vor lauter Scham Zuflucht in dunklen Ecken meines Kopfes gesucht und sich die Hände vor das Gesicht gehalten hat, wünschte sich jemanden, der mich von dieser Blödheit abhält, die ich da vorhabe.

Erfolglos versuche ich, mein hängengebliebenes Oberteil zu befreien, während ich gleichzeitig ein entschuldigendes Lächeln zu Niko werfe, der nur mit einer Boxershorts bekleidet aus seinem Zimmer lugt. In meinem Zustand habe ich offensichtlich die Türen verwechselt.

»Ach, da bist du ja!« Ich kichere und zupfe am Stoff des Oberteils, aber die Klinke hält mich fest, als ginge es um Leben oder Tod.

Nikos Gesicht verrät mir nicht, was er wohl denken muss.

»Kann ich dir irgendwie helfen?«, fragt er dann, nachdem er eine Weile zugeschaut hat, wie ich mich blamiere. Seine Lippen sind zusammengepresst und ich bekomme ein schlechtes Gewissen. Ich schüttele erst eifrig den Kopf, während ich gegen die Tür taumele und nicke dann, nur, um gleich wieder den Kopf zu schütteln. Mir wird schwindelig davon, und ich schließe kurz die Augen.

»Ich muss dich was fragen«, sage ich dann endlich, weil ich mit geschlossenen Augen viel mutiger bin. Ich kann spüren, wie mir der Likör durch die Adern rinnt und meine Haut zum Glühen bringt.

Ein fragendes Brummen erklingt und ich höre Nikos Atem so klar und deutlich, als würde er vor mir stehen.

»Wieso gehst du mir immer aus dem Weg? Erst flirtest du mit mir und dann lässt du mich stehen«, artikuliere ich nuschelnd und wahrscheinlich ziemlich undeutlich. Mein Herz klopft laut und bringt das Blut in meinen Ohren zum Rauschen. Ich blinzele angestrengt und starre auf meine nackten Zehen.

Wann hatte ich sie mir in Perlmutt lackiert? Nikos Stimme reißt mich aus meinen trunkenen Überlegungen.

»Ich bin nicht ganz sicher, was diese Unterhaltung bringen soll, wenn du später wieder über dem Fenstersims hängst und in die Stiefmütterchen kübelst?« Seine Stimme klingt sanft und nur minimal belustigt. Das macht mir Mut, obwohl ich so rot wie ein Feuerlöscher sein muss, als mir klar wird, dass er die Kotzflecken an der Fassade gesehen haben muss.

»Ich bin ja nur ein bisschen angetrunken«, wehre ich mich und meine Gesichtsfarbe nimmt noch eine etwas dunklere Nuance an, weil das total gelogen ist.

Niko lacht und lehnt sich mit der Schulter an den Türrahmen. Er mustert mich aus seinen blauen Augen und ich wünschte, er würde mich küssen.

»Jessy, Jessy ...«, murmelt er bedauernd und ich kann sehen, wie er beinahe schon schmerzvoll das Gesicht verzieht. »Wieso bist du hergekommen?«, fragt er mich leise, obwohl ich nicht ganz sicher bin, ob er wirklich mich meint, oder ob er sich das selbst fragt.

Ich zucke die Achseln und das übergroße T-Shirt rutscht mir über die eine Schulter. Wenn ich mich vorbeugen würde, was ich mir tunlichst verbiete, würde er eine ziemlich interessante Aussicht haben. Ich trage nämlich nichts drunter. Ist ja bei meinen Mini-Möpsen auch nicht nötig, wie ich mich seufzend erinnere.

»Dein Verlobter oder Ex-Verlobter oder was auch immer hat mir ziemlich deutlich gesagt, was passiert, wenn ich dich anfasse, weißt du?« Er legt den Kopf schief und ich schnappe empört nach Luft.

»Pah! Alex ist eine verlogene Kröte! Er hat mich in meinem eigenen Bett betrogen und jetzt, nachdem wir seit Monaten getrennt sind, kommt er wieder an und sagt, er vermisst mich!« Ich bin so wütend, dass ich an dem Oberteil zerre, das immer noch festsitzt. »Ich will ihn nicht. Und außerdem interessiert er mich überhaupt nicht mehr. Und niemand aus meiner Familie mag ihn. Nicht einmal meine beste Freundin, Tina, und die mag normalerweise fast jeden!« Ich plappere und ich weiß es und es ist wieder diese Stout-Situation: Du weißt, du wirst es bereuen, aber du kannst einfach nicht aufhören. So wie in der Situation mit Niko, als er mich geküsst hat.

Ich lecke mir nervös über die Lippen und ich weiß noch in dem Moment, in dem ich es sage, dass ich das bereuen werde: »Ich will dich. Ich will dich anfassen und küssen und ich will, dass du nicht mehr wegläufst oder«, ich sehe, wie er sich zurückziehen will und sein Gesicht abweisend wird und die Panik keimt in mir auf, sodass ich spüre, wie mir die Tränen in die Augen schießen, » … oder wenn du das alles gar nicht willst, dann hör bitte wenigstens auf, mich anzusehen so wie du mich ansiehst oder … oder was immer du mit mir machst, es tut weh, wenn du mich sitzen lässt. Bitte, wenn du mich nicht willst, dann lass mich in Ruhe!«

Der Schmerz ist real und ich lege meine Hand an die Brust. Plötzlich kann ich nicht mehr atmen und ich wende beschämt das Gesicht ab. Ich werde gleich anfangen zu weinen, ich kann nichts dafür. Unglaublich, wie blöd ich bin. Aber jetzt ist die Wahrheit raus. Eigentlich hatte ich das alles gar nicht sagen wollen, aber dann ist es aus mir herausgesprudelt wie Wasser aus einer zerbrochenen Tasse, ohne, dass ich etwas daran hätte ändern können. Ich starre auf die altmodische Blümchentapete an der Wand und warte auf die Abfuhr, um die ich ja nahezu gebettelt habe.

Nikos Stimme klingt heiser und dunkel, als er mir antwortet.

»Aber das kann ich nicht.«

Ich blinzele irritiert. Unsicher schaue ich zu ihm. Er sieht aus, als hätte er Schmerzen und seine Augen wirken dunkel und beinahe erschreckt mich das Verlangen, das ich in ihnen sehe. Gänsehaut breitet sich auf meinem Körper aus und ich starre ihn nur wortlos an.

»Ich kann nicht damit aufhören oder dich in Ruhe lassen.«

Und dann verschwindet er leise in das dunkle Zimmer, aus dem er gekommen war und schließt die Tür sachte.

# 11

Es gibt Momente, in denen nützt aller Alkohol dieser Welt nichts. Auch keine Tabletten, keine Gespräche oder gute Ratschläge, tröstende Worte oder Umarmungen.
Manchmal existiert nichts außer dir und dem Schmerz in deinem Herzen.
Ich schmiege meine Wange in den durchweichten Stoff meines Kopfkissens, das nach Lavendel duftet und dem Frühlings-Duft-Weichspüler, den Tante Emilia immer benutzt. Die Bettdecke habe ich über mich gezogen, als könnte sie den Schmerz begraben und mich gleich mit. Als könnte sie mich von dieser verrückten, grausamen Welt abschirmen, in die ich geworfen wurde.
Ich habe in diesem Moment, in dem mir Tränen und Rotz aus dem Kopf laufen, so schlimmes Heimweh wie seit der ersten Klasse nicht mehr, als wir diesen scheußlichen Schulausflug in ein Kinderferienlager gemacht haben, wo es gigantische Spinnen in den Zimmern gab und das Essen

so ekelhaft war, dass ich schon nach fünf Minuten nur noch heulend in der Ecke saß und schrie: »Ich will zu meiner Mama und ich hasse Spinnen!«, mit einer Inbrunst, dass ich heute noch rot vor Scham werde, wenn ich an die hilflosen und erschreckten Gesichter meiner beiden Lehrerinnen dachte, die mich beruhigen wollten.
Ich hielt zwar die Woche dort durch, aber eher widerwillig und auch nur, weil sie meinten, ich würde irgendwann traurig sein, wenn ich es nicht durchhalten würde. Es wäre vielleicht ungewohnt und ich hätte Angst, aber das wäre in Ordnung. Es würde sich schon legen und ich würde mich daran gewöhnen.
Zugegeben, damals traf das zu. Ich gewöhnte mich tatsächlich daran und es machte sogar irgendwann Spaß. Wir spielten Spinnenraten, was einfach war, denn man musste raten, wie viele Spinnen im nächsten Raum wohl auf einen lauerten, während wir dann zu dritt oder viert (wir waren natürlich alles Mädchen, die Jungs rauften draußen oder spielten Indianer, die durch die Wälder streiften), atemlos und mit Gänsehaut in den Zimmern nachsahen und jedes Mal aufkreischten, wenn wir eines der Krabbeltierchen entdeckt hatten, die sich vermutlich zu Tode erschreckten und davon huschten.
Jetzt gerade wartete ich wieder darauf, dass ich mich daran gewöhnte und meine Angst und der Schmerz versiegen würden, so wie damals.
Stattdessen wurde es nur immer schlimmer.
Tinas Karma-Geschichte kommt mir wieder in den Sinn und ich beiße die Zähne zusammen, während ich mir sauer die Tränen aus dem Gesicht wische und die Nase hochziehe. Der Likör schwappt noch in meinem Blutkreislauf umher, aber ich ignoriere das und rappele mich hoch, um das Fenster zu öffnen. Frische Luft macht alles besser, pflegt meine Tante immer zu sagen. Vielleicht hilft sie ja auch gegen ein gebrochenes Herz.
Was hatte Tina noch gesagt? Alex würde mir nur schlechtes Karma bescheren? Na gut, in dem Punkt kann ich ihr leider nicht widersprechen. Seit ich mit ihm zusammen

gekommen war, folgte mir das Glück nicht gerade auf Schritt und Tritt.
Aber bedeutete das gleich, dass ich nun für immer Pech haben würde?
War es Alex Schuld, dass Niko sich vor mir versteckte als wäre ich mit einem seltenen und hoch ansteckenden Hautausschlag gestraft?
Ich muss unbedingt mit Tina reden.
Und zwar sofort.
Es ist mitten in der Woche und ein kurzer Blick auf den Wecker verrät, dass es fast zwei Uhr nachts ist.
Ich spiele einfach meine »Ich bin betrunken-Karte« und wähle ihre Nummer auf dem Handy, das ich in einem Anflug von Geistesgegenwart zwischenzeitlich aufgeladen hatte.
Der grelle Schein des Displays blendet mich und ich muss die verheulten Augen zusammenkneifen, während ich die Ziffern eintippe.
Schließlich halte ich das Gerät an mein Ohr und ziehe geräuschvoll die Nase hoch.
Ich werde notfalls einfach sagen, ich bin erkältet, denn am Telefon als Heulsuse dazustehen, vor allem vor ihr, würde mich noch meiner allerletzten Würde berauben.
Eine sehr verschlafene Tina, die sehr genervt klingt, antwortet mit einem »Hallo?!«, das sich eher nach einem »Verpiss dich!« anhört.
»Was ist an dieser ganzen Karma-Sache dran?«, frage ich und kann nicht verhindern, dass ich mich weinerlich und elend anhöre und beinahe anklagend, obwohl Tina ja eigentlich mit meiner Misere nichts zu tun hat.
Eine kurze Pause tritt ein, in der Tina vermutlich irritiert auf den Wecker starrt, sich das Haar aus dem Gesicht streicht und sich zur Seite wälzt, um ihren Freund nicht zu wecken. »Jessy? Bist du das? Was ist passiert? Du klingst ja total schlimm!«
Ja, dagegen kann ich wohl nicht widersprechen und ich schlucke tapfer. »Ich habe Männerprobleme. Und du musst mir irgendwie helfen«, schluchze ich leise.

Draußen ist es kühl und das Gewitter hat sich verzogen. Nur noch ein wenig Regen fällt, der leise Melodien auf dem Dach und den Blättern erzeugt, wenn er auftrifft. Das Geräusch beruhigt mich und ich atme die frische Luft ein.
Durch die dünnen Wolken, die wie Nebelschleier über den Himmel ziehen, blinzeln einige Sterne und ich trete ans Fenster und schaue hoch, während ich höre, wie Tina aufsteht.
Sie ist meine beste Freundin und immer für mich da. Zugegeben; meist bin ich für sie da, denn bevor sie Mark kennengelernt hat, ihren jetzigen Freund, mit dem sie seit fast vier Jahren zusammen ist, hatte sie ein Männerproblem nach dem anderen.
Inklusive nächtlicher verheulter Anrufe.
Sie zieht sich offensichtlich einen der Küchenstühle heran und ich kann außer dem Scharren hören, wie sie den Wasserkocher einschaltet und sich einige Löffel Instantkaffeepulver in eine Tasse füllt.
»Ok, ich bin bereit. Erzähl«, weist sie mich mit ruhiger, gelassener Stimme an. Ich liebe sie einfach.
Ich nicke und beginne dann ganz von vorn. Wie Alex mich sitzenlassen hat, nachdem er sich so unbedingt treffen wollte, wie mein Onkel ins Krankenhaus kam und mir diesen Job aufgedrückt hat, dass ich drei Wochen hier schuften muss und schließlich von Niko.
Und natürlich davon, dass Alex wieder da ist, samt Verlobungsring und dem ganzen »Ich will es nochmal versuchen« - Gerede.
Tina gibt entsprechende Geräusche an den Stellen meiner Geschichte von sich. Vom amüsierten Schnauben bis zum empörten Zungeschnalzen über die anzüglichen Hmhm-Geräusche, zu denen nur sie fähig ist, als ich ein wenig zu schwärmerisch von Niko berichte.
»Süße, was hast du dir da eingebrockt?! Das klingt ja nach einem emotionalen Totalschaden. Und du musst da wirklich noch fast drei Wochen bleiben?«

Ich brumme zustimmend und sie seufzt, während sie heißes Wasser in ihre Tasse gießt und nachdenklich umrührt. Ich kann regelrecht hören, wie sie grübelt.
»Du willst Alex nicht.« Das ist keine Frage, sondern eine Feststellung und ich schnaube zustimmend.
Tina trinkt einen Schluck Kaffee. »Hm. Du solltest herausfinden, wieso Niko sich so bekloppt benimmt. Wenn er dich will, und ganz ehrlich Süße, der benimmt sich nicht umsonst so, dann hemmt ihn irgendwas. Oder ist er schwul?«
Ich klappe den Mund auf und will erst protestieren, denke dann jedoch sorgfältig nach.
»Unmöglich.« Ich berichte ihr dann mit roten Wangen, wie er mich geküsst hat in diesem Feld und wie er sich an mich gepresst hat in der Küche. Ich erzähle ihr sogar, wie er mich die Treppe hochgetragen und auf das Bett geworfen hat.
Tina klingt ein wenig komisch, als sie meint: »Ok, er ist definitiv nicht vom anderen Ufer ... Er hat dich wirklich aufs Bett geworfen und all das?«, hakt sie dann neugierig nach. Ich kann ihren lauten Atem durch das Telefon hören. Immer, wenn es um so pikante Details geht, presst sie sich so fest ans Telefon, als wollte sie durchkriechen. Beinahe, als ob sie verhindern wollte, das auch nur irgendein Wortfitzel ihr entkommt.
»Japp.«
Sie seufzt verträumt. »Man, ich beneide dich. Sowas sollte jede Frau einmal erleben ... Zurück zum Problem«, meint sie dann weniger romantisch gestimmt, »Du musst rauskriegen, wovor er Angst hat, diese beseitigen und ihn dir dann schnappen!«
Ich lache verlegen und wende mich vom Fenster ab, weil mir kalt wird und dieses Szenario mich unsicher macht. Ich bin keine große Verführerin. Bislang wurde ich ja noch nicht einmal großartig verführt. Meist hat es sich einfach .... So ergeben.
»Und wie soll ich das machen?«, frage ich eingeschüchtert.
»Vielleicht ist er ja auch impotent und hat Angst dich zu

schwängern?«, überlegt meine beste Freundin in meine Frage hinein und ich runzele die Stirn.

»Impotent? Dann …. hätte ich mich schon sehr irren müssen. Ich …«, meine Wangen werden rot, » … Es gab deutlich Anzeichen, dass er sehr wohl…. Potent ist.« Ich seufze und hoffe, die Wände halten die Worte in diesem Zimmer und dass Niko nicht herumschleicht und dieses peinliche Gespräch mithört.

»Also wirklich, Jessy.« Tina trinkt ihren Kaffee aus. »Am besten ich komme vorbei und nehme ihn in die Mangel. Wenn er Dreck am Stecken hat, dann solltest du die Finger von ihm lassen. Du bist so eine schöne Frau«, eifert sie sich weiter, »der Typ sollte sich nicht benehmen wie ein Idiot! Zumal du ihn ja offensichtlich auch willst!«

Tja, scharfsinnig beobachtet, Watson, denke ich sarkastisch.

»Tina?«, frage ich leise, und ich seufze dabei.

»Ja?« Sie klingt argwöhnisch.

»Ich glaube, ich bin verknallt.«

»Oh Gott Süße«, stöhnt sie. »Was hast du dir da bloß eingebrockt? Und was willst du jetzt mit Alex machen?«, hakt sie dann etwas sanfter nach.

»Was würdest du denn machen?«, frage ich, während ich an meiner Unterlippe nage. Meine Finger zeichnen die Muster auf der Bettdecke nach. Irgendwo schreit ein Käuzchen. Es klingt wie »Komm mit! Komm mit!«, oder jedenfalls klingt es in meinen noch beschwipsten Ohren so.

Tina lacht leise. »Süße, mit dem Vogel hätte ich mich gar nicht erst eingelassen. Er hat mit seiner Ex auf ihrer Geburtstagsfeier schlussgemacht.« Sie betont »Geburtstagsfeier« extra, zieht das Wort lang wie einen alten, klebrigen Kaugummi, den man von einer Tischplatte abziehen will.

»Du meinst, ich bin selbst schuld?«, frage ich unsicher nach. »Ich meine, ich wusste irgendwie, dass es eine blöde Idee war, aber er war so süß und …«

»Papperlapapp!«, schneidet sie mir das Wort ab. »Nichts passiert ohne Grund. Aber du solltest ihn wirklich schnell loswerden, wenn du keine Gefühle mehr für ihn hast – und

ich kann nur hoffen, dass du keine mehr hast. Du hast doch keine mehr, oder?«, fragt sie dann und ich presse die Lippen zusammen.
»Natürlich nicht. Doch nicht nach alldem. Du weißt schon.«
Tina seufzt erleichtert und rührt wieder in ihrem Kaffee herum. Ich kann hören, wie das Metall gegen den Tassenrand schlägt. »Na dann hau ihm den blöden Ring um die Ohren, sag ihm, was für eine Made er ist und dann sorg dafür, dass du dir diesen Niko einfängst.«
Bei ihr klingt das alles so simpel. »Aber macht das denn Sinn? Ist es denn fair gegenüber ihm? Ich meine«, erkläre ich dann, »ich werde doch nicht für immer hierbleiben. Und ich will ihm auch nicht das Herz brechen ...«
Tina schnalzt mit der Zunge. »Jetzt hör mal: Erstens«, zählt sie sachlich auf, »du weißt gar nicht, ob es bei drei Wochen bleibt, zweitens musst du ihn ja nicht gleich heiraten und drittens will er vielleicht nur ein bisschen Sex und das war`s. Und vielleicht ist er so mies im Bett, dass du froh sein wirst, dass es nur drei Wochen und nicht »bis dass der Tod euch scheidet« sind.«
Ich muss ein wenig lachen, wobei es mir bei der Vorstellung, mit Niko Sex zu haben, beinahe im Hals stecken bleibt.
»Na schön, und wie soll ich nun sein dunkles Geheimnis rausfinden?«
Tina lacht ein wenig und trinkt ihren Kaffee aus.
»Google, Süße. Weißt du noch, was das ist? Internet nennt man das, hast du sowas, da wo du bist?«
Wirklich? DAS ist ihr genialer Plan?
»Vermutlich ja, ich lebe ja nicht auf dem Mars, weißt du?«, frotzele ich lächelnd.
Tina grinst und gähnt. »Du machst das schon. Und wenn nicht, komme ich vorbei und nehme ihn unter die Lupe. Pass auf dich auf. Ich muss jetzt schlafen, in drei Stunden darf ich aufstehen und wieder die Kinder im Kindergarten bespaßen.«
Ich habe ein schlechtes Gewissen, weil sie so wenig Schlaf bekommen hat. »Danke dir. Und sorry fürs Wecken.«

Sie winkt ab. »Keine Ursache. Dafür kannst du mir ja eine Flasche von diesem Nummer Eins Likör vorbeibringen.«
Ich muss lachen und wir verabschieden uns.
Als das Display wieder dunkel wird komme ich mir einsamer vor als damals im Ferienlager.
Ich bin zwar nur wenige Stunden Zug-Bus- und Taxifahrten von Zuhause weg, aber es hätte ebenso gut der Mars sein können.
Ob meine Mutter wenigstens ab und an die Blumen auf meinem Balkon gießt? Ich seufze schwer und starre aus dem Fenster. Noch eine ganz Weile hocke ich auf dem Bett und erst, als mir schon kalt wird, schlüpfe ich unter die Decke.
In meinem Kopf wälze ich die Frage herum, ob ich mich vielleicht einfach nur irre und meine wirren Gefühle nichts als Trugbilder sind, die sich wie Geister aus meiner unglücklich beendeten Beziehung geschlichen haben, um sich auf Niko zu projizieren?
Oder sind sie wirklich echt?
Und wie soll ich den Unterschied erkennen? Wenn es nichts als Einbildung wäre, bräuchte ich nur abzuwarten, bis es sich wieder normalisieren würde. So ähnlich wie wenn man in ein Urlaubsland in die Tropen reist und anfangs von der Hitze nahezu erschlagen wird. Man gewöhnt sich aber nach einer Weile daran.
Ich drehe mich unruhig von einer Seite auf die andere, als mir ein Zitat von dem berühmten russischen Schriftsteller Fjodor Michailowitsch Dostojewski durch den Sinn geht, das da lautet:

»Man kann sich wohl in einer Idee irren, man kann sich aber nicht mit dem Herzen irren.«

Verlegen presse ich das Gesicht in mein Kopfkissen. Habe ich wirklich zu Niko gesagt, dass ich »ihn will?« Vor Scham wünsche ich mir, der Boden täte sich auf und würde mich verschlucken. Mir wird ganz heiß, als ich daran denke, wie er mich geküsst hat. Oder die Treppe hochgetragen. Oder

wie er mich ansieht, dieses Lächeln auf dem Gesicht. Wie er mir sagt, dass ich schön bin.
Ich hebe den Kopf und seufze tief, ehe ich mich auf den Rücken fallenlasse wie eine Schildkröte, die vom Meer an einen Sandstrand gespült wurde – nur eben falsch herum.
Wie kann ich so dermaßen verschossen in jemanden sein, den ich gar nicht kenne?
Und wie schaffe ich es entweder a) seinen absurd massiven Schutzpanzer zu umgehen oder b) ihn wieder aus meinem Kopf zu bekommen?
Nachdenklich knabbere ich an meiner Unterlippe. Der Wecker zeigt mir unerbittlich, dass ich wenigstens ein bisschen schlafen sollte. Schließlich muss ich morgen wieder die Hühner füttern, ebenso wie die Pferde, deren Ställe ich auch ausmisten muss. Und außerdem muss ich mir unbedingt die Plantage ansehen und Niko fragen, bei was ich helfen kann. Er schuftet sich bestimmt einen Wolf, während ich vollkommen nutzlos herumlungere.
Das schlechte Gewissen kühlt meine Gedanken vorübergehend ab und ich schließe die Augen.
Ich muss mich zusammenreißen und ein wenig schlafen, damit ich morgen einen Plan entwerfen kann. Und um Alex muss ich mich außerdem auch kümmern.
Wie von selbst schiele ich zu dem Ring auf meinem Nachttisch. Stirnrunzelnd wälze ich mich herum und drehe dem Unglücksboten damit den Rücken zu.
Ihn schon damals anzunehmen war eine saublöde Idee.
Es dauert ewig, ehe ich wegdämmere, und ich träume lauter abgefahrenes Zeug.
Unter anderem, dass Onkel Wilhelm, meine Eltern und Tina allesamt in Pinguine verwandelt wurden, die sämtliche Stachelbeeren auf der Plantage fressen, während sie Weihnachtslieder piepsen. Und während sich mein Traum-Ich noch darüber wundert, klingelt der Wecker, der mir klarmacht, dass ich endlich aufstehen soll. Dafür schmerzt mein Körper, als hätten mich während der letzten zwei Stunden ein paar Traktoren überrollt, und mein

Nacken macht mir schnell klar, dass so wenig Schlaf absolut nicht mein Ding ist.
Ich kann ihn kaum drehen, ohne das Gefühl zu haben ihn mir abzubrechen, wenn ich eine unbedachte Bewegung vollführe.
Wie eine Playmobilfigur stakse ich durch das noch halb dunkle Zimmer, denn draußen ist die Sonne noch gar nicht aufgegangen. Ich fische in Zeitlupe ein ärmelloses Oberteil aus dem Schrank und dazu einen luftigen Rock, der mir bis zum Knie geht. Dazu schlüpfe ich in die Turnschuhe, die ich nicht zubinde und stattdessen nur die Schnürsenkel lose in den Schuh stecke. Eine Freundin von mir, Ella, würde jetzt behaupten, ich sei ein Adrenalin-Junkie und würde gern gefährlich leben, weil nicht gut zugebundene Schuhe nun einmal ein gewisses Risiko bergen, auf das ich, zu dieser unmenschlichen Tageszeit, jedoch pfeife. Wenn das Karma unbedingt will, dass ich mich auf die Fresse lege, dann wird das sowieso passieren – ob meine Treter nun gebunden sind oder nicht.
Jedes Bücken schmerzt und kurz ist mir so übel, dass ich schon glaube, mir auf die eben angezogenen Schuhe kotzen zu müssen.
Mein ganzer Kopf fühlt sich an, als wäre er mindestens zwei Nummern zu groß für den Rest von mir. Ich frage mich unwillkürlich, ob das an meinem schmerzenden Herzen, dem verstauchten Ego oder dem niedlichen Kater liegt. Oder eher gesagt: Die wütenden Geister der Stachelbeeren, die zu Likör verarbeitet wurden, der mir in den Kopf gestiegen ist und wo diese gequälten Früchtchen nun Gruppentrommeln veranstalten.
Ich schleiche leise die Treppe hinunter und frage mich, ob Niko noch schläft oder schon wach ist. Bislang war er ja immer der Erste, der vorbildlich und schon kaffeetrinkend in der Küche auf mich gewartet hat. Halbnackt.
Ich spähe mit klopfendem Herzen um die Ecke und in den besagten Raum, aber da ist niemand. Auch Jolly liegt nicht unter dem Tisch.

Es riecht vage nach Kaffee, aber so wie meine Nase die Situation einschätzt, ist der Gebrauch der Kaffeemaschine schon eine ganze Weile her. Eine ausgespülte und umgedrehte Tasse steht auf einem Handtuch neben der Spüle und ich entdecke ein paar Brotkrümel auf dem Tisch. Ist er etwa schon weg?
Ich runzele die Stirn. Wann muss er aufgestanden sein, dass alles kalt und dunkel ist und vor allem: Was macht er schon draußen? Ich spähe aus dem Fenster und erblicke das fahle Morgengrau, das den Sonnenaufgang ankündigt.
Wow. Er muss es wirklich nötig haben, mir aus dem Weg zu gehen.
Ich bin richtig erschüttert über diese Erkenntnis und frage mich, ob es wirklich eine so gute Idee ist, sich weiterhin auf einen Typen zu versteifen, der ganz offensichtlich alles tut, um mir bloß nicht zu nahe zu kommen.
Ich bin vielleicht nicht besonders reizvoll (aufgrund mangelnder Kurven) und auch keine Schönheit (Sommersprossen sei Dank), aber ich bin weder hochansteckend noch giftig oder sonst wie aussätzig.
Meine Hände ballen sich zu Fäusten und ich spüre, wie mir das Blut in die Wangen steigt.
Es dauert einen sehr langen Moment, bis ich mich wieder halbwegs gefasst habe und mir einen starken Kaffee koche. Zumindest hat er Brötchen aufgebacken, die Tante Emilia immer im Gefrierschrank bunkert, als fürchte sie, es könnte eine Krise ausbrechen, in der man sich glücklich schätzen würde, eine halbe Tonne gefrorener Brötchen im Haus zu haben. Selbst vorgebacken, wohlgemerkt. Nicht gekauft! Ich nehme mir eines davon und bestreiche es mit Butter und Stachelbeermarmelade, die wundervoll schmeckt. Eine leichte Zimtnote begleitet die Süße und die leichte Säure, die den Stachelbeeren eigen ist. Mein Onkel baut auf der Plantage vor allem die Sorten an, die eher gelb als grün sind, weil die milder schmecken und besser für Kuchen, Marmeladen und natürlich Liköre geeignet sind. Zudem sind diese nicht so anfällig für Mehltau, wie er mir einmal erklärt hat, während ich, damals noch klein, die reifen

Früchte von den Sträuchern abgerupft und mir in den Mund gesteckt habe.

Aber er hat auch andere Sorten, die seine Lieblinge sind und von denen er die meisten Sträucher eigentlich nur für den Eigenbedarf anbaut. Das sind die mit den beinahe roten Beeren, die eine eher säuerliche Note haben und die mag er besonders gern.

Ich seufze. Wenn die verflixten Stachelbeeren nicht wären, oder wenn er den Unfall nicht gehabt hätte, müsste ich mich mit alldem gar nicht befassen und könnte seelenruhig Anton dabei helfen, seine blonde Christina für sich zu gewinnen, Getränke ausschenken und abends in Ruhe ….

Ja, was eigentlich?

Alleine in meiner Wohnung hocken und mir irgendwelche sinnlosen Fernsehsendungen in der Wiederholung anschauen? Fastfood essen? Ich runzele die Stirn. Es passt mir zwar nicht, aber tatsächlich muss ich mir eingestehen, dass ich doch irgendwie gern hier bin.

Aber wer soll auch was gegen frische Luft, Pferdekoppeln, sonnengereifte Früchte und hübsche Kerle haben? Oder gegen die nahe Kneipe und das leckere Stout …. ?

Völlig egal.

Ich straffe die Schultern und räume mein Geschirr weg, nippe noch einmal von meinem Kaffee, der so bitter ist wie die Nacht schwarz und dann gehe ich nach draußen und atme tief die feuchte Luft ein.

Morgentau liegt auf dem Gras und hat sich in kleinen, schimmernden Tropfen an die Halme und Blätter gehängt.

Wie winziger, natürlicher Juwelenschmuck glitzert das Wasser, als die ersten Strahlen der Morgensonne über die Wipfel der Bäume lugen und das erste Licht des Tages auf die Umgebung fließen lassen.

Ich halte inne und betrachte die Blätter und Blüten der Kletterrosen, die sich an der Mauer des Hauses emporwinden. Feine Spinnweben haben fleißige Weber hier und da zwischen das Grün gesponnen und der Morgentau hat seine schimmernden Tropfen an die hauchdünnen Fäden gehängt, wie kostbares Geschmeide.

Mir fällt ein Märchen ein, das mir meine Tante immer erzählt hat, wenn wir im Herbst im Wald Pilze sammeln waren.

Es handelte von einem armen Mädchen, das nichts besaß außer dem Kleid an ihrem Leib. Es war jedoch ein Sonntagskind, und als es durch die Wiesen und Felder stromerte, da sahen die Elfen und Feen das Mädchen. Sie luden sie zur Hochzeit ihres Elfenprinzen ein und die Maid war beschämt, weil sie nicht hübsch angezogen war. Da sagten die Feen zu dem Mädchen, sie solle nur weiter durch die Wiese laufen und in den Wald hinein, sie sollte alles bekommen, was sie wollte, sie müsse nur Vertrauen haben.

Ich beobachte, wie sich ein Sonnenstrahl glitzernd in den Wassertropfen fängt und sie zum Funkeln bringt.

Und das Mädchen tat wie ihr geheißen und die Spinnweben legten sich auf ihr Kleid, Tautropfen hingen sich daran und verzierten es, als wäre es mit kostbaren Stickereien besetzt und mit Edelsteinen behangen. Und auch um den Hals legte sich eine Kette aus den zarten Fäden und daran die Tropfen. Über das lange Haar der Maid legte sich ein zarter Nebelschleier und um ihre Finger rankten sich bunte Wildblumen, die sich selbst zu Ringen flochten. Schmetterlinge setzten sich auf das Kleid und Tautropfen hängten sich wie kostbare Perlen an ihre Ohren. Die Elfen geleiteten das arme Mädchen in den Wald und als die Sonne auf der Lichtung auf sie hinab schien, funkelte ihr zauberhaftes Gewand in allen Farben des Regenbogens. Sie heiratete den Elfenprinzen, der sich auf der Stelle in sie verliebte, und war von diesem Tage an glücklich und zufrieden.

Ich muss lächeln und gehe langsam durch das feuchte Gras zu den Hühnern, die bereits wach sind und träge umherpicken.

Tante Emilia ist immer schon der Meinung gewesen, dass nichts im Leben ohne Grund passiert. Sie hat mir diese und andere Geschichten immer wieder und wieder erzählt und ich konnte gar nicht genug von Prinzen und Prinzessinnen und Happy-Endings bekommen.

Und dann wurde ich erwachsen und musste feststellen, dass es keine echten Prinzen mehr gibt, wenn es sie denn je gegeben hat. Und diese ganze Geschichte von »Liebe bis in alle Ewigkeit« hat sich bestenfalls als Marketing-Gag herausgestellt, der von der Valentinstagsindustrie erfunden wurde.

Mein eigener Traumprinz hat mich belogen und betrogen und mir das Herz gebrochen.

Aber wie sagt mein Onkel Wilhelm immer?

Am Ende wird alles gut. Und wenn es noch nicht gut ist, ist es noch nicht das Ende.

Vielleicht, denke ich, als ich die kühle Morgenluft einsauge, hat er recht. Vielleicht wird am Ende ja wirklich alles gut und mir fehlt nur Vertrauen.

Ich hole das Hühnerfutter und trete, ohne überhaupt darüber nachzudenken, in den Stall, wo ich eine Handvoll Körnchen nach der anderen auswerfe. Ich bin so in Gedanken vertieft, dass ich gar nicht merke, dass etwas anders ist als sonst.

Erst, als ich das Gatter wieder schließe und alle Hühner fröhlich ihr Frühstück aufpicken, dämmert mir, dass der Gockel gar keinen Aufstand gemacht hat.

Er betrachtet mich aufmerksam aus gruselig wachen, intelligenten Augen, aber er ist heute viel ruhiger als sonst.

Verwundert schaue ich der Hühnerschar einen Moment zu, ehe ich ein wenig argwöhnisch in den Pferdestall wechsele.

Das Unwetter ist vorbei und die Koppel ist saftig und intensivgrün. Die Pferde sind schon munter und schnauben freundlich, als ich den Stall betrete.

»Na ihr Süßen«, begrüße ich die Vier lächelnd. Ich gehe zuerst reihum und knuddele jede Pferdenase, ehe ich ihnen ihr Frühstück auftische.

Die alte Stute mit dem durchhängenden Rücken ist die freundlichste von allen und versucht ständig, an meinem Oberteil zu knabbern. Ich lenke sie mit einem der Äpfel ab, die im hinteren Teil des Stalls lagern und gebe auch den anderen eine der dunkelroten Früchte.

Nachdem ich die kleine Gruppe auf die Koppel geführt habe, mache ich mich daran, den Stall auszumisten und frisches Stroh in den Boxen auszulegen.

Mein Rücken brennt schon nach einer Weile, aber ich reiße mich zusammen und singe leise vor mich hin. Irgendwie lande ich bei Songs, die ich nur halb kann, deren Refrain ich dafür aber umso inbrünstiger wiederhole. Da Niko vermutlich sonst wo steckt und weder Pferde noch Hühner meine nicht vorhandene Stimmbegabung kommentieren können, singe ich bald so laut, dass mir der Hals weh tut und ich in einem Hustenanfall aufhören muss.

Die Ställe sind fertig und ich wische mir den Schweiß von der Stirn. Ein Blick auf die Koppel zeigt mir friedlich grasende Pferde und langsam wird es, dank der Kraft der Sonne, richtig warm.

Es ist erstaunlicherweise schon Vormittag und ich pausiere kurz auf einem Strohballen. Während ich mich ausruhe und meinen schmerzenden Füßen eine Pause gönne, überlege ich mir meine nächsten Schritte. Unkraut zupfen? Der strahlend blaue Himmel verrät mir, dass es heute wieder ein heißer Tag werden wird. Und dank dem Regen letzte Nacht wohl auch schwül und drückend. Vielleicht verschiebe ich die Gartenarbeit lieber auf morgen und putze dafür das Haus. Falls meine Tante und mein Onkel doch früher zurückkommen, soll es nicht aussehen, als wäre ich faul gewesen.

Und außerdem kann es ja nicht schaden, Staub zu wischen und alles zum Glänzen zu bringen. Ich wundere mich selbst über diese Gedanken, denn mein eigenes Zuhause ist selten so ordentlich. Aber hier arbeite ich ja schließlich nicht für mich, sondern trage dazu bei, dass es meinen Verwandten bald wieder gut geht.

Und mir fällt noch ein Punkt ein, wieso es gut wäre, drinnen zu arbeiten: Ich könnte mich hinter Emilias uralten Computer klemmen und ein bisschen Informationsbeschaffung betreiben. Nur so, natürlich. Ich grinse und komme mir für einen Moment vor, wie eine Detektivin oder so. Dabei kann jeder Idiot Google benutzen. Aber ich bin mir gleichzeitig auch nahezu sicher, dass ich absolut nichts Aufsehenerregendes finden werde. Schließlich ist das ja nur Niko und nicht irgendein Krimineller, also was soll schon passieren?

◆◆◆

Ich schleiche um den Computer herum wie ein Bär um einen im Baum hängenden Honigstock. Ich will an den Honig (Computer) ran, aber ich fürchte mich vor den Stichen (möglicherweise brisante Informationen).
Was weiß ich über Niko, abgesehen vom Offensichtlichen? Genau. Gar nichts. Vielleicht ist er verheiratet und hat zwölf Kinder mit acht unterschiedlichen Frauen. Oder er ist eigentlich Tänzer in einer Schwulenbar. Oder vielleicht ist er ja insgeheim Drogendealer.
Ich nage an meinen Fingernägeln, die immer noch ein bisschen nach dem Frühlingsduftreiniger riechen, mit dem ich das Badezimmer und die Küche geputzt habe.
Ich habe den Moment der Wahrheit so lange wie möglich hinausgezögert und jeden Winkel im Haus gewischt, entstaubt, poliert und sogar die Teppiche ausgeklopft. Sogar die Küchenschränke und die Schränke im Badezimmer habe ich ausgewischt. Den Kühlschrank ebenfalls, wobei ich gleich auch abgelaufene Lebensmittel ausgeräumt und entsorgt habe. Die Teewurst in der Pelle war schon so schimmelig, dass ich kurz Angst hatte, sie würde einen netten kleinen Plausch mit mir anfangen.

Sogar die Mülltonnen draußen habe ich, ehe ich die vollen Beutel hineingeworfen habe, ausgewaschen und ihnen eine Frühlingsduftnote verpasst.

Nervös schleiche ich um den Computer herum. Es ist eines dieser klotzigen, alten Modelle mit Röhrenmonitor. Bei all dem Flachbildgedöns heutzutage ist dieser hier fast museumsreif.

Die Maus hat sogar noch eine Kugel und ist mit einem echten Kabel am PC angeschlossen. Nix USB oder Funk.

In meinem Magen rumort es. Würde ich wollen, dass Niko über mich googlen würde, wenn es anders herum wäre? Bestimmt nicht. Ich habe zwar nichts zu verbergen, außer vielleicht peinlichen Facebookfotos, die Tina noch immer von unserer letzten Party in ihrem Profil hat und auf denen ich unmöglich aussehe, aber das zählt irgendwie nicht. In der heutigen Zeit hat jeder irgendwelche scheußlichen Details über sich auf Facebook.

Und dass ich da aus Versehen den Kellner knutsche, weil mir die acht Daiquiris zu Kopf gestiegen sind und er sich so komisch heruntergebeugt hatte, gerade, als ich den Kopf zu ihm gedreht habe, zählt ja eigentlich nicht als echter Kuss.

Obwohl er, im Gegensatz zu mir, gar nicht so unerfreut schien. Ich verdränge das Kitzeln seines Schnurrbartes an meinem Mund und den Geruch nach Zigarrillos und billigem Parfüm lieber schnell. Unnötig zu erwähnen, dass ich den Laden seither gemieden habe und dass Tina mich immer noch damit aufzieht.

Wie gebannt starre ich auf den schwarzen Monitor, in dessen Scheibe ich mich silhouettenhaft spiegeln kann.

Mir kommt Niko gar nicht wie jemand vor, der überhaupt auf Facebook herumlungert.

Andererseits hatte ich ja auch nie erwartet, dass mich einmal meine inzwischen fast siebzigjährige Grundschullehrerin auf ebendiesem Medium finden würde, um sich nach meinem Befinden zu erkundigen. Ich war ziemlich überrascht, in ihren Profilbildern eine rüstige alte Dame vorzufinden, die Wasserski läuft und

mittlerweile in Florida lebt. Zusammen mit ihrem neuen Freund und vier Hunden.
Ihre Haare trägt sie in knallbunten Farben und kurz.
Wenn eine alte Schachtel, die mich immer in Physik gequält hat, noch in so hohem Alter glücklich werden kann, dann müsste ich das doch auch schaffen. Und wenn es dann eben ein wenig Spionage erfordert, dann soll es so sein. Oder?
Ich versuche, mir Frau Meisling vorzustellen, wie sie in luftigen Kleidern auf einer Terrasse sitzt, umgeben von vier weißen Pudeln, und ihrem neuen Liebhaber heiße Blicke zuwirft, während sie kühle Drinks schlürft und ihre Schirmmütze zurechtrückt.
Total absurd. Damals war sie eine richtige Furie, als sie noch unterrichtet hat. Streng, unnachgiebig, eine richtige Eiserne Lady, Herrin des Periodensystems, Gebieterin über dreiundzwanzig (teilweise) gehorsame Untergebene (Schüler), Meisterin mit dem Zeigestock – und – notfalls auch Dirigentin mit selbigem, wenn die Meute (wir) mal wieder nicht bei der Sache war.
Statt legendären Wutausbrüchen gab es nun für sie Sonnenbäder und heiße Tänzchen am Pool.
Ich nage an meiner Unterlippe und diese ganze Karma-Geschichte kommt mir wieder in den Sinn.
Hatte das Schicksal vielleicht seine Finger im Spiel? Waren die langen Jahre des Unterrichtens, in denen Frau Meisling von uns malträtiert wurde und wir eine widerwillige Symbiose eingingen, vielleicht gar nicht so umsonst, wie ich immer dachte? Hatten all ihre Mühen mit uns dazu geführt, dass sie nun glücklich war?
Ich weiß ja, dass meine Lehrer es alle nur gut mit uns meinten. Und es ist weiß Gott kein leichter Job. Ich jedenfalls würde mich auf keinen Fall drum reißen, widerwillige, freche Bälger zu unterrichten.
Was für Konsequenzen es wohl hat, wenn ich nun nach Niko google? Werde ich mehr Pech haben als vorher? Oder Glück? Irgendwie kommt es mir nicht richtig vor. Aber die

verdammte Neugier lässt mich dann doch auf den Knopf drücken.
Ich komme mir vor wie die verbrecherischste Person der Welt, als das Gerät brummend und röchelnd zum Leben erwacht. Der Lüfter surrt beinahe asthmatisch und kurz durchzuckt mich der Gedanke, dass der ganze Computer bei meinem Glück noch in Flammen aufgeht.
Und wie soll ich das dann der Tante erklären?
*Ach, naja, ich wollte eben halt ein bisschen hinter diesem gut aussehenden Kerl hinterherspionieren, den ihr mir verschwiegen hattet und der dauernd wegrennt, wenn er mich sieht ...*
Aber das Gerät, wenn auch altersschwach, tut brav seinen Dienst und fährt mit einer abscheulich alten Version von Windows hoch. Die ist so dermaßen alt, dass ich sie sogar schon verdrängt hatte.
Ich spähe nervös zur Tür und nachdem ich meinen Kopf hinausgestreckt und gelauscht habe, wobei mir das Blut in den Ohren rauschte, schließe ich sie leise.
Das Arbeitszimmer meines Onkels und meiner Tante ist absolut blitzblank und picobello aufgeräumt. Nicht, dass der Rest des Hauses anders aussehen würde, aber hier ist die Atmosphäre noch mal eine ganz andere.
Der dunkle Schreibtisch ist mit glänzendem Lack überzogen, alles steht sorgfältig geordnet und einsatzbereit da, wie ein kleines Heerlager aus Stiften, Büroklammern und Post-It`s, die nur darauf warten, Befehle entgegenzunehmen. Die Stifte sind sogar nach Farben sortiert.
In den Schubladen findet sich ein blütenweißer Stapel Papier, Umschläge und eine angebrochene Packung Schokolinsen, die mein Onkel heimlich nascht. Tante Emilia achtet streng darauf, dass er nicht zu dick wird, damit er keine Diabetes bekommt, wie sie sagt.
Ich lächele und mopse mir eine der kleinen Naschereien. Außen sind sie mit einer nach Minze schmeckenden Hülle ummantelt und innen wundervoll schokoladig.
Ich wische mir die feuchten Hände an meinem Rock ab, ehe ich dann endlich den Mauszeiger zum Browsersymbol

bewege. Das leise Klickgeräusch der Maus versetzt mein Herz in einen schnelleren Takt.
Und wenn ich doch dunkle Geheimnisse entdecke?
Oder er ist doch Tänzer in einer Schwulenbar? Tinas mahnende Stimme hallt in meinem Kopf wider. Sie würde keine Sekunde zögern, um alles über diesen Mann herauszufinden, was es herauszufinden gäbe. Sie würde sogar seinen Müll durchwühlen. Übrigens ein gar nicht so abwegiger Gedanke! Ihren derzeitigen Freund hat sie so kennengelernt.
Aber das ist eine andere Geschichte.
Ich klicke mutig auf den Browser, ehe ich es mir doch noch anders überlegen kann, und gebe einschlägige Begriffe in das Suchfeld ein. Namen und Wohnort, so weit ich ihn kenne.
In diesem kleinen Örtchen ist der große Vorteil, dass es nicht viele Leute gibt und somit fällt das, was mir der Browser so ausspuckt, auch ziemlich eindeutig aus.
Mein Mund wird trocken.
Ein Artikel mit einem alten Bild von Niko taucht auf. Verpixelt, in Schwarz und Grau, offenbar ein altes Zeitungsfoto. Es geht um eine Kneipenschlägerei. In haargenau dem Gasthaus, in dem wir uns mit Stout betrunken haben, an dem Abend, an dem er mich in diesem Weizenfeld geküsst hat.
Ich lese von einer Verurteilung und allem möglichen, was jedoch nicht richtig in meinem Verstand ankommt.
Ich sitze nur da und versuche zu begreifen, was das bedeuten soll.
Niko, ein Schläger?
Der Artikel ist der örtlichen Dorfzeitung entnommen und so reißerisch aufgemacht, dass ich kurz blinzeln muss, weil es mich so stark an eine andere Zeitung erinnert. Eine mit wenigen Buchstaben im Titel und viel Geschrei in den angeblichen »Fakten«.
In diesem Text jedenfalls wird der Mann, der mich geküsst hat und bei mir für Schmetterlinge im Bauch sorgt, als

unkontrollierbares Risiko bezeichnet, als Gefahr für die Öffentlichkeit.
Ich schlucke und scrolle hoch und wieder runter, um das Datum zu finden. Das Ganze ist fast zwei Jahre her. Das augenscheinliche Opfer musste ins Krankenhaus. Ich überfliege die Liste der Verletzungen, die dort lang und breit mit allen möglichen Beigaben geschmückt werden wie »besonders schlimm«, »brutal«, oder »massiv«. Der junge Mann, der mit Niko aneinandergeraten war, sei »knapp mit dem Leben« davongekommen, heißt es.
Ich bin wie betäubt.
Meine Erinnerungen zeigen mir Niko, der mit Jolly herumtobt und den riesigen Hund an den Ohren krault.
Niko, der freundlich und sanft mit den Pferden umgeht, ihre weichen Nasen streichelt und für jedes ein paar liebevolle Worte findet.
Niko, der mich küsst. Der mir sagt, ich sei schön. Der mich auf das Bett wirft und dann geht, obwohl ich meine, gesehen zu haben, dass er eigentlich bleiben wollte.
Niko, der mich auf eine Art ansieht, dass ich ganz schwach werde und der offensichtlich zu viel Angst davor hat, etwas falsch zu machen und es doch nicht sein lassen kann, mich anzusehen, zu berühren.
*»Aber das kann ich nicht. Ich kann nicht damit aufhören ...«*
Seine Worte klingen noch in mir nach und mein Herz beginnt plötzlich unendlich wehzutun.
Warum nicht?
Warum kannst du mich nicht in Ruhe lassen und gleichzeitig auch nicht weitermachen und uns eine Chance geben?
Ich starre dumpf auf den flackernden Monitor.
Ist es das, was ich will?
Eine Chance mit ihm? Aber warum?
An Liebe auf den ersten Blick habe ich eigentlich nie geglaubt. Na gut, an die Liebe eigentlich auch nicht.
Bis Alex kam. Und es eine Weile schön war. Solange jedenfalls, wie ich diese Lüge geglaubt habe. Und dann hat mir die Realität, oder das Karma, oder was auch immer gezeigt, was wirklich los ist.

Seit ich klein bin, warte ich tief in meinem Inneren noch immer darauf, dass diese ganze Sache mit der Liebe doch keine Lüge ist. Obwohl mein Verstand mich schon lange vom Gegenteil überzeugen will. Meine Beziehungen waren allesamt nicht sonderlich lang und auch nicht sonderlich schön.
Es gab immer ein dunkles Geheimnis, einen Haken an der Sache, oder irgendetwas, das es mir unmöglich gemacht hat, mich ganz zu öffnen, mich auf diese andere Person einzulassen. Ich war immer auf Distanz. So wie ein zu oft getretener Hund, der immer wachsam bleibt, weil er nie wissen kann, wann der nächste Tritt kommt. Ich habe mich nie sicher gefühlt, habe mich immer verstellt.
Ich dachte immer, ich müsste einer bestimmten Vorstellung entsprechen. Jessy, die dünne, knochige Tussi mit den Sommersprossen überall auf der Haut. Die, mit den roten Haaren. Die, die immer alleine in der Ecke sitzt und still ist. Die, die keine Beziehung lange aushält.
Ich wurde von dieser Person zu einer anderen, sobald ich mit einem Mann zusammen war.
Ich wurde zu der, die am lautesten lachte. Die, die sich schicke Klamotten anzog, sich schminkte, um zu gefallen. Die, die versuchte, immer gut mit seinen Freunden und Freundinnen auszukommen. Die immer gut drauf war, egal, wie sie sich eigentlich fühlte.
Und es endete immer gleich. Irgendwann war ich zu erschöpft von dem Maskenspiel, zu müde von all dem Theater, dem Perfekt-sein-müssen, dem Gefallen-müssen, und dann machte ich Schluss. Erst verkrampfte ich, distanzierte ich mich, und dann machte ich Schluss.
Ich blinzele und klicke das Fenster auf dem Monitor weg.
Ein himmelblauer Hintergrund strahlt mir entgegen.
Bei Niko bin ich einfach ich.
Und es verscheucht ihn. Und gleichzeitig auch wieder nicht.
*»Aber das kann ich nicht. Ich kann nicht damit aufhören …«*
Aber ich kann nicht so weitermachen.
Ich muss herausfinden, was ich will.
Wenn ich nur wüsste, wie?

## 12

Die nächsten paar Tage verliefen weitestgehend ereignislos.
Niko stand irgendwann mitten in der Nacht auf und war weg, ehe ich morgens, noch vor Sonnenaufgang, in die Küche schlurfte. Und dann sah ich ihn den ganzen Tag nicht wieder.
Manchmal hörte ich ihn abends ins Zimmer gehen oder hörte, wie er unten duschte.
Er mied mich wie ein Vampir das Sonnenlicht.
Ich beschäftigte mich damit, das ganze Haus zu putzen, draußen das Unkraut aus dem Gemüsebeet zu rupfen, den Garten zu wässern, wenn es nicht genug regnete, und ich fütterte die Hühner und mistete die Pferdeställe aus.
Ich räumte sogar den Werkzeugschuppen auf, erschrak vor einem Dutzend dicker Spinnen, die es sich dort gemütlich gemacht hatten, entstaubte und säuberte die Arbeitsgeräte und sortierte sie sorgfältig ein.
Und während ich mit schmerzendem Rücken zwischen Tomaten und Gurken kniete, dachte ich darüber nach, was ich eigentlich wollte.

Die Sonne hatte meine Haut gebräunt und das Rot meiner Haare mit einem hübschen Goldton versehen, der auf ihnen schimmerte, wenn ich sie ins Licht hielt.
Niko kaufte Lebensmittel und Getränke ein und räumte sie weg, während ich draußen war.
Subtilität und Verstohlenheit hatte er offensichtlich perfektioniert.
Manchmal war Jolly da und lag dösend unter der Linde im Schatten, manchmal sah ich auch den Hund tagelang nicht.
Die Stachelbeeren und all die anderen Obstsorten, die auf der Plantage gediehen, wurden von Tag zu Tag reifer und größer.
Ich telefonierte ab und an mit Tante Emilia, die immer noch mit Onkel Wilhelm bei meinen Eltern einquartiert war und die sich dort angeblich wohlfühlten. Sie wollten gemeinsam einen kleinen Ausflug machen und wären einige Tage nicht da.
Ich bemühte mich um erfreuliche Gesprächsthemen, erzählte ihr sogar von dem ersten Preis und sie brach ein wenig zusammen und heulte am Telefon vor Freude. Schluchzend berichtete sie Wilhelm von der guten Neuigkeit und ich lauschte betreten den beiden, die sich tierisch darüber freuten.

Finsterer Miene kratze ich wucherndes Unkraut aus den Gehwegplatten, die zum Hühnerstall führen. Butterblumen und Klee fallen meiner neu entdeckten Ordnungswut zum Opfer, während mir der Schweiß von der Stirn auf den grauen Stein tropft.
Es ist ein heißer Tag und eigentlich ist es saudumm, so eine Tätigkeit in der Mittagshitze zu machen. Mit Tante Emilias breitkrempigem Sonnenhut bewaffnet knie ich nur in einem dünnen Top und einer knappen Shorts auf dem Weg. Aber ich weiß nicht, was ich sonst tun soll, also bleibt mir nichts anderes.
Natürlich könnte ich auch die Plantage inspizieren, aber womöglich treffe ich da noch auf Niko und ich fürchte mich ein wenig davor, ihm zu begegnen.

Nicht, weil ich wirklich Angst habe vor ihm. Eher davor, dass er wieder einmal Reißaus nimmt und ich mich noch blöder fühle, als ich es so schon tue.

Es ist unlogisch und dämlich, aber ich vermisse ihn. Sein Gesicht, sein Lächeln, seinen Geruch, die Art wie er spricht.

Ich fühle mich so unglaublich einsam, dass ich sogar angefangen habe, Selbstgespräche zu führen. Und damit es nicht ganz so verrückt aussieht, beschränke ich sie auf die Zeit des Hühnerfütterns, in der ich den Vögeln mein Herz ausschütte. Sie sind kein sonderlich interessiertes Publikum, aber zumindest unterbrechen sie mich nicht über meine Karma-Theorien und über mein Gemoser über Liebe.

Oder mein Gemotze über Tina, die bei einem meiner Anrufe angedroht hat, sie würde sich ein paar Tage frei nehmen und mein gebrochenes Herz mit reichlich Daiquiris kitten.

Als ob das wirklich helfen würde. Und davon abgesehen; Es ist ja nicht so, als wäre ich wirklich verliebt. Ich meine: So richtig. Es ist nur eine Schwärmerei.

Das Blöde ist nur, dass ich wirklich ernsthaft versuche, mir das einzureden. Aber leider glaube ich es selbst nicht mehr. Jeder Tag, an dem ich Niko nicht sehe, hinterlässt ein größeres Loch in meinem Herzen. Es macht mich wahnsinnig. Meine Knie verwandeln sich in Wackelpudding, wenn ich an unseren ersten Kuss denke. Oder an all die anderen danach.

Ich kann die Küchenwand nicht mehr anschauen, ohne rot zu werden.

Dank dem Kochbuch von Tante Emilia, das ich in einem der Regale ganz oben entdeckt habe, kriege ich mittlerweile sogar Aufläufe, Suppen und Braten hin.

Was immer Niko einkauft; Ich koche etwas daraus, das man sogar essen kann.

Und das Schlimmste an alldem ist: Es beginnt, mir zu gefallen.

Ich genieße die frische Luft, die frei von Abgasen oder dem Gestank von Kanalisation ist, der in der Stadt aus jedem

Gullydeckel dringt. Ich genieße die Stille, die nur vom Rauschen des Windes und Vogelgezwitscher, dem Wiehern und Schnauben der Pferde auf der Koppel und dem Gackern der Hühner durchbrochen wird. Es ist kein schlechter Ort zum Leben, wenn ich ehrlich bin. Reifende Früchte auf der Plantage, die sich beinahe endlos am Horizont erstreckt und auf der neben Stachelbeeren auch Äpfel, Johannisbeeren und Pflaumen angebaut werden. Es gibt auch ein paar Kirschbäume, die sind jedoch eher für den Eigenbedarf und tragen dunkelrote, beinahe schwarz schimmernde Früchte, die unglaublich süß schmecken.

Außerdem lockt der nahe Wald und der See. Ich seufze und strecke mich. Mir tut der Rücken weh vom elendigen Herumgehocke und Unkrautgekratze. Schleierhafte Wolken ziehen am Himmel entlang, beinahe wie halb durchsichtige Nebelschwaden. Über mir ist nur strahlendes Blau und Hitze und Sonnenschein haben meine Sommersprossen nur noch mehr hervorgehoben. Ich werfe die herausgezogenen Butterblumen auf den Haufen zu den anderen und beschließe, mir diesen See anzusehen.

Ich war ewig nicht mehr da und wieso soll ich nur hier schuften, wo ich doch auch ein bisschen Entspannung haben kann. Im Haus ist alles geputzt und sauber, und mittlerweile bin ich seit fast zwei Wochen hier.

Der Gedanke erschreckt mich ein wenig. Denn das bedeutet, dass ich nur noch eine Woche habe.

Ich packe mir ein Handtuch und trockene Sachen ein, ehe ich mich auf den Weg zum See mache.

Eigentlich hatte ich doch gewollt, dass die Zeit schnell herumgeht, nicht? Wieso ist der Gedanke, diesen Ort bald wieder verlassen zu müssen, dann so unangenehm? Beinahe schon beängstigend?

Von Alex habe ich nichts mehr gehört und der Ring liegt noch immer an der gleichen Stelle, an der ich ihn abgelegt habe. Er ist wie eine offene Wunde, die nicht heilen will. Jedes Mal wenn ich dieses Schmuckstück ansehe, erinnere ich mich an den Schmerz und den Betrug des Mannes, der

mir versprochen hatte, mir treu zu sein. Und der dann dieses Versprechen in meinem eigenen Bett brach.
Allein die Erinnerung daran, wie ich seine Klamotten die Treppe heruntergeworfen habe, kann mich ein wenig trösten.
Meine Füße finden den ausgetretenen Pfad zwischen den Feldern wie von selbst. Mit meinem Onkel bin ich ihn so oft gegangen, als ich klein war, dass er sich eingeprägt hat. Er gehört zu den Dingen in meinem Kopf, die immer da sein werden und die immer auf mich warten. Diese Dinge, die ein Teil von einem werden und die man niemals verlieren kann.
Unter meinen nackten Sohlen kitzeln und piksen mich die ausgedörrten Grashalme, die hart und dunkelgrün aus dem Boden sprießen, der vollkommen ausgetrocknet ist. Es hat seit Tagen nicht geregnet und die Hitze scheint dem Boden jegliche Feuchtigkeit entzogen zu haben.
Der kleine Wald, der vor mir aufragt, ist von Sonnenlicht durchflutet. Die Kiefern und andere Nadel-und Laubbäume stehen nicht sehr dicht, so dass es angenehm hell ist. Durch den warmen Sommer duftet der Wald ganz besonders intensiv und ich bleibe kurz vor der Grenze zwischen Feld und Wald stehen, um mit geschlossenen Augen den Duft einzusaugen.
Sonnenschein streichelt meine Haut und dringt durch meine geschlossenen Lider, während eine leichte Sommerbrise über meinen Körper tanzt. Die Luft riecht nach totem, trockenem Laub, den Weizenfeldern um mich herum und nach dem aromatischen Harz der Bäume. Und der Wind trägt den Duft des Sees zu mir. Schwer und nach feuchtem Schlamm, Schilf und Seerosen. Erdig und grün zugleich. Mücken summen durch die Luft, träge und taumelnd in kleinen Schwärmen und hier und da knackt ein Ast.
Ich öffne die Augen und blinzele kurz, weil mich die Sonne blendet, ehe ich weitergehe. Irgendwo arbeitet ein eifriger Specht an einem Baumstamm, um an die Insekten unter der Rinde zu kommen. Sein Hämmern erklingt gleichmäßig

und fügt sich harmonisch in die anderen Geräusche des Waldes ein, zu denen nun auch meine gehören.
Ich finde die versteckten Pfade wie in Trance, während ich innerlich vollkommen ruhig und entspannt bin.
War ich je so ruhig? Ich weiß es nicht. Mein Geist scheint völlig im Einklang mit meinem Körper zu sein und ich schmunzele, als ich mich an einem niedrigen Busch vorbeidrücke, und den See erblicke.
Die Oberfläche ist vollkommen glatt und spiegelt alles wider, was sich an seinem Ufer befindet. Sogar die Wolken.
Ich klettere über einige Felsen nahe der Wassergrenze, weil ich zu meinem Lieblingsplatz will.
Es ist eine Art Lagune, oder zumindest habe ich das als Kind so empfunden. Umgeben von dichten Büschen und niedrigen Bäumen gibt es eine nicht einsehbare Stelle, die sehr flach ist, so dass man dort einfach im Wasser treiben kann, den Kopf auf die flachen Felsen gebettet, die halb im Wasser liegen. Es ist ein beinahe magischer Ort. Als kleines Mädchen habe ich mir oft vorgestellt, dass es dort Meerjungfrauen gibt. Allerdings natürlich in einer Version, die dem See gerecht wird. Anstatt prächtiger grüner und roter Fischschwänze habe ich überlegt, dass diese vermutlich weniger auffällig gefärbt wären, damit man sie nicht so einfach entdecken kann. Eher braun und schwarz, vielleicht silbrig wie die kleinen Fische, die Onkel Wilhelm manchmal für das Abendessen gefangen hat. Rotfedern und andere, die wir dann oft gegrillt und noch heiß gegessen haben.
Nahe der Lagune geht der See gemächlich in tieferes Wasser über, sodass man einen angenehmen Bereich hat, um zu baden und zu schwimmen. Seerosen blühen ganz in der Nähe, und ab und an surren Libellen in schillernden Farben über die Wasseroberfläche wie winzige Juwelen, die im Sonnenlicht funkeln wie fliegende Edelsteine.
Ich biege lächelnd um die letzte Ecke, direkt hinter den großen Reihen dichter Büsche und erstarre plötzlich.
Wasserplatschen ist zu hören und mein eben noch ruhiger Herzschlag beschleunigt sich.

Ist die Lagune etwa besetzt? Stirnrunzelnd gehe ich weiter, wobei ich eher schleiche, als wirklich gehe. Ich ducke mich wie eine indianische Späherin hinter den Büschen herum, um die Ursache der Planschgeräusche auszumachen.
Als ich einige Äste beiseiteschiebe, die meine Sicht verdecken, klappt mir der Mund auf.
Niko steht knapp bis zu den Hüften im Wasser, den Rücken zu mir gedreht, so dass ich seine kräftigen Schultermuskeln sehen kann. Glitzernde Wassertropfen fangen die Sonnenstrahlen ein und bringen seine Haut zum Glänzen.
Die Farben seines Tattoos erstrahlen dank der nassen Haut und der Helligkeit und wirken plötzlich beinahe lebendig auf mich. Er ist nicht allzu weit weg und ich ertappe mich dabei, wie ich Pläne schmiede, damit er mir nicht wieder entwischen kann.
Ich könnte zum Beispiel seine Sachen mopsen. Ich beiße mir grinsend auf die Lippen, weil diese Idee so kindisch und absurd ist, dass ich sie tatsächlich in Erwägung ziehe.
Ich kann seine abgetragene Jeans und sein T-Shirt von hier sehen, die achtlos um weichen Ufersand liegen. Allerdings sehe ich kein Handtuch.
Jolly liegt faul in der Nähe im Gras und hebt nur kurz den Kopf in meine Richtung, ehe er wieder zu dösen scheint.
Sein Fell sieht nass aus und daraus kann ich schließen, dass er wohl geschwommen sein muss.
Niko beugt sich vor und schöpft Wasser auf sein Haar und wäscht sich dann das Gesicht. Das Spiel seiner Rückenmuskeln wirkt so anmutig und kraftvoll, dass ich einen Moment inne halte und ihn einfach nur bewundere.
Es ist fast, als würde ich einem Einhorn zusehen.
Wenn ich es genau überlege, ist er ja auch wie eines. Flüchtig, zu schön, um wahr zu sein, und beinahe surreal.
Das Ausspionieren kommt mir falsch vor, und ich trete langsam hinter dem dichten Buschwerk hervor, um so zu tun, als wäre ich ganz zufällig hier. Völlig locker. Schließlich gehört der See ja niemandem und ich habe genauso ein recht darauf, hier zu sein.

Allerdings habe ich keine Badeklamotten dabei und dachte ja nicht, dass ich noch jemanden hier antreffen würde. Also wollte ich eigentlich nackt schwimmen gehen. Stattdessen muss ich jetzt wohl oder übel meine Unterwäsche anbehalten.
Natürlich könnte ich auch nackt schwimmen ...
Noch während ich darüber nachgrübele, was ich tun soll, dreht sich Niko um und erstarrt mitten in der Bewegung, als er mich sieht.
Prompt werde ich rot.
»Ach, na, hallo auch. Ich wusste nicht, dass du auch hier bist. Ziemlich heiß heute, was?« Ich plappere munter drauf los, damit meine Unsicherheit nicht bemerkt wird.
Nikos blaue Augen leuchten im Sonnenlicht und er grinst spöttisch.
»Hmhm.«
Ich lecke mir nervös die Lippen. Das Wasser geht ihm knapp bis zum Bauchnabel und ich kann nur starren. Brust und Bauch sind fest und gut in Form, so viel ist sicher. Ein Tattoo prangt auf der rechten Brust, doch aus der Ferne kann ich nicht direkt erkennen, was es ist. Mit dem Stoffbeutel in der Hand stehe ich da, und mein Gehirn scheint zu klemmen, denn ich bekomme keine vernünftige Reaktion zustande. Schließlich lasse ich den Beutel fallen, nachdem ich umständlich das Handtuch hervorgeholt habe. Ich schüttele es aus, streiche es glatt, falte es, ehe ich es wieder auseinander schüttele und mit hochroten Wangen auf dem Sand ausbreite.
Niko steht einfach nur da, ungerührt, und beobachtet mich mit einem spöttischen Lächeln. Seine Stimme klingt samtig, als er wieder spricht: »Ist alles in Ordnung? Bist du immer so umständlich?«
Ich kann das Grinsen hören und mir steigt die Hitze ins Gesicht. Ich kann mich doch nicht einfach nackt ausziehen. Oder? Ich fürchte nämlich, dass Niko es ist. Es ist nicht der Hauch von Boxershorts oder anderer badetauglicher Bekleidung zu entdecken.

»Ja, ich bin immer so umständlich«, gebe ich ein wenig schnippisch zurück, als ich mich beschämt umdrehe und meine Jeansshorts ausziehe. Ich werde einfach das Top anlassen. Es ist ein Spaghettiträger in leuchtendem Rot und mit einem Schmetterling auf der Vorderseite. Ich wünschte, ich hätte schönere Unterwäsche angezogen. Und nicht diese verfluchte violette Hotpants.

Abgesehen von der Grauenhaftigkeit der Farbkombination ist der Anblick sicher ziemlich fragwürdig. Ich versuche, den nackten Mann im Wasser zu ignorieren und stakse durch den warmen Sand auf das Wasser zu, den Blick wie aus Scheuklappen auf das andere Seeufer gerichtet. Ich bin mir sehr wohl bewusst, wie rot mein Gesicht ist und was für ein Bild ich wohl abgeben muss, aber ich werde mir diesen Tag nicht verderben lassen. Und außerdem ist es wirklich heiß.

Unter lautem Platschen gehe ich ins Wasser und kneife die Augen gegen die blendende Helligkeit zusammen, die sich auf der Wasseroberfläche spiegelt.

Unter meinen nackten Füßen ist der Seeboden weich und angenehm kühl. Das Wasser ist erfrischend und wundervoll und ich steige etwa so weit hinein, dass ich mit Niko auf einer Höhe bin. So wie ich es gelernt habe beuge ich mich vor und benetze erst meine Arme und dann meinen Oberkörper mit Wasser, ehe ich tiefer hineingehe.

Eigentlich unnötig und nicht halb so cool, wie einfach hineinzuspringen, aber meine Coolness-Karte habe ich schon verspielt, indem ich in Unterwäsche ins Wasser gegangen bin.

»Kannst du schwimmen?« Nikos Stimme reißt mich aus meinen Überlegungen und ich drehe automatisch den Kopf zu ihm. Er steht vollkommen locker da, keine zwei Meter von mir weg.

Das Tattoo ist eine Schlange, wie ich jetzt sehe. Sie sieht nach keltischer oder Nordischer Mythologie aus, und beißt sich in den eigenen Schwanz. Ein Symbol für Ewigkeit, wie ich mich dunkel erinnere. Sie ist aufwendig gestochen, jede

Schuppe ist einzeln sichtbar und das intensive Grün scheint sie beinahe lebendig zu machen, wenn Niko sich bewegt.
»Klar kann ich schwimmen«, gebe ich locker zurück, als ich mich ganz in das Wasser sinken lasse, und auf dem Rücken einige Züge mache. Ich lächele ihm zu und er erwidert es.
»Wie wäre es mit einem Wettschwimmen bis zum anderen Ufer?« Er kommt bedächtig näher, bis er dann schließlich ebenfalls ganz im Wasser ist und mit einem kräftigen Zug hat er mich erreicht. Mein Mund wird auf einen Schlag trocken. Er ist mir so nah, dass ich nur die Hand ausstrecken müsste, um ihn zu berühren.
Sein Blick senkt sich in meinen und mir geht durch den Kopf, wie verdammt gut er aussieht. Sogar mit dieser schiefen Nase. Oder vielleicht gerade deswegen? Ein leichtes Lächeln liegt auf seinen Lippen und der dunkle Bart auf seinen Wangen sieht dichter aus als noch am ersten Tag. Ich lecke mir die Lippen, weil meine Finger zucken. Ich würde im Moment alles Mögliche lieber tun, als ein Wettschwimmen zu machen, aber ich nicke nur stumm. Meiner Stimme traue ich nicht.
Irgendwo kann ich das Geplansche und die Flügelschläge von Wasservögeln hören, aber mein Blick ruht auf Nikos Gesicht, der meinem näher kommt. Ich paddele im Wasser auf der Stelle und bin an einem Punkt, an dem ich nicht mehr stehen kann. Im Gegensatz zu ihm, wie ich feststellen muss.
»Wenn du mich weiter so ansiehst, wird aus dem Wettschwimmen nichts«, meint er plötzlich. Sein Lächeln ist noch da, aber seine Züge haben einen anderen Ausdruck angenommen. Ich würde ihn beinahe als hungrig und verzweifelt einschätzen und mir wird ganz flau im Magen. Er ist so nahe, dass ich die Körperwärme spüren kann, die er an das Wasser abgibt.
»Ich würde sowieso verlieren.« Ich lächele matt. »Weil du doch sowieso immer gar nicht schnell genug von mir wegkommen kannst.«
Die Worte sind raus, ehe ich sie mir noch einmal überlegen kann.

Niko sieht überrascht aus und lächelt dann leicht. »Das klingt ein wenig vorwurfsvoll.«
Ja, das sollte es auch. Ich räuspere mich, ehe ich antworte. Meine Stimme klingt unsicher und ich hasse mich dafür.
»Na ja, ich finde mich eigentlich nicht *so* hässlich, dass man vor mir davonlaufen muss. Zumal ... es ja ein paar Mal so aussah, als ob du doch ... ich meine«, stottere ich hilflos, » .... küsst du jede nach ein paar Stout?«
Ich kann sehen, wie er schluckt und die Kiefer aufeinanderpresst.
»Nein, tue ich nicht«, erwidert er dann langsam, nachdem ich schon geglaubt hatte, er würde einfach umdrehen und wieder weglaufen, so wie immer.
Aber er bleibt. Noch.
Meine Zunge fährt nervös über meine Lippen und aus irgendeinem Grund beginnt mein Herz wie verrückt zu schlagen. Ich will irgendetwas sagen, aber mein Kopf ist leer. Ich ertrinke in seinen Augen, die so blau sind wie der Sommerhimmel.
»Du bist wunderschön«, presst er plötzlich hervor.
Ich starre ihn nur an. Da ich sicher bin, dass er völlig nüchtern ist, kommt mir das irgendwie absurd vor.
Ich lächele nur, verlegen und irgendwie beschämt. »Ich finde dich auch schön«, meine ich leise. Ich beiße mir nervös auf die Lippe. Bestimmt haut er gleich ab.
Niko lächelt mich an. »Ja?«
Ich nicke ernsthaft.
»Du solltest sowas nicht sagen.«
Ich kann sehen und hören, wie er wieder diese Mauer um sich ziehen- und sich verdrücken will. Seine Stimme wird eine Spur abweisender und er schmälert die Augen.
Der Zeitungsartikel kommt mir wieder in den Sinn. Und unsere Küsse.
Diesmal nicht.
Ich schwimme ein Stück auf ihn zu, überbrücke die Distanz zwischen uns. »Aber ich will es sagen. Weil es die Wahrheit ist.« Meine Worte klingen leise und zwischen uns ist kaum eine Handbreit Platz.

Er ringt mit sich. Ich kann sehen, wie es in seinem Gesicht arbeitet. Ich wünschte, ich könnte ihm diese Last abnehmen, die ihn zu quälen scheint.
»Niko …«, flüstere ich.
Seine Arme schlingen sich um mich, pressen meinen Körper an seinen. Als hätte mein Körper nur darauf gewartet, legen sich meine Arme wie von selbst um seinen Nacken und als seine Lippen meine finden, schließe ich automatisch die Augen. Seine Hände streicheln meinen Rücken, meine Schultern und er zieht mich an sich, als müsste er mich vor irgendetwas retten.
Sein Mund ist fordern und heiß an meinem und ich kann einfach nicht anders, als ihm zu geben, worum er mich bittet. Meine Lippen öffnen sich breitwillig für ihn.
Es ist wieder wie in der Küche. Dieser Hunger, diese Gier. Ich kann nichts dagegen machen. Meine Finger gleiten in sein Haar, streicheln durch den dichten Schopf, während ich mich enger an ihn presse. Seine harten Muskeln an meinem Körper. Meine Beine schlingen sich um seine Hüften und diesmal werde ich ihn nicht gehenlassen.
Mein Magen flattert und mein ganzer Körper erschauert, als seine Zunge sich zärtlich an meiner reibt, sie umschlingt, mit ihr tanzt, neckend vorstößt, um sich dann wieder zurückzuziehen und erneut diese verspielten Angriffe auszuführen, die mich innerlich schmelzen lassen.
Seine Hand gleitet streichelnd von meinem Nacken über meinen Rücken und weiter runter, wo er mit beiden Händen meinen Po umfasst und mich enger an sich drückt. Ich löse eine Hand von seinem Nacken und streichle seine Wange, während sein Kuss mir völlig den Verstand raubt. Ich will über nichts nachdenken, nur fühlen und genießen.
Es gibt keine Konsequenzen, keine Zeit, die abläuft, keine Verpflichtungen oder andere Dinge – nur ihn und mich und sonst gar nichts. Sein Atem vermischt sich mit meinem und das Geräusch unserer Küsse fügt sich nahtlos in das sachte Plätschern des Wassers ein, das uns umgibt.
Seine Nähe macht mich schwach. Der Duft seiner feuchten Haut benebelt meine Sinne, die Hitze seines Körpers

scheint mich zu versengen. Mir wird beinahe übel, so sehr will ich ihn haben. Mein ganzer Körper ist eine einzige, zitternde Masse aus Begehren, die vollkommen hilflos in seinen Armen liegt. Sachte knabbert er an meiner Unterlippe und die Gänsehaut, die das verursacht, zieht sich von meinem Nacken bis zu meinen Fußsohlen. An seinen Lenden bildet sich ein wirklich sehr eindrucksvollen- und eindeutiges Zeichen, dass er auf keinen Fall schwul ist. Oder impotent.

Er hält mich mit einer Hand fest an sich gedrückt, während die Finger der anderen tastend unter mein Top gleiten, sanft, zögernd beinahe. Seine Lippen lösen sich von meinen und er schöpft kurz Atem, ehe er mich ansieht.

Ich nutze den Moment, um sein Gesicht mit zärtlichen Küssen zu bedecken, die ihm ein Lächeln entlocken. Verzückt davon, küsse ich seine Mundwinkel, seine Nasenspitze, seine Augenlider, als er sie genießend schließt.

»Willst du das wirklich?«, fragt er leise, als seine Finger mein Rückgrat entlangwandern, hoch und runter.

Ich schlinge meine Beine enger um seine Hüfte und schmiege mich an ihn.

Er lacht leise an meiner Halsbeuge, ehe er zarte Küsse auf meine Haut drückt. »Ich bin kein Typ für eine Nacht, Jessy. Und du wirst nicht ewig hierbleiben.«

Oh Gott, wieso muss gerade er einer von der vernünftigen Sorte sein? Und wieso gerade jetzt?

»Das kannst du doch gar nicht wissen«, widerspreche ich, obwohl mein Mut sinkt. Angst schleicht sich in mein Herz. Meine Finger streicheln die Schlange auf seiner Brust und ich küsse seinen Hals. Der Sonnenschein kommt mir höhnisch vor und ich schließe gequält die Augen.

Nikos warme Lippen liebkosen mein Ohr und eine Milliarde Schmetterlinge flattern in meinem Bauch umher.

»Ich … bin nicht gut für dich.«

Die Worte klingen bedauernd und seine Stimme ist rau. Plötzlich fühle ich mich nackt und schutzlos und jegliche Leidenschaft ist wie ausgelöscht.

Ich mache mich sanft von ihm los, obwohl er bittend meinen Namen flüstert, um mich aufzuhalten.
Meine Wangen brennen vor Scham.
Mein Hals ist wie zugeschnürt und meine Brust scheint in einem unsichtbaren Schraubstock zu stecken.
Verfluchte Scheiße.
Diesmal bin ich diejenige, die wegläuft. Und er ist derjenige, der hilflos zurückbleibt und meinen Namen schreit.
Aber ich will nichts mehr hören.

# 13

Der Gasthof ist nahezu leer. Nur ein paar schwatzende ältere Männer sitzen an einem Tisch und trinken ihr Bier. Es ist ja auch noch recht früh. Später Nachmittag, um genau zu sein.
Ich trage ein leichtes Sommerkleid, das mir bis zu den Knöcheln geht. Der Stoff ist weiß und locker geschnitten. Ich setze mich sofort an die Bar und Ernie wirft mir einen dieser Blicke zu, die nur Barkeeper draufhaben, die schon Jahre lang diesen Job machen und ein gebrochenes Herz schon auf eine Meile erkennen. Und den dazu passenden Alkohol, um den Schmerz zu dämpfen.
»Stout?«, fragt er ohne Umschweife, als ich platzgenommen habe. Ich nicke und reibe mit den Fingern gedankenverloren über eine Kerbe im Holz der Theke.
»Niko?«, fragt Ernie mich mitfühlend, als er mir das frisch gezapfte Bier zuschiebt.
Ich nicke erneut, nach kurzem Zögern und er seufzt, als wäre das keine neue Geschichte.

Der alte Barkeeper beugt sich zu mir und seine Augen drücken Mitgefühl und Sorge aus. »Egal was passiert ist; du solltest wissen, dass er ein guter Kerl ist. Und er muss dich wirklich sehr mögen, wenn er so widerborstig ist.«
Ich ziehe die Mundwinkel nach unten und die Brauen nach oben. Eine Maske der Skepsis. »Ach ja?«, frage ich nach dem ersten Schluck.
Ernie nickt ernst. »Wenn du ihn magst, solltest du nicht aufgeben.«
Ich schürze die Lippen und kämpfe mit den aufsteigenden Tränen. »Es ist schwer, motiviert zu bleiben, wenn die Person einen immer und immer wieder zurückweist.«
Er seufzt und tätschelt mir kurz die Schulter. Unbeholfen und mit einem verlegenen Gesichtsausdruck.
Ich lächele gequält. »Warum ist er so?«
Ernie schnalzt mit der Zunge und poliert die Gläser, die er eben abgewaschen hat. Er scheint sich zu fragen, was er mir sagen kann und das Herz sackt mir etwa auf Absatzhöhe der flachen Sandalen, die ich trage.
»Ist es wegen diesem Zeitungsartikel?«, frage ich leise. Ich starre in den Schaum des dunklen Bieres und traue mich gar nicht recht, den alten Ernie danach zu fragen. Und trotzdem muss ich es wissen.
Ernie schnaubt abfällig. »Pah! Dieses Käseblatt und der schmierige kleine Knilch, der für diesen Verein voller Ratten arbeitet, sollen sich zum Teufel scheren! Wegen denen ist diese ganze Sache überhaupt erst so aufgebauscht worden.« Er schnaubt erneut und seine Augen funkeln wütend, als ich ihn überrascht ansehe.
»Pass mal auf, Kleines«, fährt er dann etwas weniger aufgebracht fort, »Niko ist ein guter Kerl, der damals in eine Schlägerei geraten ist. Das Mädel, mit dem er damals zusammen war, wurde von einem wirklich fiesen Typen belästigt, der hier ein paar Stouts zu viel gekippt hat. Und als er seine Griffel nach ihr ausgestreckt und sie beleidigt hat, ist in Nikos Kopf eine Sicherung durchgebrannt. Er hatte ihn mehrfach gewarnt, aber der Rüpel wollte nicht spuren. Also gab`s ein paar Schellen, die sich gewaschen

hatten.« Ernie seufzt. Ich lausche, zu fasziniert, um mein Bier zu trinken.

»Und dann?«, frage ich verwirrt. Wenn das wirklich alles war, verstehe ich den ganzen Aufruhr nicht.

»Dann hat das Mädel mit ihm auf der Stelle Schluss gemacht. Sie wollte nicht mit einem »brutalen Schläger« zusammen sein und der Rüpel hat Anzeige erstattet. Das hier ist ein kleines Dorf«, meint Ernie dann seufzend, »Schlägereien kommen da mal vor. Es ist einfach eine Sache zwischen zwei Erwachsenen gewesen. Das Käseblatt samt Reporter hat daraus beinahe einen halben Totschlag gemacht und das hat Nikos Ruf total ruiniert. Er hatte vorher eine gute Arbeit, die er deswegen verloren hat. Nur dein Onkel wollte ihm einen Job geben und seitdem wohnt er auch dort auf dem Hof. Es ist eigentlich eine Lappalie, die sich dann zu einem ausgewachsenen Skandal entwickelt hat. Die Leute heutzutage verstehen einfach nicht, wenn Konflikte zwischen jungen Männern auf diese Weise gelöst werden. Dabei hat Niko dem anderen höchsten die Nase gebrochen und der hat angefangen zu heulen wie ein Kleinkind, das hingefallen ist.« Er schnaubt verächtlich und streicht seinen Schnauzbart glatt.

»Weil die Zeitung und ein paar der angeblichen »Zeugen« so ein Trara veranstaltet haben, wurde er zu einer hohen Geldstrafe verurteilt und hat obendrein noch Bewährung bekommen. Er darf sich nichts zu Schulden kommen lassen, sonst wandert er in den Knast.«

Ich schlucke. Kein Wunder, dass er höllisch aufpasst, dass er keine Fehler macht.

Ernie betrachtet mich eine Weile schweigend. »Wenn er dich auf Abstand hält, dann nur, weil ihm das letzte Mädel so viel Ärger gemacht hat. Er hat sicher Angst, dass du auch denken könntest, er sei ein brutaler Schläger. Dabei ist das vollkommener Blödsinn.« Eine Ader an Ernies Stirn pocht wild im Lichtschein der Lampen und ich muss lächeln. Er ist wirklich ein Goldschatz. Das Stout fließt meine Kehle hinab und ich seufze dankbar, als sich angenehme Wärme in meinem Magen verbreitet und den

Knoten aus Sorgen, Ängsten und Scham auflöst, der da seit Tagen zu stecken scheint.

»Das Problem ist nur, dass ich nicht mehr lange hier bin. Und er ... ist kein Freund von ... kurzen Geschichten.« Die Worte kommen nur zögernd und ich werfe Ernie zaghafte Blicke zu, der diese jedoch mit einer Geste wegwischt.

»Papperlapapp. Wer sagt denn, dass du nicht einfach für immer hierbleibst?«, fragt er mich grinsend wie ein Honigkuchenpferd. »Bei uns ist es so schön wie sonst nirgendwo. Und deine Tante und dein Onkel werden nicht jünger. Irgendwann brauchen sie sowieso Hilfe auf dem Hof oder sie müssen verkaufen.«

Ich fühle mich nur minimal unter Druck gesetzt, als er die Zukunftsaussichten meiner Verwandten auf den Punkt bringt. Aber leider hat er recht. Außer mir würde niemand diesen Hof übernehmen. Denn sie haben keine eigenen Kinder, die dafür in Frage kommen würden.

Und Ernie hat recht; Es ist wirklich schön hier. Aber ich kann doch unmöglich von Stachelbeeren und ein bisschen Landluft leben.

Ernie schmunzelt. »Du bist doch Barkeeperin oder?«, fragt er mich plötzlich, als hätte er meine Gedanken gelesen.

Ich erröte beinahe schuldbewusst. »Hmhm«, mache ich lahm.

»Deine Tante wird gar nicht müde, davon zu berichten, wie fantastisch sie das findet. Es ist ja auch eher ungewöhnlich. Aber heutzutage ändern sich diese Dinge«, fährt Ernie fröhlich fort.

Ach? Sie findet das fantastisch? Ich lege fragend den Kopf schief und nippe an meinem Stout. »Das wusste ich gar nicht. Meine Eltern beschweren sich pausenlos, dass ich endlich einen »richtigen« Job machen soll.« Ich muss grinsen und Ernie lacht. »Komisch, mir sagt keiner, dass ich endlich einen »richtigen« Job machen soll. Und mir gefällt`s.«

Ja, das kann ich mir vorstellen. Wenn man so lange Barkeeper ist, werden die Stammkunden irgendwann zur Familie.

Und mit einer Familie kann man überall zu Hause sein. Oder?

Trotzdem bleibt ein bitterer Nachgeschmack. Niko erinnert mich schmerzhaft daran, warum ich eigentlich die Schnauze gestrichen voll von Beziehungen hatte. Weil sie nur wehtun. Es ist, als würde man ständig in eine Dornenranke greifen, um eine Blüte zu pflücken, die zwischen den Stacheln gedeiht, aber stetig nur verletzt werden. Du siehst zwar dein Ziel, die Blüte, die für eine schöne Beziehung steht, aber du willst einfach nicht einsehen, dass sie unerreichbar ist. Und dadurch langst du immer wieder hin, schrammst dir deine Hand blutig und stichst dir die Haut auf.

Vielleicht gibt es einfach Menschen, die beziehungsuntauglich sind und es einfach vermasseln, so wie ich. Oder eher gesagt: Denen das Karma einfach ständig zeigt, dass sie es nicht verdient haben.

Meine Gedanken schweifen in düsteres Terrain ab und ich nippe halbherzig am Stout, während ich mit finsterer Miene auf das Bild eines dunkelhaarigen Pin-Up-Girls starre, das in einem Glasrahmen an der Wand gegenüber hängt. Ich liebe diese Art von Kunst normalerweise; Knallbunte Farben, sexy Posen und immer ein verführerischer Ausdruck im Gesicht der gezeichneten oder gemalten Schönheiten. Immer alles ein bisschen retro.

Aber jetzt gerade geht es mir auf die Nerven. Das Bild hat mehr Kurven, als ich je haben werde.

Ich seufze.

Noch etwa eine Woche – dann kann ich wieder zurück nach Hause.

Bei dem Gedanken an dieses Wort muss ich die Stirn runzeln und mir eingestehen, dass ich die Aussicht gar nicht so verlockend finde, wie noch am ersten Tag, als ich das Monster von Koffer hergeschleift habe. Da konnte ich es gar nicht erwarten, wieder abzuhauen.

Aber plötzlich kommt mir meine eigene Wohnung zu klein und einsam vor, als dass ich mich wirklich auf die Rückkehr freuen könnte.

Ich habe ja nicht einmal Kräutertöpfe in der Küche. Oder diesen wunderbaren Ausblick über die Koppeln und die Plantage.
Oder einen See.
Oder … ich verbiete mir den letzten Gedanken, der eindeutig mit einer gewissen Person zu tun hat, noch ehe mein Verstand ihn richtig ausgebrütet hat.
Das Stout kippe ich in einem Zug hinunter und will gerade Ernie nach seinem Zulieferer fragen, als ich seinen starren Blick bemerke, der auf einem Punkt hinter mir ruht. An seinen missbilligend zusammengekniffenen Lippen kann ich sehen, dass der Anblick ihn gar nicht erfreut.
Noch ehe ich fragen kann, was los ist, tippt mir jemand auf die Schulter und im Glauben, es sei Niko, drehe ich mich mit einer bemüht kühlen Miene um.
Aber es ist nicht Niko.
»Hey meine Süße«, begrüßt Alex mich. Seine blonden Haare hängen ihm wirr in die Stirn und er trägt ein schlichtes weißes Hemd, dessen Ärmel er bis zu den Ellbogen hochgeschoben hat. Es steckt unordentlich in einer verwaschenen Jeans und er trägt alt aussehende Sportschuhe, die ich noch nie an ihm gesehen habe.
Ich kann spüren, wie mein Puls schneller geht.
Nicht, weil ich mich so freue, Alex zu sehen, sondern weil ich das Gefühl habe, dass seine Anwesenheit Ärger bedeutet. Und außerdem kommt es mir so vor, als gehöre er einfach nicht hierher.
Es klingt verrückt das zu sagen, aber so ist es. Er an diesem Ort ist so surreal wie ein Tiger in der Arktis oder ein Kanarienvogel in einem Aquarium. Es passt einfach nicht zusammen.
Ich bemühe mich um ein unverbindliches Lächeln, als er sich auf den Barhocker neben mich setzt und nach meiner Hand greift, die teilnahmslos und schlaff in seiner liegt.
Ich starre darauf, als hätte er mir einen toten Fisch hineingelegt.

»Ich bin schon lange nicht mehr »deine Süße«, falls es dir entgangen sein sollte«, erwidere ich statt einer richtigen Begrüßung und entwinde meine Hand seinem Griff.
Ernie wendet sich grinsend ab und ich bemühe mich darum, innerlich ruhig zu bleiben, obwohl sich Nervosität in meinem Magen ausbreitet.
Ich hatte schon ganz vergessen, dass Alex davon geredet hatte, einen Neuanfang machen zu wollen. Und das, obwohl mich der unangetastete Ring auf meinem Nachtschrank daran erinnern sollte. Aber der Gegenstand bedeutet mir nichts mehr und so liegt er einfach nur da, so wie ein ausgefallener Zahn, den die Zahnfee nie abgeholt hat und der in einem Marmeladenglas vor sich hin existiert. Man sieht ihn an. Man weiß, er war einmal ein Teil von einem selbst, aber es scheint zu lange her zu sein, um noch eine Bedeutung zu haben.
Alex neben mir wirkt etwas verdattert und einen Moment schweigt er, ehe seine Stimme wieder erklingt. Angestrengt starre ich auf eines der Bilder schräg links von mir, damit ich nicht in seine Richtung sehen muss. Es ist ein betrunkener Kolibri, der von einer fiktiven Blume genascht hat, aus der ein Zapfhahn erwächst anstelle eines Blütenstempels.
Hm. Ich frage mich, wie man auf so eine Idee kommt, ehe meine Schulter wieder angetippt wird und mich aus meinen Überlegungen reißt.
»Hm?« Ungehalten drehe ich mich zu Alex, der näher an mich heran gerückt ist und sich zu mir beugt, so dass sich unsere Nasen fast berühren, als ich den Kopf drehe.
»Bist du noch sauer?«
Er blinzelt mich mit Unschuldsmiene an. Und ich spiele mehrere Antwortmöglichkeiten in meinem Kopf durch, die jedoch alle unweigerlich zu einem Streit führen würden und ich kann wirklich gut auf einen öffentlichen Disput verzichten.
»Ja«, gebe ich knapp zurück und Ernie schiebt mir unaufgefordert ein weiteres Stout zu, nachdem er das leere Glas an sich genommen hat.

Ich weiß genau, dass er nur auf ein Zeichen wartet, um Alex rauszuschmeißen.
Aber andererseits kann ich die Sache ja auch hier und jetzt klären.
Alex runzelt die Stirn und bestellt sich einen Gin Tonic, was Ernie mit hochgezogenen Brauen quittiert. Er brummt und ich kann sehen, wie widerwillig er das Gewünschte zusammen mixt.
Mein Grinsen verstecke ich hinter dem Nippen an meinem wundervollen Stout.
Nachdem Ernie Alex seinen Longdrink zugeschoben und dieser einen Schluck davon genommen hat, kommt er leider wieder zum Thema zurück.
»Hast du es dir überlegt? Ich würde gern wiedergutmachen, was ich … getan habe«, erklingt es einigermaßen zerknirscht.
Ich lausche den Gesprächen der älteren Herren, die sich in alibihaftes Gemurmel flüchten, als Alex seine Frage vorgetragen hat.
Ich weiß genau, dass jeder in diesem Gasthaus zuhört. Es ist in kleinen Städten und Dörfern ganz normal, dass Fremde nicht nur misstrauisch beäugt – sondern auch belauscht werden. Schließlich wagen sie sich in eine verschworene Gemeinschaft, in der jeder jeden kennt.
Es ist ein natürlicher Prozess. Die Gemeinschaft will einfach wissen, mit was oder wem sie es zu tun hat. Und da wird jeder Informationskrümel aufgeschnappt, eingesogen, geprüft, verarbeitet und weitergereicht, so dass sich alle eine Meinung bilden können.
Und es spielt keine Rolle, wie alt jemand ist: Das macht jeder.
Ich reibe einen Wassertropfen von der Theke und tue so, als würde ich nachdenken.
»Ich habe es dir damals schon gesagt und ich sage es dir noch einmal.« Ich lenke meinen Blick zu Alex, dessen Gesicht hoffnungsvoll und freundlich aussieht. Aufmerksam beobachtet er mich und mein Magen zieht sich zusammen. »Ich kann dir das nicht verzeihen und ich

werde auf keinen Fall noch einmal einen Neuanfang machen. Du bist umsonst hergekommen.«
Seine Miene versteinert.
Ich kann sehen, wie es hinter seiner Stirn arbeitet und wie sich dieser spöttische, arrogante Zug um seinen Mund bildet, den er auch gegenüber Tina ab und an gezeigt hat.
Meine Handflächen werden feucht. Innerlich bete ich, dass er jetzt nichts Dummes sagt oder macht.
Seine Augen mustern mich ausgiebig und ich bereue, dass ich dieses Kleid angezogen habe. Mir geht auf, dass es dieses Kleid ist, was ihn auf dumme Ideen bringen wird.
Er grinst höhnisch. »Es ist wegen diesem Kerl, oder?«, fragt er mich beinahe freundlich. Er trinkt von seinem Gin Tonic und seine Blicke wandern über mich, als ob er mich in einem ganz neuen Licht sehen würde.
Ich kann nicht vermeiden, dass mir die Hitze in die Wangen schießt.
»Nein, ist es nicht. Es ist noch immer, weil du mir in meiner eigenen Wohnung untreu warst, Alex«, presse ich hervor.
Ich balle eine Hand zur Faust und drücke die Fingernägel in das Fleisch. Am liebsten würde ich ihn schlagen. Wie kann er nur so dreist sein, zu denken, dass alles, was er getan hat, so leicht zu vergessen ist? Oder dass ich ihn nur wegen Niko nicht zurück will?
Fassungslos schüttele ich den Kopf.
Alex stöhnt genervt auf und plötzlich kommt mir der Duft seines Aftershaves viel zu aufdringlich vor. Passend zu ihm, wenn ich ehrlich bin.
Tina hatte recht: Ich hätte nie etwas mit ihm anfangen sollen. Aber Fehler sind da, um sie zu machen, und er war einer davon.
»Du solltest gehen.« Die Worte sind raus, ehe ich sie wirklich überdacht habe, und nach einem Moment der völligen Stille, in der sogar die Herren in der Ecke vergessen haben, so zu tun, als lauschten sie nicht, bricht Alex in höhnisches Gelächter aus. Es verursacht mir Gänsehaut.

»Ach, sollte ich das? Und was dann? Soll ich vielleicht einfach aufgeben? Ich bin extra hergekommen«, zischt er dann zu mir gewandt, und doch so laut, dass alle es hören können, »weil ich dich zurück will. Denkst du, ich gebe einfach auf?«

Mein Magen flattert nervös. Ernie wirft mir einen langen Blick zu und ich schlucke, ehe ich Alex in die Augen sehe.

»Es ist vorbei. Ich will keinen Neuanfang und ich will auch den Ring nicht. Du solltest ihn wieder mitnehmen und …«, ich zögere und lecke mir nervös über die Lippen, »… und es einfach gutseinlassen. Das mit uns hat nicht funktioniert. Und das wird es auch nie.«

Ich finde, meine Argumente sind hieb-und stichfest.

Alex Augen scheinen mir kalt und distanziert und ich wende den Blick hastig ab.

»Warst du mit ihm schon im Bett?«

Die Frage verschlägt mir nicht nur die Sprache, sie lässt mich auch einen Moment vergessen zu atmen.

»Wie bitte?«, entfährt es mir entgeistert. Meine Wangen werden rot und Ernie brummt mehr als ungehalten.

»Sie sollten sich jetzt verabschieden. Der Drink geht aufs Haus. Gute Heimreise.«

Ernie klingt mehr als frostig und er lehnt sich weit über die Theke, beide Hände neben sich aufgestützt, was ihn unheimlich breit wirken lässt, während er Alex aus schmalen Augen anstarrt.

Dieser dreht irritiert blinzelnd den Kopf zum Barkeeper und scheint nicht zu wissen, wie er reagieren soll.

Plötzlich realisiert er, dass alle Augen auf ihn gerichtet sind.

»Drecks Dorf«, schimpft er, als er vom Barhocker rutscht und mit abgehakten, fahrigen Bewegungen einige Münzen und Scheine aus der Geldbörse zieht, die er einfach achtlos auf die Theke wirft. Klimpernd rollen die Münzen umher, fallen auf den Boden und in diesem Moment wünschte ich, ich hätte das Talent, einfach ohnmächtig zu werden. Stattdessen schaue ich mir selbst dabei zu, wie ich aufstehe,

das Kleid dabei raffe und vom Barhocker rutsche, während Ernie vor Wut wie erstarrt zu sein scheint.
Alex Dreistigkeit scheint gar keine Grenzen zu kennen.
Wie in Zeitlupe gehe ich auf ihn zu, während ich auf merkwürdige Art und Weise gar nicht richtig bei mir zu sein scheine.
Alex Gesicht wandelt sich von der höhnischen Fratze in eine irritierte Miene und er schmälert misstrauisch die Augen.
Ich kann dabei zusehen, wie ungläubig sein Blick wird, als ich meine Hand hebe und sie mit der flachen Seite in sein Gesicht schmettere.
Dank Unkrautzupfen, Stallausmisten und anderen Tätigkeiten habe ich ein paar Muskeln in Arm und Schulter dazu bekommen und die geballte Wut über Alex heutiges Verhalten, sowie all die Male davor, als er mich betrogen und belogen hat, manifestiert sich in einer schallenden Ohrfeige.
Meine Handfläche brennt, als hätte ich auf eine heiße Herdplatte gefasst und kurz kann ich gar nicht fassen, was ich da getan habe.
Man könnte eine Stecknadel fallen hören, so mucks Mäuschen still ist es.
Die Wucht hat Alex Kopf zur Seite gerissen und er steht einen Moment einfach nur da. Unglauben und Schock steht in seinem Gesicht geschrieben, als er den Kopf wieder zu mir dreht und mich ansieht. Er blinzelt mehrfach, ehe sich ein schöner, perfekter Abdruck meiner Hand auf seiner Wange bildet.
Ich zittere vor Adrenalin und ich weiß genau, dass ich jetzt stark bleiben muss.
»Raus hier«, zische ich kalt. Viel kälter, als mir eigentlich zumute ist, denn innerlich sterbe ich vor Angst und Entsetzen über mich selbst.
Ich halte nichts von körperlicher Gewalt, aber dass Alex den alten Ernie so gedemütigt hat, indem er ihm das Geld hingeworfen hat wie einem Bettler, macht mich wütend. Ich hasse Arroganz und es gibt nichts Schlimmeres für

mich, als das Geringschätzen von anderer Leute Arbeit. Egal was für einen Job man macht, sei es Putzfrau, Feuerwehrmann, Kassierer im Supermarkt oder Rechtsanwalt – jede Arbeit verdient Wertschätzung und Anerkennung, denn ohne all diese Leute würde unsere Gesellschaft nicht funktionieren. Und auch Barkeeper haben eine Daseinsberechtigung. Und außerdem mag ich Ernie wirklich gern. Umso schlimmer, dass jemand, den ich noch dazu persönlich kenne, ihn so herablassend behandelt.
Alex blinzelt erneut und seine Hand zuckt, als wollte er sie an seine Wange legen. Sein Kopf ist hochrot angelaufen.
Er klappt den Mund auf und zu wie ein Fisch, den man an Land geworfen hat, ehe er sich mit wutentbrannter Miene umdreht und hinaus rauscht.
Erst, als die Tür ins Schloss fällt, sinke ich zusammen.
Meine Knie geben nach und ich sacke an Ort und Stelle auf den Boden, während die Herren am Tisch in lautes, gleichmäßiges Klatschen verfallen.
Es wird kein Ton gesprochen. Und in dem Moment bin ich unglaublich dankbar, während ich versuche, gegen das unkontrollierte Zittern anzukämpfen, das mich erfasst hat.
Das Gefühl, einen wirklich dummen Fehler gemacht zu haben, kann ich jedoch nicht verdrängen, und während Ernie mich sanft hochzieht und wieder zum Barhocker führt, frage ich mich, was das Karma sich wohl diesmal für mich ausgedacht hat.


Es dämmert schon, als ich endlich den Heimweg antrete.
Ich musste auf Ernies Geheiß und sein eindringliches Bitten hin mindestens einen Liter Stout trinken, weil er meinen Auftritt so stark fand und weil ich beim Aufsammeln der ganzen Münzen geholfen habe, die überall hin gerollt waren.

Er hat noch eine ganze Weile über Alex geschimpft und ich saß nur mit hochrotem Kopf da, während ich stumm zugehört habe.
Das Bier schmeckte nicht so gut wie sonst, obwohl ich es als Dank umsonst bekommen habe.
Manchmal kann man Unheil voraussehen.
Es liegt in der Luft, so wie diese besondere Spannung vor einem Gewittersturm im Hochsommer, wenn der Himmel sich bezieht und ein starker Wind aufkommt. Man spürt die Veränderung in der Luft, kann es beinahe riechen, noch lange ehe die ersten Wolken tatsächlich aufziehen.
Genau so ein Gefühl habe ich, seit meine Handfläche auf Alex Wange aufgetroffen ist.
Mit gefurchter Stirn tapse ich, meine Sandalen in der Hand, auf dem kühlen Sandweg entlang, der zum Hof führt.
Vorbei an den Weizenfeldern und den zirpenden Grillen, den roten Mondblumen und den blauen Gesellen, die wie kleine Wachen am Wegesrand wachsen und die sich nicht umsonst Kornblumen nennen.
Ihre Farbe erinnert mich immer an die Geschichte eines blauäugigen Mädchens, das einen Bauernjungen heiraten sollte, aber sich geweigert hat und zur Strafe in eine Blume verwandelt wurde, die nur bei Nacht erblühte.
Ich weiß nicht mehr, wie diese Geschichte ausgegangen ist, aber das Ende hat mich jedes Mal zum Weinen gebracht, wenn Onkel Wilhelm sie erzählt hat. Danach gab es zum Trost immer einen großen Becher heißer Schokolade mit Sahne.
Ich schaue seufzend hoch und bemerke erschrocken, dass Niko nur wenige Meter von mir entfernt steht.
Die untergehende Sonne wirft rötlichen Schein auf sein Gesicht und bringt es auf fast unheimliche Art zum Leuchten.
Plötzlich fühle ich mich schuldig, weil ich den Nachmittag verschludert habe und ohne ihn etwas Trinken gegangen bin.
Ich bleibe stehen und nage unsicher an meiner Unterlippe, während ich versuche, seine Mimik zu deuten.

Das weiße Hemd, das er anhat, ist nicht ganz zugeknöpft und sitzt recht locker, so dass ich einen Blick auf das Tattoo erhasche, das auf seiner Brust prangt.
Er hat den Kopf schief gelegt und betrachtet mich mit einem unergründlichen Ausdruck im Gesicht.
»Ich habe dich gesucht. Ich dachte schon, du bist abgereist, aber dann waren deine Sachen noch da und ich habe mir Sorgen gemacht ...« Seine Stimme wird von einer milden Abendbrise zu mir herangetragen und ich fühle mich merkwürdig geschmeichelt. Ein leises Lächeln stiehlt sich auf meine Lippen und ich sehe, wie es sich auch in seinem Gesicht spiegelt.
Mein Herz macht einen Ruck und fliegt ihm in diesem Moment geradewegs zu.
»Gehen wir nach Hause?«, fragt er mich. Er streckt mir eine Hand entgegen und ich nehme sie. Es fühlt sich selbstverständlich und ganz natürlich an. Seine Hände sind rau und schwielig und ich muss daran denken, was er alles wegen dieser Sache im Gasthaus verloren hat.
Meine Hand schmiegt sich in seine und drückt sie sanft, während wir den Weg zum Haus gemeinsam zurückgehen.
Jolly wartet schon mit hängender Zunge und wedelnder Rute auf uns.
»Es tut mir leid, weißt du? Das vorhin.« Niko zögert und wirft mir einen unsicheren Blick zu. Ich kann die Furcht in dem unendlichen Blau seiner Augen sehen, das im Sonnenlicht der Dämmerung beinahe silbrig erstrahlt.
Meine Brust wird eng und ich versuche, gleichmäßig zu atmen, als er unter der Linde stehen bleibt und mich ansieht. Mein Blick wandert hoch zu seinem Gesicht und darauf spiegelt sich so viel Schmerz und Bedauern, dass mir Angst und Bang wird. Ich drücke seine Hand fester und stelle mich dichter zu ihm, jedoch ohne ihn zu berühren.
Er leckt sich nervös über die Lippen und ich muss das Verlangen unterdrücken, mich auf die Zehenspitzen zu stellen und sie zu küssen, bis diese vermaledeiten Sorgenfalten von seiner Stirn verschwinden.

»Ich muss dir ein paar Dinge erzählen, die du nicht über mich weißt. Ich will nicht, dass du denkst, dass«, er stockt und reibt sich den Nacken vor Verlegenheit, »... dass ich immer so bin. Oder dass es deine Schuld ist. Es ist nämlich nicht deine Schuld, dass ich so verkorkst bin. Aber du hast wenigstens eine Erklärung verdient.« Er scheint noch mehr sagen zu wollen, aber er scheint nicht zu wissen, wie, also schweigt er betreten.
Ich nicke nur stumm.
»Du hast bestimmt Hunger. Ich kann uns etwas kochen, und dann reden wir?«, schlage ich vor und lächele ihn schüchtern an. Bisher haben wir unsere gemeinsame Zeit nicht gerade mit viel reden verbracht. Es wäre vielleicht ganz hilfreich. Und ich bin wirklich neugierig auf seine Version der Geschichte.
Niko nickt dankbar und zieht mich mit sich ins Haus, als ob er Angst hätte, meine Hand loszulassen, was mich zum Lächeln bringt.
Das Windspiel in der alten Linde klingelt melodiös, als eine Böe durch die Baumkrone fährt und die ersten, noch etwas schlaftrunkenen Glühwürmchen durch den Garten huschen.
Drinnen setze ich erst einmal einen Kaffee auf, während Niko es sich am Küchentisch bequem macht. Oder zumindest versucht er, entspannt auszusehen, was ihm jedoch nicht ganz gelingt. Ich kann die Anspannung in seinen Bewegungen sehen und seine unruhigen Blicke, die nirgendwo lange auszuhalten scheinen. Ich spüre sie in meinem Rücken, während ich Gemüse zusammensuche und es zum Putzen auf den Tisch trage. Ich werde einen Linseneintopf kochen, überlege ich stumm, während ich alle Zutaten zusammen suche.
Erst, als ich auch am Tisch Platz nehme und die Kaffeemaschine röchelnd ihren Dienst tut, Jolly eine große Portion Hundefutter verschlingt und ich die ersten Kartoffeln schäle, während Niko die Karotten klein schneidet, scheint er sich zu entspannen.

Seine Schultern sacken erleichtert herunter und ich kann sein leises Seufzen hören.

»Ich hoffe, du denkst nicht schlecht von mir, wenn du alles weißt.« Er wirft mir einen entschuldigenden Blick zu, während die Küchenlampe über uns warmes Licht spendet. Ich werfe eine geschälte und klein geschnittene Kartoffel in den großen Kochtopf neben mir und ziehe nur fragend eine Braue hoch, ehe ich den Kopf schüttele.

Ich schweige nur und schaue ihn dann an, aufmunternd, wie ich hoffe.

Niko sammelt sich einen Augenblick lang, in dem man nichts hört, außer Jollys Schmatzen und den Küchenmessern, die Gemüse schneiden.

»Es ist schon eine ganze Weile her. Ich war damals mit Kara zusammen«, beginnt er dann. Seine Miene hat einen finsteren Ausdruck angenommen und es scheinen ganz und gar keine guten Erinnerungen zu sein, die er da aufbereitet. Kurz bin ich versucht ihm zu sagen, dass ich es gar nicht wissen will, dass er es mir nicht erzählen muss, aber gleichzeitig habe ich das Gefühl, dass es längst überfällig ist.

So wie eine Wunde, die nicht heilen kann, weil der ganze üble Eiter noch drin ist, den man nicht alleine loswerden kann.

Was er mir dann während der nächsten zwei Stunden erzählt, lässt mich fassungslos zurück und der Gedanke, dass Karma vielleicht doch gar nicht so eine Bitch ist, wie ich dachte, schleicht sich in mein Herz.

# 14

Die Sonne schimmert auf den grünen Blättern der Obstbäume und der Sträucher und fängt sich in den winzigen Tautropfen, die glitzernd über allem liegen wie ein magischer Hauch, den die Nacht als Geschenk für den neuen Tag dagelassen hat.
Meine nackten Füße streichen durch das Gras, während ich durch die Reihen der Plantage laufe und nachdenke.
Niko und ich haben gestern lange geredet. Es war schon beinahe Morgen, als wir endlich ins Bett gegangen sind. Jeder für sich, natürlich.
Obwohl ich zu dem Zeitpunkt unendlich müde war, wurde ich schlagartig wach, kaum dass mein Kopf das Kissen berührt hatte.
An Schlaf war einfach nicht zu denken und so bin ich aufgestanden, habe das weiße Kleid übergestreift und bin hinausgegangen, mitten hinein in die Morgendämmerung, die mir golden und wärmend entgegen strahlt.
Vögel singen in den Baumkronen und flattern munter im Geäst.

Nicht einmal Jolly hatte mit mir aufstehen wollen und mir nur einen müden Blick unter dem Küchentisch hervor zugeworfen, als wollte er mich fragen, was ich zu so einer Stunde draußen zu suchen hätte.
Brummend legte er seinen Kopf wieder auf die Fliesen und schnaufte, während ich hinaustrat.
Tina, meine beste Freundin, vertritt die Ansicht, dass die Zeit von Sonnenauf- und Sonnenuntergang magisch ist.
Sie sagt immer, in diesen Stunden findet man die Lösung für jedes Problem.
Woher sie diese Ansicht hat, frage ich mich, aber in diesem Augenblick genieße ich diesen Anblick der goldenen Strahlen, die das Land berühren einfach nur. Egal, ob es eine Grußkartenweisheit ist oder ein Zitat von Buddha oder wem auch immer.
In Gedanken gehe ich alles noch einmal durch, was ich gestern erfahren habe und allein die Erinnerung daran treibt mir eine Gänsehaut auf die Arme.

»Ich war damals mit Kara zusammen.« Niko warf mir einen Blick zu, der deutlich machte, dass diese Geschichte nicht angenehm zu hören wäre. Oder zu erzählen. Ich lauschte ihm schweigend.
»Es ist nicht einfach, jemandem zu vertrauen, wenn man das ganze Leben lang nur als einzige Enttäuschung behandelt wurde und ständig hören musste, wie nutzlos man ist.« Er lächelte grimmig. »Meine Mutter hat unsere Familie schon ziemlich früh verlassen. Ich konnte gerade laufen, als sie fand, dass ich nun groß genug sei und sie wieder ihre eigenen Wege gehen könnte. Sie verschwand mitten in der Nacht und war weg. Mein Vater saß plötzlich mit zwei kleinen Kindern alleine da. Mein Zwillingsbruder ist der Ältere von uns, nur ein paar Minuten, aber immerhin. Er ist der strahlende Held, der nie etwas falsch macht, der fleißig als Arzt arbeitet und Leute wieder gesund macht. Ein ehrbarer Kerl. Gutaussehend, gut verdienend, mit einer Frau und einem kleinen Sohn, der jetzt etwa zwei Jahre alt ist.«

Er machte eine Pause und ich wagte nur einen kurzen Blick auf sein Gesicht, während ich eine Kartoffel in den Topf warf. Niko wirkte so traurig und niedergeschlagen, dass ich Gewissensbisse bekam, weil er glaubte, all diese Wunden wieder aufreißen zu müssen. Doch ich traute mich nicht, etwas zu sagen und er sprach weiter, während er das Suppengrün putzte und klein schnitt.
»Wir waren beide bei den Mädels ziemlich beliebt und bei den Jungs verhasst. Schon in der Grundschule haben wir für Ärger gesorgt und sind ständig mit blutigen Lippen und blauen Augen nach Hause gekommen, wenn es mal wieder Zoff mit den anderen Kindern gab. Aber das klingt jetzt, als wären wir totale Streithammel gewesen.« Hier lächelte er und ich starrte ihn nur an. Sein Gesicht wirkte plötzlich schelmisch und verwegen und in mir zog sich alles zusammen. Es fiel mir nicht schwer, zu glauben, was diese beiden gut aussehenden Brüder mit den Mädchenherzen angestellt haben mussten.
»Wir waren eigentlich eher sowas wie die Robin Hoods der Schule. Wenn ein schwächerer Schüler belästigt- oder ein Mädchen geärgert wurde, waren wir zur Stelle. Und wir fackelten einfach nicht lange. Entweder der Unruhestifter hat sich entschuldigt oder wir haben ihn dazu gebracht.« Er seufzte und ich brachte den Topf mit dem Gemüse zum Herd. Während das Gemüse vor sich hin brutzelte und ich einen Hauch Essig dazu gab, der gemächlich verkochte, sprach Niko weiter.
»Das war die einzige Zeit in meinem damaligen Leben, dass ich mich wirklich gut fühlte. Ich sonnte mich in den bewundernden, manchmal ehrfürchtigen Blicken der anderen, wenn ich einmal mehr jemandem helfen konnte. Ich hatte ansonsten nämlich nicht viel, worauf ich stolz sein konnte. Im Gegensatz zu meinem Bruder war ich ein miserabler Schüler. Er hingegen war immer der Klassenbeste in allem. Egal ob in Sport, Mathe oder Physik. Er strengte sich an und bekam dafür alle Liebe, die unser Vater geben konnte und die war schon ziemlich spärlich gesät. Für mich gab es fast täglich Prügel und Gezeter.«

Ich rührte verbissen im Topf, weil mich die bloße Vorstellung, ein kleines Kind so zu behandeln, rasend machte. Damit ich mich nicht umdrehen musste, kippte ich eilig Wasser auf das Gemüse und gab die getrockneten Linsen hinterher, ehe ich alles würzte und den Deckel auflegte.
Ich holte zwei Tassen aus dem Schrank und stellte sie vor uns hin, während ich einschenkte, versuchte ich tunlichst, den Blick in sein Gesicht zu meiden.
Es brach mir so schon das Herz.
»Ich wurde mit der Zeit immer gleichgültiger gegenüber allem. Egal wie sehr ich mich anstrengte, es war für meinen Vater nie genug. Und auch als ich älter wurde änderte es sich nicht. Selbst jetzt nicht. Vor Kara hatte ich keine wirklich ernsthaften Beziehungen und ich denke, das war auch besser so.« Er nippte an seinem Kaffee und starrte in die schwarze, dampfende Flüssigkeit, als stünde dort geschrieben, was der Sinn hinter all dem war.
»Sie war die Erste, die wirklich an mich herankam. Und für eine kleine Weile ging es mir … besser. Bis zu diesem Tag, an dem alles den Bach runter ging.«
Ich konnte sehen, wie er schluckte und seinen Blick zu mir hob. Vor lauter Anspannung hatte ich vergessen, mir Milch einzugießen und so saß ich vor ihm, noch die Packung in der Hand und er lächelte mir kurz zu, was mich wieder in die Realität holte. Mit roten Wangen schenkte ich mir zu viel ein und lächelte ihm verlegen zu, während ich in der übervollen Tasse rührte.
»Ich hatte ihr schon einen Ring gekauft, weißt du. Und das war bescheuert, weil wir uns erst so kurz kannten.«
Ich stutzte. Meine Stirn legte sich in Falten und ich spähte unsicher zu ihm hin. Das kam mir recht bekannt vor.
»An dem Abend, wo das alles passierte, hatte ich ihr den Antrag machen wollen. Ich wusste da ja noch nicht, wie falsch ich mit allem lag.«
Es war beinahe ein Dejavú. Während ich an meinem Kaffee nippte, breitete sich eine ungute Ahnung in meiner Brust aus. Doch Niko sprach weiter und ich hörte zu, während

ich nur ab und an aufstand, um nach dem köchelnden Eintopf zu sehen.

»Die Stimmung an dem Abend war schon seltsam. Ich kann nicht genau sagen, was es war, aber es war nicht wie sonst. Nenn es Vorahnung oder Instinkt, was weiß ich.« Er seufzte schwer und spielte mit einem der Äpfel im Korb. Er rollte ihn in seinen Händen umher und schien ihn von allen Seiten zu betrachten, während ich wusste, dass er ihn gar nicht wirklich sah. Er sah nur seine Erinnerungen.

»Sie hatte ihr dunkelblaues Kleid an. Das von unserem ersten Date, was ich so mochte. Ich wusste nur nicht, dass es nicht nur mir so gefiel und auch noch jemand anders ziemlich ... gute Erinnerungen mit ihr hatte. Dieser Jemand war an dem Abend nach einigen Gläsern Whiskey und Stout ziemlich dicht und begann, Kara anzumachen, sie anzupöbeln und er war wirklich unhöflich. Ich hatte ihn mehrfach gebeten, sie in Ruhe zu lassen und drängte mich zwischen beide, als er sie an sich ziehen wollte.«

Ich kann sehen, wie ein Muskel an seinem Kiefer zuckt, ehe er nach einer Pause fortfährt: »Er hat gesagt: »Seht euch den an, Niko der Vollidiot, will die Schlampe heiraten, die ihn die ganze Zeit verarscht!« Ich war einen Moment wie gelähmt. Es war, als würde die ganze Welt stillstehen und zusehen. Wie ein Autounfall, bei dem man nicht wegschauen kann. Und der Typ hörte nicht auf. Er erzählte lang und breit, mit wem sie mich alles betrog. Er war einer davon. Er erzählte, wie sie sich über mich lustig machte, dass sie sogar den Ring gefunden hatte und dass ihr der Preis zu niedrig war, den er mich gekostet hatte. Und wie dumm ich doch sei, dass ich ihr all die Lügen glauben würde. All die Abende, an denen sie mich nicht sehen konnte, weil sie mit Freundinnen verabredet war oder ihre kranke Mutter versorgen musste oder sonst was.«

Ich stand fassungslos da, den Kochlöffel noch in der Hand. Niko hatte aufgehört, den Apfel zu drehen, und saß mit gesenktem Kopf und verschränkten Händen da.

Seine Stimme klang mühsam beherrscht, als er weitersprach: »Ich tickte einfach aus. Ich meine, ich schlug

ihn nicht einfach nur. Ich verprügelte ihn. Ich wollte ihm jeden einzelnen Knochen brechen. Bis er nur noch ein matschiger Brei wäre, den Ernie mit seinem Mopp aufwischen könnte. Ich dachte an nichts mehr, ich überlegte nicht, ich malte mir keine Konsequenzen aus oder so, ich wollte ihn einfach nur fertigmachen. Und sie stand nur daneben und lachte, während ich diesen Penner vermöbelte. Sie haben mir später erzählt, dass sie fünf erwachsene Kerle brauchten, um mich von ihm wegzukriegen, und dass Kara schon weg war, noch bevor die Polizei anrückte. Sie ist noch in der Nacht in einen Zug gestiegen und weg war sie. Ich habe sie nie wieder gesehen.«
Er schwieg eine Weile und ich rührte stumm im Kochtopf, aus dem ein würziger, angenehmer Duft aufstieg. In diesem Moment konnte ich mich nur nicht an meinen neu entdeckten Kochkünsten freuen, denn mein Geist stand zu sehr unter Schock.
»Ich habe diesen Typen krankenhausreif geschlagen und beinahe getötet. Ich wurde zu recht verurteilt. Ich hätte nicht so ausrasten dürfen …. Es hat mich meinen Job gekostet, mein Ansehen ruiniert und meine Zukunft. Der Einzige, der mir Arbeit nach alldem geben wollte, war dein Onkel. Und seitdem wohne ich hier. Ich konnte mir meine Wohnung nicht mehr leisten und er hat mir geholfen, wieder auf die Füße zu kommen. Dafür werde ich ihm ewig dankbar sein.« Er betrachtete mich, ich konnte es in meinem Rücken spüren und an dem Klang seiner Stimme.
»Die Leute gucken mich seitdem an, als wäre ich der Glöckner von Notre Damme. Ein abscheuliches, brutales Ding, was nur Unglück bringt. Und«, er stockt kurz, »manchmal glaube ich das auch. Ich will nicht so sein, verstehst du? Ich will einfach nur ein normales Leben haben. Aber das kann ich nicht. Nie wieder. Darum …«
Seine Stimme bekam einen flehenden Unterton, als er weiterredete und ich musste mich anstrengen, um die Worte zu hören: »Darum tut es mir leid, aber ich kann dir das nicht antun. Ich kann dir mich nicht antun.«

Und das war der Punkt, an dem ich wieder anfing, zu sprechen.
Weil ich es musste.
Denn auch ich hatte einige Dinge zu sagen.

Und während ich mit den Fingerspitzen durch die feuchten Blätter streiche und das Gesicht in die Sonne drehe, rufe ich mir in Erinnerung, was ich ihm dazu gesagt habe.

Ich rührte den Eintopf noch einmal durch und setzte mich wieder. Er sah erschöpft aus und blass. Als ob ihn diese Geschichte alle Kraft gekostet hätte.

Die Sonnenstrahlen leuchten die reifenden Früchte der Obststräucher an und verwandeln sie, sodass sie beinahe aussehen wie schimmernde Juwelen. Die roten Johannisbeeren, die gelben und grünen Stachelbeeren und die rote Sorte davon, die Himbeeren und Brombeeren; Alle funkeln sie, verzaubert von Sonnenlicht und dem Morgentau.
Ich zupfe mir eine kleine Hand voll der frischen Beeren und betrachte die Mischung aus Farben und Formen in meiner Hand, ehe ich sie genüsslich verspeise.
Sie sind noch kühl von der Nacht und so köstlich, dass ich für einen Augenblick darin schwelge und die leichte Säure zusammen mit der Süße der Aromen meine Sinne verwöhnen lasse.
Eine Amsel huscht tschilpend an mir vorbei, auf der Suche nach einem Frühstück. Sie betrachtet mich einen winzigen Moment, ehe sie unter einem Busch verschwindet. Ich schmunzele und setze mich unter einen der Apfelbäume in das weiche Gras.
Der Duft nach Erde und grünen, wachsenden Dingen hüllt mich ein. Je höher die Sonne steigt, desto mehr andere Aromen mischen sich in die Luft. Ich kann die schwarzen Johannisbeeren riechen, die in der Nähe reifen, ebenso wie das Gras, die Bäume und die entfernten Weizenfelder.

Kleine, flauschig aussehende Wolken ziehen am Himmel entlang und mischen sich mit dem Blau.
Der Tag verspricht schön zu werden und ich lehne mich mit dem Rücken gegen den Stamm des Apfelbaumes.
Wann habe ich das letzte Mal solche seltenen Augenblicke wirklich wahrgenommen und genossen?
Es ist so friedlich an diesem Ort. Nichts als der Wind und der Vogelgesang und das Rauschen der Blätter in einer milden Brise.

»Niko«, hatte ich begonnen und ihn angesehen. Ich sprach sanft wie zu einem erschreckten Pferd, das ich beruhigen wollte, denn ich sah, wie er versuchte, wieder dichtzumachen. »Ich kann selbst entscheiden, was ich mir zumuten kann und was nicht.«

Und das war alles, was ich zu diesem Thema zu sagen hatte.
Ich fing nicht davon an, wie leid es mir tat, dass er das durchmachen musste, oder wie sehr ich ihn bewunderte dafür, was er als kleiner Junge getan hatte. Die Schwachen zu beschützen, nicht unbedingt die anderen zu vermöbeln, natürlich.
Obwohl ich das alles empfand, all das Mitgefühl und das Mitleid, die Bewunderung, das Bedauern, meine Zuneigung zu ihm – all das sagte ich ihm nicht. Es war nicht nötig. Und es wäre vielleicht auch zu viel gewesen.
Ich wollte nur, dass er verstand, dass ich nicht vor ihm weglaufen würde, weil ich all das nun über ihn wusste. Ich kannte jetzt seine Version der Geschichte und ich verstand ihn. Natürlich war es nicht unbedingt richtig gewesen, zu handeln wie er es getan hatte, aber trotzdem konnte ich es nachvollziehen.
Er war vor der gesamten Gemeinschaft gedemütigt und an der Nase herumgeführt worden. Gleichzeitig hatte diese Kara sein Herz genommen und darauf herumgetrampelt.
Im Prinzip hatte er Ähnliches durchgemacht wie ich. Jeder hatte mir gesagt, dass Alex nicht gut für mich wäre.

Jedenfalls mehr oder weniger direkt. Aber ich wollte so sehr daran glauben, dass es richtig war, dass ich erst die Wahrheit sehen musste, um es zu akzeptieren.

Nachdem ich Niko also gesagt hatte, dass ich selbst entscheiden könne und er einen Moment sprachlos dagesessen und mich beobachtet hatte, konnte ich dabei zusehen, wie er vorsichtig die Mauer um sich öffnete.

Wir redeten, während der Eintopf köchelte und später, während dem Essen, über alles Mögliche.

Ich erzählte ihm nicht von Alex und meiner Misere. Ich wollte nicht, dass er dachte, ich würde mir das ausdenken, obwohl es ja tatsächlich so passiert war, aber der Eindruck konnte leicht entstehen und außerdem war es mir ehrlich gesagt egal. Ich wollte nicht mehr an Alex denken.

Stattdessen erzählte ich ihm von meinem Job in der Bar und er hörte mit großen Augen zu, als ich davon berichtete. Er gab im Gegenzug Anekdoten von seinem Bruder zum Besten und wir lachten über die Streiche, die die beiden ausgeheckt hatten. Zum Beispiel hatten sie als Knirpse den weißen Hund einer Nachbarin knallbunt eingefärbt. Mit wasserlöslicher Farbe zwar, aber dennoch. Er war noch etwa drei Wochen später altrosa mit blauen Flecken und gelben Pfoten.

Sie hatten das getan, weil die Nachbarin den armen Hund ständig verfolgte und ihn nie im Dreck spielen ließ, obwohl die beiden Jungs genau wussten, dass Hunde ja nichts lieber taten.

Sie meinten, wenn er sowieso komplett angemalt sei, dürfe er auch mit ihnen durch den Matsch toben.

Letztlich hat die Nachbarin ein Einsehen gehabt, nachdem der erste Schock überstanden war. Von da an durften sie den bunten Hund jeden Tag nach der Schule zum Draußenspielen abholen und mussten ihn spätestens zum Abendessen wieder abliefern.

Ich muss grinsen, als ich daran denke, was für ein Bild diese beiden Rabauken wohl abgaben, als sie mit einem pinken Hund durch die Wälder streiften und Indianer spielten.

Ein Marienkäfer landet auf dem weißen Kleid, das ich anhabe und wandert eine Weile suchend umher, ehe er die filigranen Flügelchen spreizt und surrend und noch etwas schwerfällig, wieder abhebt, wobei er fast mit meinem Gesicht kollidiert.
Marienkäfer bringen Glück. Sagt Tina jedenfalls. Und Glück könnte ich wirklich gebrauchen.
Es sind nur noch wenige Tage, bis mein Zwangsurlaub vorbei ist und ich wieder arbeiten muss.
Wobei ich es inzwischen gar nicht mehr als Zwang sehe, muss ich sagen.
Es ist eher etwas anderes, was ich noch nicht wirklich benennen kann und auch nicht will.
Ich weiß nur, dass mein Herz schwer wird, wenn ich an mein Zuhause in der Stadt denke. Und daran, dass meine Mutter vermutlich den armen Stachelbeerstrauch eingehen lassen hat.
Ich seufze und wickele eine Locke meines Haars um den Finger, ehe ich mich etwas steif aufrichte.
Die vergangene Nacht ohne Schlaf legt sich wie ein bleierner Mantel um mich, aber bald wollen die Hühner gefüttert und die Ställe ausgemistet werden und außerdem habe ich mir vorgenommen, die Pferde heute einmal gründlich zu striegeln, inklusive Huf-Maniküre.
Das haben sich die alten Herrschaften verdient.
Und außerdem will ich einen Stachelbeerkuchen backen.
Die alte Jessy würde der heutigen einen Vogel zeigen und sie auslachen. Ich und backen? Wo gibt`s denn sowas?
Vom Linseneintopf, den ich selbst gekocht habe, ist noch ein guter Rest übrig, den wir heute verputzen können.
Er ist wirklich gut geworden und ein Teil von mir wundert sich immer noch darüber, was ich alles hinbekomme, von den Dingen, die ich mir früher nicht zugetraut hätte.
Ich summe leise vor mich hin, müde, aber von einer eigenartigen Zufriedenheit erfüllt, als ich auf das Haus zugehe und meine nackten Füße feuchte Abdrücke vom Morgentau auf den Treppenstufen hinterlassen.

Jolly schnarcht unter dem Küchentisch und ich setze so leise wie möglich Kaffee auf und bereite das Frühstück vor.
Da es im ganzen Haus noch absolut ruhig ist und Niko noch zu schlafen scheint, richte ich den Tisch schön her und gehe dann wieder nach draußen, um die Hühner zu füttern.
Der Gockel wirft mir misstrauische Blicke zu, so wie sonst auch, aber zumindest hackt er nicht mehr nach mir und ich werfe erleichtert eine kleine Extraportion Körnchen in seine Richtung. Bestechung ist manchmal eben doch effektiv. Vor allem, wenn man sich Vertrauen erst erarbeiten muss.
So früh am Morgen ist es noch beinahe kühl, obwohl der Tag heiß zu werden verspricht. Ich kann das mittlerweile ganz gut einschätzen und so schlendere ich ohne Hast rüber zu den Pferden, die mich mit wohlwollendem Schnauben und feuchten Augen begrüßen.
Ihre weichen Nasen schmiegen sich gegen meine Hände, als ich jedes der Tiere streichele und ihnen freundliche Worte zuflüstere. Ich habe die Angewohnheit, jedem Tier zu sagen, wie schön es ist. Ich weiß nicht genau, was mich dazu bringt, oder wann ich damit angefangen habe, aber das habe ich schon gemacht, als ich noch klein war. Ich denke, Tiere spüren und wissen viel mehr, als wir ihnen zugestehen. Und wer hört nicht gern, dass er oder sie das allerschönste Pferd auf der ganzen weiten Welt ist? Oder wie wundervoll weich und glänzend Fell und Mähne sind?
Außerdem hört mich ja niemand und so nehme ich mir Zeit für jedes der in die Jahre gekommenen Pferde und verwöhne sie mit kleinen Leckerchen und Nettigkeiten. Meiner bescheidenen Meinung nach gibt es an jeder Kreatur etwas Schönes und Wundervolles zu entdecken und ich finde, man sollte sich darauf konzentrieren und nicht auf das, was vielleicht nicht mehr so hübsch anzusehen ist.
Vielleicht rührt das von meiner Schulzeit, die ja wenig erfreulich war. Ich, als das rothaarige, sommersprossige, flachbrüstige Mädchen mit den Klapperknochen, wie sie mich oft geschimpft haben.

Meine braun-grünen Augen, die oft mit in den Matsch gefallenen Oliven verglichen wurden, trugen auch nicht gerade zum Wohlwollen meiner Mitschüler bei.
Aber was soll`s.
Meine Gedanken fließen in alle möglichen Richtungen und so bemerke ich gar nicht, dass noch jemand bei mir ist. Erst, als eine kräftig aussehende Hand in mein Blickfeld schnellt wie eine angreifende Schlange, beginnen meine Alarmglocken zu schrillen und ich versuche noch zu schreien, aber zu spät.
Ich sehe noch, wie die Pferde scheuen und alarmiert zurückweichen, ehe sich die Hand auf meinen Mund presst und ich deutlich spüre, wie das Tuch dagegen gedrückt wird.
Dann verschwimmt alles und es wird dunkel um mich.

# 15

Niko

Ich wache von dem Kratzen an meiner Tür auf.
Nur langsam tauche ich aus dem tiefen Schlaf auf, der mich erst spät überkommen hatte. Das Gespräch mit Jessy drängt sich in meine Erinnerung und ich blinzele in die Sonnenstrahlen, die mir ins Gesicht scheinen. Ich könnte kaum beschreiben, wie ich mich in ihrer Nähe fühle, wenn mich jemand fragen würde. Ich glaube nicht, dass sie weiß, wie schön sie ist oder wie unglaublich gut ich mich fühle, wenn sie in der Nähe ist. Und gleichzeitig habe ich Angst etwas falsch zu machen und sie zu vergraulen. Aber gestern war alles anders. Es war schön, endlich jemandem von diesem ganzen Mist erzählen zu können, der mich nicht schon im Vorfeld verurteilt und obwohl ich mir total sicher war, dass sie einfach gehen würde und nichts mehr mit mir zu tun haben wollen würde, hat sie mich überrascht.
Ich hatte Angst davor, dass sie Mitleid mit mir hat und sagen würde, wie leid ihr das alles tut, oder dass sie mich

anders ansehen würde. Stattdessen hat sie nur gemeint, sie würde selbst entscheiden können, was sie sich zumuten kann.
Es gab keine ewige Diskussion, kein Sezieren meiner Gefühle oder dieses ganze Zeug. Es gab nur Verständnis und ... wie soll ich sagen ... Erleichterung? Ich kann es nicht genau definieren, aber ich kann mich nur glücklich schätzen, dass ich ihr alles erzählt habe und sie so reagiert hat. Damit hatte ich nicht gerechnet. Wenn ich ehrlich bin, weiß ich nicht, ob ich an ihrer Stelle so cool geblieben wäre. Sie scheint in jeder Hinsicht nicht so zu sein, wie die anderen und langsam kommt es mir wie Schicksal vor, dass sie von Wilhelm hierher geschickt wurde. Für mich jedenfalls ist sie wie ein Sonnenstrahl, der durch die dunklen Wolken bricht, die seit so langer Zeit um mich zu wogen scheinen.
Ich muss grinsen, als ich an unsere erste Begegnung denke. Wie sie mit nicht eben viel an in die Küche gesaust kam und einfach umwerfend aussah. Die Überraschung in ihren Augen und wie süß sie rot geworden ist.
Na gut, ich hätte auch mehr anhaben können, aber sie schien ja nicht unbedingt abgeneigt gewesen zu sein.
Mein Mund wird trocken, als ich daran denke und ich reibe mir über das Gesicht, um diese Gedanken abzuschütteln, die in eine wirklich ungute Richtung abzudriften drohen, wie so oft in letzter Zeit.
Das Kratzen wird drängender und ich richte mich verwirrt auf. Mein Blick geht träge zum Wecker, der mir anzeigt, dass ich eigentlich seit gut einer Stunde arbeiten sollte. Sicher muss Jolly dringend raus, also kann ich das Verlangen, mich noch mal kurz für fünf Minuten umzudrehen, nur beiseiteschieben und schwinge stattdessen die Beine über den Rand des Bettes.
Mittlerweile winselt der große Rüde sogar und ein komisches Gefühl breitet sich in meiner Magengegend aus.
Das tut er sonst nie.
Ich schlüpfe in meine Jogginghose und werfe das schwarze T-Shirt über, das ich gestern anhatte. Als ich die Tür öffne,

wimmert der Hund und rennt schnurstracks die Treppe runter und bis zur Haustür.
Der Duft von frischem Kaffee weht mit entgegen, als ich ihm folge.
Jolly kratzt an der Haustür und spielt total verrückt. Seine Rute wedelt aufgeregt und er fegt damit beinahe das Potpourri von der niedrigen Kommode. Ich kriege die Schale mit getrockneten Orangenscheiben und anderen Dingen gerade noch zu fassen.
»Hey, ganz ruhig, Junge!«, versuche ich den aufgeregten Hund zu beruhigen, ehe ich die Tür öffne.
Es ist nicht abgeschlossen.
Ich stutze und blicke dem Hund hinterher, der hinausschießt und sofort umherrennt, als suche er etwas.
Oder jemanden.
Barfuß gehe ich ihm nach, während ich mich alarmiert umschaue.
Ich kann spüren, dass etwas nicht stimmt. In der Nähe des Hühnerstalls höre ich aufgeregtes Gegacker und das nervöse Schnauben der Pferde wird vom Wind herübergetragen.
Der Kaffee fällt mir wieder ein und das kann nur bedeuten, dass Jessy schon wach sein muss.
Jolly springt aufgeregt vor mir herum und benimmt sich mehr als ungewöhnlich. Normalerweise ist er absolut entspannt, aber heute scheint ihn etwas aufzuregen und allmählich steckt er mich damit an.
In der Nähe des Pferdestalls ist das Gras auf der Wiese platt gedrückt, als ob jemand etwas Schweres darüber gezogen hat. Der Morgentau und die umgeknickten Halme zeigen mir eine eindeutige Spur an.
Ich blicke in die Richtung, in die sie führt.
Mir wird innerlich kalt und Jolly neben mir wimmert.
Sie führt Richtung See.
Was immer hier passiert ist; Es ist nicht normal und gut schon gar nicht.
Ich renne los.

Jessy

Mein Kopf dröhnt und in meinem Mund liegt ein Geschmack, als wäre etwas hineingekrochen und dort gestorben. Ich verziehe das Gesicht und unterdrücke den Würgereiz, der mir in Hals und Magen zu sitzen scheint.
Es dauert einen Moment, ehe sich meine Sicht wieder scharf stellt und ich mich in der sitzenden Position, in der ich mich befinde, ein wenig gerader aufrichten kann. Meine Schultern und Arme tun weh und meine Füße kribbeln.
Ich kann mich nicht bewegen. Meine Hände sind auf meinen Rücken gefesselt und meine Knöchel sind ebenfalls verschnürt.
Ich sitze im feuchten Gras und kann den See riechen und den morgendlichen Wald. Irgendwo ist der Specht schon wieder damit zugange, sich sein Frühstück aus den Baumrinden zu klopfen.
Ich versuche, den Kopf zu drehen und sehe jemanden im Augenwinkel, der sich gemächlich nähert.

Der Duft von Aftershave dringt in meine Nase und eine gnadenlose Kälte breitet sich in meinem Innersten aus, strömt durch meine Adern und lässt mich zittern.
Alex lächelt, wie ich an seiner Stimme hören kann. Seine kühlen Finger greifen in meinen Nacken und packen zu, als würde er ein ungezogenes Kätzchen aufheben wollen.
»Wie schön, dass du auch wieder wach bist. Ich dachte schon, ich habe zu viel von dem Zeug genommen und muss dich in den See werfen und es wie einen Unfall aussehen lassen.«
Übelkeit steigt in mir hoch. Seine Stimme klingt kalt wie Eis und völlig teilnahmslos. Die Knoten der Fesseln scheinen sehr gründlich gemacht worden zu sein, denn egal wie fest ich ziehe, sie geben nicht nach. Ich kann spüren, wie das grobe Seil in meine Haut schneidet.
Alex gibt ein tadelndes Schnalzen von sich und hockt sich neben mich, während er seine Finger um mein Haar schlingt und mich so zwingt, ihn anzusehen.
Sein Gesicht, was ich früher einmal attraktiv fand, erscheint mir nun glatt und hart wie ein Gletscher. Aber nicht nur der gleichgültige Zug um seinen Mund macht mir Angst; Seine Augen wirken leer und teilnahmslos, während er mich betrachtet. So, wie ein Schlachter ein Stück Haxe ansehen würde. Nicht als Mensch oder Lebewesen; nur als Stück Fleisch, als Ding, dessen Qualität es einzuschätzen gilt.
»Weißt du Jessy«, beginnt er dann beinahe freundlich zu sprechen, »Ich dachte, wir beide könnten zusammen eine gute Zukunft haben. Ich meine, du warst so verknallt in mich, das war schon lächerlich süß. Du hast ja wirklich alles geglaubt, was ich dir erzählt habe. Ich bin echt neugierig ...«, fährt er dann fort, während ich ihn nur anstarren kann, »... hast du wirklich geglaubt, wenn ich dir nachts um zwei erzählt habe, ich müsste noch mal zur Arbeit? Hast du das wirklich geschluckt?« Er grinst und schüttelt ungläubig den Kopf.

»Von all den Weibern, die ich je hatte, warst du wirklich die Naivste. Ich muss gestehen, ich hatte nicht damit gerechnet, dass du überhaupt dahinter kommen würdest.«
Er sieht mir in die Augen und in mir zieht sich alles zusammen. In meinem Kopf ringen die verschiedensten Gedanken und Pläne miteinander.
Mein Mund ist nicht geknebelt, also könnte ich schreien, aber niemand würde mich hören und es würde ihn nur sauer machen. Ich sitze mit dem Rücken zum See, nicht sonderlich weit vom Ufer entfernt, denn ich kann den sandigen Uferboden fühlen. Wir müssen in der Nähe der Lagune sein.
Was für eine Misere. Er wird mich vermutlich töten. Und das auch noch so nah an meinem Lieblingsplatz.
Ich zwinge mich zu einem Lächeln und beschließe, dass ich es ihm nicht leicht machen werde. »Wenn wir ehrlich sind, war es einfach unfassbar dumm von dir, es in meinem eigenen Bett zu machen.« Ich lecke mir die Lippen, ehe ich weiter spreche, und kann sehen, wie seine Miene unwillig wird. Seine Hand packt meine Haare fester und zieht daran, bis meine Kopfhaut brennt. »Ich hätte dir damals einfach nur Feuer geben und nach Hause gehen sollen, anstatt dich mitzunehmen«, sinniere ich weiter. »Das wäre besser gewesen.«
Er nickt bedächtig und wickelt mein Haar noch enger um seine Faust, so dass ich einen Schmerzlaut nicht mehr unterdrücken kann. »Ja, aber du wolltest mich einfach ein bisschen zu sehr, nicht wahr? Du warst so verzweifelt auf der Suche nach ein wenig Liebe und ein bisschen Spaß, dass du es gar nicht anders wolltest, richtig?« Er lächelt und ich presse die Zähne zusammen, um ihn nicht mit den Beschimpfungen, die mir auf der Zunge liegen, noch mehr zu reizen.
»Diese Tina ist übrigens eine wirklich dumme Pute. Genau wie deine bescheuerten Eltern.« Er grinst höhnisch und ich zwinge mich zu einem Lächeln, was eher einem Zähnefletschen ähnelt, weil der Schmerz unerträglich zu werden scheint. »Sie finden dich alle zum Kotzen. Und sie

hatten recht.« Ein Muskel an seinem Auge zuckt und ich spreche weiter, wobei ich versuche, so ruhig wie möglich zu bleiben. Der kalte Stein in meinem Rücken ist hart und rau und ich beginne zu frieren. Mein weißes Kleid ist nass vom Tau und ziemlich dünn. Zu dünn, um damit im Schatten zu sitzen, durchnässt und verängstigt. »Und du hast auch recht. Ich war wirklich verzweifelt und dachte, du würdest mich wirklich lieben. Ich dachte, der Ring wäre ein Beweis dafür. Es ist wirklich ...«, ich würge den Rest des Satzes hervor, »... meine Schuld gewesen. Ich wollte zu sehr, dass es echt ist. Aber es war eine Lüge.«

Alex grinst. Sein Griff um mein Haar lockert sich und er beugt sich zu mir.

»Wie schön, dass du deine eigene Schuld eingesehen hast. Ich habe ja nie gesagt, ich würde dir immer treu sein, oder?«

Ich erstarre und blinzele. Er sieht zufrieden aus wie eine satte Katze und lächelt.

»Nein«, antworte ich lahm. »Das hast du tatsächlich nie gesagt.« Ich taxiere ihn einen Moment mit Blicken, ehe ich ergänze: »Aber bei einer Beziehung sollte das selbstverständlich sein.«

Er schnalzt mit der Zunge und schüttelt den Kopf. »Blödsinn. Beziehung? Ich brauche doch nur eine, die brav zu Hause hockt, kocht, putzt und das ganze Zeug. Und dann noch ein paar für den ganzen Rest. Und weißt du was, meine kleine Jessy? Genau das wirst du tun. Du wirst mich heiraten und wir machen genau da weiter, wo wir aufgehört haben.« Er verstärkt seinen Griff um mein Haar und beugt sich dicht zu mir. Seine Augen sind so kalt wie Eis und ich unterdrücke einen Schmerzensschrei. Eine Träne rinnt aus meinem Augenwinkel.

»Wenn du es nicht tust, wirst du es bereuen. Keine weist mich zurück. Hast du das verstanden?«

»Fick dich ins Knie«, entfährt es mir.

Alex Gesichtszüge entgleisen und er klappt fassungslos den Mund auf.

Ein kleiner Triumpf, der mich jedoch teuer zu stehen kommt, als er die Hand hebt und mir eine Ohrfeige verpasst, dass ich Sterne sehe. Die Wucht ist so brutal, dass ich in einem surrealen Augenblick fast glaube, dass er mir einen Nackenwirbel ausgerenkt hat, denn ich kann es knacken hören. Meine Wange brennt wie Feuer und kribbelt, als würden Ameisen darüber laufen.
»Du Miststück«, faucht er wütend und sein Gesicht hat einen dunklen Rotton angenommen. Ich kann eine Ader sehen, die sich auf seiner Stirn gebildet hat und die wild pocht. »Entweder du tust, was ich dir sage, oder ich ersäufe dich in diesem beschissenen Tümpel wie einen Sack ungewollter Hundewelpen!«
Ich weiß nicht, was mich mehr erschreckt. Dass er mich ersäufen will, oder dass er den Hundewelpenvergleich heranzieht. Ich finde beides absolut abstoßend. Ich erkenne meinen Ex überhaupt nicht wieder und frage mich ernsthaft, ob ich die gleiche Person vor mir habe, in die ich mich vor gefühlt einer Milliarde Jahren verliebt hatte.
»Warum … Warum?«, frage ich, während ich fassungslos den Kopf schüttele, so weit ich es kann. Ich bin einfach nur entsetzt. Das alles erscheint mir so unwirklich und doch ist es real. Über uns kreist ein Raubvogel am Himmel. Ich kann seinen Schrei hören. Vielleicht ein Bussard, überlegt ein Teil meines Hirns kurz, der offensichtlich nicht in Panik verfallen ist, während der ganze Rest mir alle möglichen Sachen zubrüllt.
Ich reibe so unauffällig, wie ich kann die Fesseln am Stein, aber entgegen aller Hollywood-Filme die ich je gesehen habe, geben sie kein bisschen nach.
»Warum?« Er lacht bitter. »Du hast ja keine Ahnung, was du mir angetan hast. Ich musste meine Klamotten aus dem Treppenhaus aufsammeln und meinen Freunden erklären, dass es keine Hochzeit geben wird. Meinst du, ich vergesse so etwas so einfach? Meine Eltern liegen mir seit Ewigkeiten in den Ohren, dass ich endlich heiraten muss, wenn ich mein Erbe bekommen will. Ohne Weib gibt's nämlich keine Kohle. Und dann demütigst du mich sogar

noch einmal«, knurrt er. Seine Hand packt mein Kinn und er beugt sich so dicht zu mir, dass ich das bedrohliche Funkeln in seinen Augen sehen kann. Sein Atem riecht nach Alkohol, nicht viel, nur leicht. Beinahe bekomme ich Mitleid. Er musste sich Mut antrinken, um diese ganze Sache abzuziehen.
»Ich werde das wieder gerade biegen und du wirst mir dabei helfen. Schließlich ist es alles deine Schuld, dass ich wie der letzte Dorftrottel dastehe.«
Ich schlucke, ehe ich antworte. »Nein, das werde ich nicht. Ich habe dir gesagt, dass es vorbei ist, und dabei bleibt es.«
Meine Stimme klingt erstaunlich fest, obwohl ich selbst mich wie Wackelpudding fühle.
Alex Kiefer mahlt heftig. »Ist es wegen diesem Versager?« Ein boshaftes Lächeln breitet sich auf seinen Lippen aus. »Ihr würdet gut zusammen passen. Der Knasti und die Schlampe.«
Ich blinzele und er grinst triumphierend. »Du fragst dich, wieso Knasti, weil dein Stecher doch noch gar nicht gesessen hat, richtig? Keine Sorge, Schätzchen. Ich bringe ihn schon dazu, einzufahren. Er wird bestimmt ausrasten, wenn ich ihm von uns erzähle. Und davon, dass wir heiraten. Ich erzähle ihm einfach ein paar nette Details, damit er noch mal so schön ausrastet wie damals bei diesem Typen. Nur, dass ich natürlich ein paar Zeugen in der Hinterhand haben werde und mir nicht die Nase brechen lasse.«
Mein Herz pumpt in meiner Brust wie verrückt und lässt das Adrenalin nur so durch meine Adern rauschen. Ich schnaube wütend. »Du fasst ihn nicht an, kapiert?«, fauche ich außer mir. Es ist mir egal, ob er mich noch einmal schlägt oder seine Drohung wahr macht, aber Niko hat damit gar nichts zu tun und ich will nicht, dass er noch mehr leidet. Er hat genug durchgemacht.
Alex lacht amüsiert. »Ich fand schon immer süß, wenn du dich aufregst.«

Meine Stirn kracht gegen seine Nase, als ich ihm mit aller Kraft eine Kopfnuss verpasse, so wie mein Onkel es mir als kleines Kind beigebracht hat.
*»Wenn du in Gefahr bist, und dir jemand etwas tun will, dann musst du ihn so schnell und so hart treffen, wie du nur kannst! Du darfst nicht zögern und keine Angst haben, jemandem weh zu tun! Verstanden?«*
Verstanden, Onkel.
Alex jault auf und taumelt durch die Wucht zurück.
Ich kann sehen, wie ihm das Blut aus der Nase schießt, wo ihn meine Stirn getroffen hat. Durch den Aufprall ist mir schwindelig und der Schmerz in meinem Kopf lässt Lichtpunkte vor meinen Augen tanzen. Ich blinzele mehrfach, absolut nicht bereit, auch nur einen Millimeter nachzugeben und zu tun, was Alex da von mir verlangt.
Die dunkelhaarige Frau sehe ich erst, als sie hinter Alex auftaucht und ihn mit etwas, das wie ein Baseballschläger aussieht, k.o. schlägt.
Mir klappt der Mund auf und ich starre zu diesem Gesicht mit den dunkel geschminkten Augen hoch, das mir merkwürdig bekannt vorkommt.
»Bist du nicht die, die…«, *ich aus meiner Wohnung geworfen habe, nahezu vollkommen nackt? Die, mit der ER mich betrogen hat?*
Eine dunkle Augenbraue wandert spöttisch nach oben und sie hockt sich vor mich hin, während sie Alex, der mit dem Gesicht im Sand liegt, fesselt.
»Ich habe diesen Mistkerl die ganze Zeit beobachtet. Er hat Schluss mit mir gemacht, weißt du? So ein Schwein. Was denkt der sich?!«
Ich weiß nicht genau, was – oder ob ich dazu etwas sagen kann, oder soll, also halte ich den Rand.
»Ich werde dafür sorgen, dass er dich nie wieder sieht. Er gehört mir. Ich lasse ihn nicht mehr entwischen.« Ihre Stimme hat einen unheimlich schönen Akzent und ich lausche ihr fasziniert. Sie ist sehr schön. Das lange, dunkle Haar fällt ihr in wilden Locken bis hinab zum Po und in der locker sitzenden, violetten Bluse und der schwarzen

Leggings sieht sie einfach umwerfend aus. Wie kann man nur so früh am Morgen dermaßen perfekt geschminkt sein? Ich beobachte, wie sie Alex verschnürt und dann auf die Seite dreht, damit er atmen kann. Seine Lider flattern und ich stelle mir vor, wie sich eine große Beule an seinem Hinterkopf bilden wird.

»Du bringst ihn aber nicht um, oder?«, frage ich vorsichtig. Ich habe absolut keine Lust, an einem Mord beteiligt zu sein.

»Nee. Ich sag doch: Er gehört mir. Ich wollte ihn schon, als ich ihn das erste Mal gesehen habe. Unser Treffen war Schicksal.«

Schicksal. Oder auch Karma. Ich mache eine ernste, gewichtige Miene und nicke eifrig.

»Oh ja. Das Gefühl habe ich auch.«

Sie mustert mich prüfend und dann schleift sie den Bewusstlosen davon. Wortlos. So wie ein Panther seine Beute tiefer in den Dschungel zerrt.

Ich kann nur mit dem Kopf schütteln und sitze da, fassungslos und irgendwie geschockt.

Offensichtlich hat der Gute einmal zu viel ein Frauenherz gebrochen – und sich diesmal die Falsche ausgesucht, um seine Spielchen zu treiben. Die dunkle Schönheit ist genau die Frau, mit der er mich damals betrogen hat. Die, deren Schuhe ich die Stufen runtergeworfen habe. Sie scheint mindestens so irre zu sein wie er. Und jetzt bekommt er genau das zurück, was er mir hatte antun wollen.

Das nenne ich Karma. Er bekommt genau das zurück, was er ausgeteilt hat.

Ich kann nur staunen, während ein Lichtstrahl seinen Weg durch die Baumkronen findet und mein Gesicht berührt.

Niko

Ich stürze durch den Wald, halb blind und taub vor Sorge und gleichzeitig so wach wie nie zuvor.
Jolly rennt vor mir, ein wahnwitziges Tempo vorgebend, während er wie eine Herde Wildpferde auf der Flucht durch das Unterholz bricht.
Ein so großer Hund ist nicht gerade von der subtilen Sorte. Und noch dazu ist der Rüde ein ziemlicher Grobmotoriker.
Der See kommt in Sichtweite und ich haste mit unruhigen Blicken an der Lagune vorbei, wie Wilhelm diesen Platz nennt, und in dem ich einmal mehr Jessy verletzt habe, als ich sie zurückgewiesen habe.
Jessy...
Ich starre mit wildem Blick um mich, und versuche irgendwo ihren Rotschopf zu erkennen, aber da ist nur der graue, grüne See, auf dem die Sonne glitzert und der weiche Sand, das spärlich wachsende Gras dicht am Ufer, das hart und dunkelgrün ist und die Büsche und Bäume.
Die unbezähmbare Angst, zu spät zu kommen, sie nicht retten zu können, sie zu verlieren, brennt in meiner Brust und treibt mir den Angstschweiß aus allen Poren.
Ich darf sie nicht verlieren. Nicht jetzt, wo ich sie doch gerade erst gefunden habe.

Nicht, bevor ich nicht alles wieder gut gemacht habe, was ich ihr angetan habe.

Jolly bellt plötzlich, beinahe schrill und hoch – dabei bellt er sonst niemals und wir, Wilhelm, Emilia und ich, witzeln schon, dass er das gar nicht kann. Knurren und Winseln ja – aber bislang hat er noch nicht einmal gebellt.

Bis jetzt.

Ich renne in die Richtung, in der ich das Geräusch höre und strauchele über die flachen Wurzeln eines Busches, der sich in den Ufersand gegraben hat.

Dann sehe ich es endlich: Die wilde, rote Lockenpracht, die ich so sehr bewundere und die ihr Gesicht leuchten lässt.

Ein Sonnenstrahl hat den Weg zu ihr gefunden und ist wie ein kleiner Scheinwerfer auf ihr Haupt gerichtet. Sie sieht aus, als würde sie in Flammen stehen, während sich Jolly manierlich vor sie setzt und zufrieden mit der Rute wedelt.

Er schaut mich an, einen Ausdruck vollkommenen hündischen Stolzes auf dem Gesicht, der zu sagen scheint: »Ich war schneller als du, du lahme Kröte. Und ich hab sie gefunden! Hab ich das nicht toll gemacht?«

Ich bin vor Erleichterung ganz schwach und sinke neben ihr in die Knie. Ihre wunderschönen, braun-grünen Augen sind überrascht aufgerissen, als sie mich erkennt. »Niko!«

Ihre Stirn ist gerötet und verfärbt sich dunkel, als ob sie irgendwo aufgeschlagen wäre und ich sehe, dass ihre Hände und Knöchel gefesselt sind.

Was für ein komischer Morgen.

Aber sie scheint ansonsten unverletzt.

»Natürlich. Wer sollte dich denn sonst retten kommen, wenn nicht der holde Prinz?«, witzele ich. Ihre Stimme zu hören beschert mir Gänsehaut und ich beuge mich vor, um sie zu küssen. Währenddessen öffne ich die Verschnürungen an ihren Handgelenken und bin noch immer völlig verwirrt von alldem.

Aber ihr weicher Mund benebelt meine Sinne und ehe ich noch weiß, was ich tue, hebe ich sie auf meine Arme wie eine Prinzessin, nachdem ich auch die Fußfesseln gelöst habe.

Sie schlingt ihre Arme um meinen Nacken und drückt das Gesicht an meinen Hals, als ob es genau dorthin gehören würde.
»Gehen wir nach Hause?«, frage ich leise, während Jolly mit klugen Augen zu uns beiden hochschaut.
»Mit dir gehe ich überall hin«, murmelt sie lächelnd an meinem Hals.

## 16

»Na Süße? Wie geht`s, wie steht´s?«
Tinas Stimme zaubert ein Lächeln auf mein Gesicht und ich lümmele mich tiefer in den Liegestuhl, während ich eine Hand schützend gegen die Spätsommersonne halte, die mir ins Gesicht scheint.
»Alles paletti«, meine ich grinsend.
Tina lacht und ich spüre, wie mich die Zufriedenheit ausfüllt, bis sie sich sogar in meine Zehen erstreckt.
Ich glaube, ich habe die Antwort auf die Frage gefunden, was man zum Glücklichsein braucht.
Es sind die einfachen Dinge. Die kleinen Augenblicke, die sich in die Erinnerungen einprägen. Und natürlich die Liebe. Ohne die Liebe wäre das Leben nur halb so schön. Und ich kann sagen: Ich wurde von ihr gefunden. Sie hat auf mich gewartet.
Manchmal muss man sie nicht suchen. Manchmal findet sie dich.
Eimerweise stehen die geernteten Stachelbeeren neben mir und ab und an wandert meine Hand in einen der Eimer, um sich ein paar der süßen Früchte zu schnappen.
»Ist es schon langweilig, da auf dem Lande?«, fragt meine beste Freundin neugierig.
Ich schüttele den Kopf. »Absolut nicht.« Ich habe einen tollen Blick auf Niko, dessen freier Oberkörper in meine Richtung gedreht wird, als er einen Blick zu mir wirft. Er

lächelt mir zu und mein Herz scheint überquellen zu wollen vor Zuneigung.
»Wann kommst du an? Wir warten schon alle sehnsüchtig auf dich!« Tatsächlich kann ich es gar nicht erwarten, sie endlich wiederzusehen. Oben ist das Gästezimmer schon hergerichtet und ich habe frisches Potpourri im Zimmer verteilt, damit es überall nach Lavendel duftet.
»Der Zug nach nirgendwo hat Verspätung und ich glaube, ich schaffe es wohl erst zum Abendessen oder so. Die Verbindungen in dieses Dorf sind ja wirklich eine Katastrophe! Du bist doch bestimmt nicht freiwillig da, sondern nur, weil du da einfach nie wieder wegkommst!« Tina kichert und ich kann hören, wie im Hintergrund eine Bahnansage läuft.
»Ich bin völlig freiwillig da. Du wirst schon noch sehen, warum.« Ich grinse und nasche von den reifen Früchten, die warm von der Sonne sind. Drinnen streiten Tante Emilia und Onkel Wilhelm darum, wer heute kochen darf. Ich kann hören, wie energisch und liebevoll sie sich necken und schließlich gewinnt mein Onkel. Brokkoliauflauf mit Schinken triumphiert über Käsespätzle. Aber dafür macht Tante Emilia den Gurkensalat, den beide wollen.
Meine Eltern sind schon vor ein paar Tagen abgereist. Meine Mutter ist, entgegen aller Erwartungen, vollkommen begeistert von Niko und völlig überrascht von meiner Entscheidung. Mein Dad hat gar nichts dazu gesagt. Er hat nur breit gegrinst und sich mit einer Flasche Stachelbeerlikör zu Niko in den Garten gesetzt. Zwischen den beiden war sofort alles klar.
 Ich warte jetzt nur noch sehnsüchtig darauf, dass meine Tante und mein Onkel endlich mit den schon gepackten Koffern zu ihrer Weltreise aufbrechen. Denn dafür haben sie endlich genug Zeit.
Das Karma hat es nämlich doch gut gemeint.
Und ich habe festgestellt, dass ich genau da bin, wo ich sein will.
»Anton hat übrigens endlich seine Christina gefragt, und weißt du was? Die heiraten in zwei Monaten!«

Hah. Anton, der Schlingel. Ich hab es ja immer gesagt: Trau dich.
»Da kann man nur gratulieren!«, meine ich und freue mich ehrlich und wie verrückt für meinen ehemaligen Chef.
Niko lächelt mir zu und setzt den winzig kleinen, schmächtigen Stachelbeerbusch ein, den ich von meinem alten Zuhause mitgebracht habe. Der Knirps bekommt einen Ehrenplatz neben dem Apfelbaum, unweit der Linde, in der das Windspiel klingelt.
»Und du wirst dich auch nicht langweilen, wenn du deinen neuen Job in dieser Dorfkneipe antrittst, wo du immer die gleichen Leute sehen musst?« Tina klingt ein wenig ungläubig.
»Auf keinen Fall.«
»Aber«, hakt sie nach, »du weißt schon, dass nach der ersten Verliebtheit der Alltag kommt, ja?«
»Ich kann`s kaum erwarten.«
»Du meine Güte, Süße! Was hast du dir da bloß eingebrockt?«, fragt Tina lachend.
»Karma«, meine ich schlicht und grinse zu Niko hoch, der sich zu mir beugt.
In seinen Augen steht so viel Liebe, dass mir auch ohne den wärmenden Sonnenschein warm ums Herz wird und seine Lippen schmecken süßer als jede Frucht.
Seine Hand wandert zärtlich zu meiner Wange.
»Karma ist eine wirklich wunderbare Sache«, murmele ich, was sowohl Niko als auch Tina ungläubig die Stirn runzeln lässt, aber ich grinse nur.
Ich liebe Karma.

# Ende

## *Danksagung*

Mein Dank bei der Entstehung dieses Buches gilt vor allem meiner wunderbaren Familie.

Vor allem meinen Eltern, die mich immer unterstützen und die nicht nur hilfreiche Ratschläge für jede Lebenslage liefern, sondern auch viele großartige Tipps, die oft viel weiter reichen, als sie denken.

Weiterhin bedanke ich mich bei meinen Lesern, ohne die natürlich überhaupt nichts gehen würde. Ihr seid eine wunderbare Inspiration und eine große Motivation für mich!

Ganz besonders danken möchte ich Evi Niermann, die eine großartige Testleserin- und ein wundervoller Mensch ist. Ich kenne nicht viele Leute, die so eine positive Lebenseinstellung haben. Du bist ein echter Sonnenstrahl!

Ganz besonderer Dank gilt an dieser Stelle einer wunderbaren Dame namens Marita.

Obwohl wir uns noch nicht lange kennen, ist ihre Begeisterung ansteckend und eine Inspiration für mich.

Ich danke dir für deine aufmunternden Worte, für dein Engagement und dein Vertrauen in mich.

Ich bin sehr froh und dankbar, dass wir uns getroffen haben.

Du bist wundervoll, genau so, wie du bist, und das solltest du dir von niemandem ausreden lassen! Du bist der Hammer!

## *Noch mehr magisches Lesevergnügen für zauberhafte Stunden*

Magisches Fantasyabenteuer um eine Hexe und einen Incubus. Erlebe die Geschichte der schwebenden Himmelsstadt Caeldum und finde heraus, was hinter den Geheimnissen um sprechende Kessel und dunkle Mächte steckt!

**Wie weit wirst du gehen, wenn alles auf dem Spiel steht?**

Die siebzehnjährige Hexe Arina hat ein Problem:
In der schwebenden Stadt Caeldum wird sie von den Bewohnern gehasst und gefürchtet.
Einsam und mittellos fristet sie ihr Dasein als Ausgestoßene.
Die einzige Chance auf ein besseres Leben ist die Aufnahme an der Akademie für Arkane Künste.
Doch ihr Eignungstest geht schief und die Beschwörung ihrer Quelle setzt Ereignisse in Gang, die alles infrage stellen, was sie zu wissen glaubte.

Eine Jagd beginnt und sie muss sich entscheiden, auf welcher Seite sie steht ...

Taschenbuch: 264 Seiten
ISBN-13: 978-3738647495   Auch als E-Book erhältlich!

**Das Abenteuer geht weiter!**
Der zweite Teil der Caeldum-Reihe steckt voller Spannung, Dramatik und Gefahren. Werden Arina und Rheon bestehen? Neue Feinde erheben sich aus den Schatten, alte Bündnisse werden gebrochen und die Dunkelheit rückt immer näher …

Die Ereignisse in Caeldum überschlagen sich. Hilflos muss Arina mit ansehen, wie Rheon in Ketten gelegt wird. Doch auch ihr Schicksal ist ungewiss, denn Alex Intrige hat sie in eine gefährliche Situation gebracht, aus der es kein Entkommen zu geben scheint.
Dabei ist dies bei weitem nicht ihr einziges Problem, denn ganz Caeldum schwebt in höchster Gefahr.

Ein Wettlauf gegen die Zeit beginnt, bei dem sich zeigen wird, wie stark das Seelenband zwischen der Hexe und ihrer Quelle wirklich ist.

Taschenbuch: 284 Seiten
ISBN-13: 978-3739204635

Auch als E-Book erhältlich!

**Der dritte und letzte Band der Caeldum-Reihe.**
Erlebe das Finale um die Hexe Arina und ihre Quelle Rheon. Können sie Caeldum retten oder wird die Himmelsstadt in den Untergang gerissen? Intrigen, Verschwörungen und noch mehr erwarten dich!

Die schwebende Himmelsstadt Caeldum sinkt unaufhaltsam und wird alle Lebenden in den Tod reißen, wenn kein Wunder geschieht. Während Rheon verzweifelt versucht Arina zu retten, kämpfen die Bewohner der Stadt um das nackte Überleben. Kols Armee fällt unerbittlich über die Bewohner her und auch Garret, Jura und Alex suchen fieberhaft nach einem Ausweg.
Währenddessen muss auch Calzifer einsehen, dass die Lage langsam brenzlig wird, denn der Riss in den Machtlinien ist viel gefährlicher als ihnen allen klar ist …
Wird Caeldum endgültig fallen?

Taschenbuch: 208 Seiten
ISBN-13: 978-3741254147   Auch als E-Book erhältlich!

## *Romantische Komödien mit Herz und Humor von Elisa M. Baker*

**Wer sagt, das Finden der Liebe wäre einfach?** Ella macht sich auf eine spannende und teilweise kuriose Suche nach ihrem Traummann. Dabei warten nicht nur seltsame Blinddates auf sie, sondern auch einige Überraschungen ...

Ella ist zweiundzwanzig, ein Bücherwurm und das, was man als mollig bezeichnen würde. Sie rechnet sich schlechte Chancen aus, jemals einen Mann zu finden, der sie mit ihren Pfunden liebt. Doch stehen wirklich alle Männer nur auf schlanke Frauen? Und wie lernt man einen geeigneten Kandidaten kennen, wenn man so schüchtern ist wie Ella?
Und dann sind da auch noch Eva und Ellas Mutter, die ganz eigene Pläne für sie haben...
Eine romantische Komödie über Beziehungen, die erste Liebe und den chaotischen Weg zum Glück.

Taschenbuch: 296 Seiten
ISBN-13: 978-3739238784   Auch als E-Book!

**Jessys Leben gerät gehörig aus den Fugen, als das Karma zuschlägt.** Dabei hat sie die Liebe schon abgehakt. Aber das Schicksal kann hartnäckig sein … Findet sie doch das Glück?

Jessy hat die Nase voll von Männern.
Nach einer schmerzhaften Trennung will sie von Liebe nichts mehr wissen – doch dann ereilt ihre Familie ein Schicksalsschlag und plötzlich findet sie sich auf der Stachelbeerplantage ihres Onkels wieder, auf der sie drei Wochen aushelfen soll.
Ganz alleine, denkt sie.
Aber da hat sie die Rechnung ohne das Karma gemacht …

Eine Geschichte über unerwartete Wendungen, Schicksal und Stachelbeerlikör. Und natürlich die Suche nach Liebe, die bei sich selbst beginnt.

Ab Herbst 2016 als E-Book und Taschenbuch erhältlich!

## *Nachwort*

Wenn Ihnen dieses Buch gefallen hat, können Sie mich mit einer Rezension, einer Weiterempfehlung oder einem „Like" auf Facebook unterstützen! Sie helfen mir damit dabei, noch viele weitere Bücher schreiben zu dürfen.

Ich freue mich auch über Leserpost! Schreiben Sie mir doch unter http://www.facebook.com/ElisaM.Baker

Neue Bücher und alle Infos zu laufenden Projekten können Sie außerdem dort finden.

Ich würde mich freuen, wenn wir uns auch im nächsten Roman wiederlesen.

Herzliche Grüße

Elisa